SEPTEMBER JONES

Loups, Magie & Cie

TOME 1

Jupiter Phaeton

SEPTEMBER JONES

Loups, Magie & Cie

TOME 1

Ce livre est une fiction. Toute référence à des événements historiques, des comportements de personnes ou des lieux réels serait utilisée de façon fictive. Les autres noms, personnages, lieux et événements sont issus de l'imagination de l'auteur, et toute ressemblance avec des personnages vivants ou ayant existé serait totalement fortuite.

Les erreurs qui peuvent subsister sont le fait de l'auteur.

Le piratage prive l'auteur ainsi que les personnes ayant travaillé sur ce livre de leur droit.

Crédits
Design de couverture : ©Hannah-Sternjakob-Design.com
Illustration page : ©adobe stock
Relecture et corrections du texte : Porte-plume
Contrôle qualité : Julie Goubin
Maquette : Blandine Pouchoulin.

ISBN : 9782384010707
Dépôt légal : Juillet 2021
Première édition : Juillet 2021

www.jupiterphaeton.com

CHAPITRE 1

— J'ai surtout très envie de te mettre ma main dans la gueule, dis-je avec un immense sourire.

Ce qui ne veut pas dire que je rigole. Oh non, loin de là. Si Mister-je-pète-plus-haut-que-mon-cul veut bien dégager le chemin, pour laisser la place à des gens qui sont vraiment là pour me voir, et pas juste pour m'agacer, ma vie n'en sera que meilleure.

— Oh, je ne doute pas que la foule derrière moi n'a qu'une hâte : rencontrer la grande September Jones.

Mister-j'ai-décidé-que-j'allais-te-faire-perdre-ton-temps continue de me titiller les nerfs. Il fait de grands gestes avec les bras pour mettre de l'emphase dans ses mots. La *grande* September Jones. Je vais bientôt lui mettre mon pied dans les couilles et on verra s'il est encore capable de me taquiner après ça.

Il n'y a pas foule derrière lui non plus, mais cinq personnes patientent et je compte leur réserver le meilleur accueil possible. Je tiens à leur montrer qu'ils sont essentiels pour moi, parce qu'ils le sont, tout simplement.

Et Mister-je-vais-bientôt-m'en-prendre-une veut donner l'impression qu'il est important et que le reste de la planète est insignifiant.

— Ce serait possible que tu prennes ton charmant sourire factice et que tu le dégages, disons, hors de la librairie ? proposé-je.

Il continue de me regarder avec ses yeux verts. Mister-je-n'ai-pas-de-nom porte un jean sombre, une paire de baskets noires et une chemise bleu foncé qui lui donne un air mystérieux et, s'il n'ouvre pas la bouche, absolument charmant. Oh, il est sexy, il n'y a pas photo.

Mais en même temps, je ne connais pas de loups-garous qui ne le soient pas.

Nous sommes dans un lieu public, difficile donc de lui dire de prendre son air macho de lycanthrope et de se le carrer dans le cul. J'ai bien peur que les fans derrière lui, qui n'ont aucune idée que mes romans sont bel et bien le reflet de la réalité, ne se mettent à se poser de sérieuses questions sur ma santé mentale.

D'un autre côté, ils auraient tout à fait raison. Et puis je suis connue pour mon côté délirant et un peu fou sur les bords. Peut-être que je peux insulter cordialement le loup-garou en face de moi et lui dire d'aller clamser dans un coin de la forêt sans que personne ne bronche.

Je prends quelques instants pour réfléchir à cette solution. Plus les secondes passent, plus l'idée me plaît.

Je soupire en me disant qu'il ne va pas gâcher ma séance de dédicaces. Je parie qu'il a reniflé que j'étais une changeling et qu'il a ressenti le besoin de venir m'humilier en public, comme le bon gros macho qu'il doit être. Il a beau avoir une belle frimousse avec ses cheveux châtains, je sais ce qu'il se cache derrière son air de beau gosse : un connard en puissance, comme tous ses congénères qui pensent que la femme n'est là que pour satisfaire leur ego masculin.

Parfois, je me demande si les loups-garous ne sont pas restés coincés au quatorzième siècle.

Ou à la préhistoire.

Il tire une carte de visite de sa poche et me la tend. Je lis l'inscription, pas très certaine de comprendre.

— Kyle Lewis, dis-je à voix haute. Directeur de publication de Pearl Éditions.

L'une des plus grandes maisons d'édition de la planète.

— Nous aimerions beaucoup te faire une proposition, continue-t-il en passant la main dans ses cheveux comme s'il se recoiffait.

Ils sont tellement courts que je ne vois pas ce qu'il pourrait bien recoiffer. Il essaie encore de se donner un genre ?

— Et je suis supposée croire que c'est une coïncidence que tu te pointes à ma séance de dédicaces ? demandé-je.

— Ça n'en est pas une, m'assure-t-il tranquillement.

— Et donc ? Quelle est cette proposition ?

— Nous aimerions te publier.

Je considère un instant la carte.

— C'est une blague ? insisté-je.

La file de lecteurs s'est allongée derrière lui et j'ai très envie de l'expédier dans une poubelle. Ou le cul coincé entre deux étagères de livres. Ou peut-être juste de lui enfoncer le crâne dans le sol pour qu'il arrête de me sortir des âneries à tout bout de champ.

— Absolument pas.

Je lui fais mon plus beau sourire factice, 100 % forcé, 100 % pas naturel.

— Et du coup, c'est une habitude de venir démarcher des auteurs qui ont indiqué qu'ils ne souhaitaient pas intégrer une maison d'édition ? enchaîné-je. Ou bien c'est juste un petit hobby que tu exerces quand tu sens qu'il s'agit d'une autrice *spéciale* et que tu as envie de lui mettre sous le nez ton air supérieur ?

J'insiste sur le terme « *spéciale* ». Il ne peut pas ignorer que je suis une changeling, il a dû le sentir dès qu'il a mis les pieds dans la librairie, j'imagine. Sinon il ne se serait pas pointé à ma table. Il doit avoir des sens très développés pour s'être aperçu de ma présence juste en entrant.

— Je dois dire que si j'avais su que tu étais *spéciale*, je me serais abstenu. Je n'aime pas me prendre la tête avec les gens *spéciaux* dans ton genre.

— Au moins un point sur lequel nous sommes d'accord. Alors que dirais-tu d'annoncer à tes supérieurs que tu as essayé et malheureusement échoué, parce que je ne souhaite pas entrer dans une quelconque maison d'édition et que je suis très heureuse avec mon statut actuel ?

Il jette un coup d'œil à la file de lecteurs qui s'impatiente.

— Ils pourraient être dix fois plus nombreux si tu passais sous notre aile.

— Ça m'est bien égal, je n'ai pas besoin qu'ils soient dix fois plus nombreux.

Est-ce qu'il a lu ce que j'écris au moins ? Non, impossible. S'il l'a fait, il n'y a aucune chance pour qu'il ait envie de me publier, il trouverait même ça dangereux. Il serait capable de m'inciter à la censure, de me parler des nombreux dangers de révéler l'existence des loups-garous, des changelings et autres merveilleuses créatures qui peuplent la planète pendant que les humains restent dans l'ignorance la plus totale.

Et qu'ils se nourrissent pourtant de lectures fantastiques.

Comment est-ce qu'ils font pour avaler autant de films avec des personnages dotés de super pouvoirs sans que ça éveille leurs soupçons ? À quel moment se disent-ils que le docteur Charles-Xavier n'a pas existé et que les X-men ne sont qu'une œuvre de fiction ? Bien sûr, ils ne sont pas sur le devant de la scène. Mais enfin, les auteurs ne puisent pas leur inspiration uniquement dans leurs rêves, ils déchargent la réalité dans leurs écrits régulièrement.

— On a fini ? dis-je sur un ton agacé et impatient.

— Garde ma carte, lâche-t-il. Appelle-moi pour prendre rendez-vous.

— Bien sûr, fais-je sur un ton sarcastique. Je m'empresse de faire ça dès ce soir, après la séance de dédicaces.

Je fais rouler mes yeux dans leurs orbites et les lèvent au ciel pour bien illustrer le sarcasme dans mes propos. Il me sourit sans prendre ombrage de mon attitude. Mince, il n'est pas aussi macho que je l'imaginais. La plupart des loups-garous m'en auraient déjà collé une pour outrage à leur personne. Ils auraient sûrement pris leur air autoritaire, auraient déchargé une partie de leur magie de soumission sur moi, pour que je m'écrase.

Mais non, il ne fait rien de tout ça.

— À très vite, September, ajoute-t-il.

Il tourne les talons tandis que je l'observe disparaître, médusée. J'aime provoquer l'autorité, mais je m'en tire rarement avec aussi peu de conséquences que d'écoper d'une carte de visite. Je relis le nom encore une fois, ainsi que le titre, puis je glisse le bout de papier dans la poche arrière de mon jean. J'inspire, je prends mon plus beau sourire, naturel cette fois-ci, et j'encourage la prochaine personne à s'avancer.

Il s'agit d'une jeune femme qui doit avoir vingt-cinq ans, elle tient un exemplaire de mon dernier livre entre les mains et me le tend, les doigts légèrement tremblants.

— Je ne mords pas, dis-je, amusée.

Elle balbutie une réponse que je ne comprends pas et je m'emploie à la mettre à l'aise.

— Je suis désolée pour l'attente, Monsieur ne voulait pas partir.

— Il était vraiment beau, avoue-t-elle timidement. C'est votre petit copain ?

Je lève un sourcil vers elle.

— Non.

— Il travaille avec vous ?

— Non.

Plutôt mourir. Sortir avec un loup-garou, ce serait comme me soumettre à une autorité à laquelle je me dérobe depuis des années.

— C'est un lecteur, alors ?

— Non, juste quelqu'un que j'espère ne jamais revoir.

Je lui annonce ça avec un grand sourire, mais elle se renferme aussitôt avec l'impression d'avoir été indiscrète. Puis, alors que je pensais que sa timidité l'empêcherait de prononcer un mot de plus, elle lance à mi-mots :

— Un ex ?

Je dois contenir la vague d'émotions qui s'empare de moi.

— Oh, si c'était un ex, je peux t'assurer qu'il ne serait pas là pour témoigner de notre relation.

Car le dernier ex en date est enterré dans les bois et l'herbe n'a pas encore eu le temps de repousser sur sa tombe.

Je pousse la discussion sur un terrain moins glissant, je lui demande comment elle m'a connue, quel est son titre préféré, si lire est sa plus grande passion ? Elle me complimente sur mes longs cheveux auburn, me demande si leur couleur est naturelle, je lui assure que oui, et elle m'interroge ensuite sur mon prénom.

— September Jones, c'est un pseudo ?

— Non, c'est mon véritable nom.

Ce qui ne manque pas de surprendre tout un chacun. Oui, Jones sonne définitivement comme un nom qu'on m'aurait collé sans savoir comment je m'appelle. Et pourtant, mon très cher père, August Jones, avait clairement le sens de l'humour en décidant de m'appeler September.

— C'est très joli, se rattrape-t-elle.

— Merci.

Je signe le livre à son prénom, Mélinda, et lui écris un petit mot. Elle récupère l'ouvrage, se dandine d'un pied sur l'autre sans savoir quoi dire, alors je l'encourage finalement :

— Oui ?

— Est-ce que je pourrais prendre une photo avec vous ? demande-t-elle en se mordant la lèvre inférieure.

— Bien sûr, réponds-je avec un grand sourire.

Elle contourne la table. Elle a les cheveux blonds avec les pointes colorées en rose. Elle porte une robe noire ample qu'elle a rehaussée d'une ceinture au niveau de la taille, a ajouté une paire de collants roses pour contraster et a enfilé des bottines noir brillant.

— Et qu'est-ce que tu fais dans la vie ?

Je pose la question tandis qu'elle se rapproche et sort son smartphone. Elle se met dans mon dos, mes narines commencent à frétiller sous l'assaut de l'odeur de son parfum. Il est fort, sent la vanille et se diffuse dans mon organisme jusqu'à me donner la migraine.

— Je suis assistante marketing pour un site internet de news sportives, m'explique-t-elle.

Elle pose une main sur mon épaule, je garde mon sourire fixe tandis que mes muscles se contractent. Elle tend son téléphone à la personne suivante qui accepte de nous prendre en photo. Elle est debout, derrière moi, et se penche pour que sa tête soit à la hauteur de la mienne. C'est à ce moment-là que sa main se baisse. J'aperçois trop tard la seringue qu'elle plante dans ma cuisse à travers mon jean avec férocité.

— Souris pour la photo, me dit-elle.

Son air timide a disparu et j'entends la menace dans sa voix. Je cligne plusieurs fois des yeux en essayant de comprendre ce qu'il se passe, elle appuie sur la seringue et le liquide s'infiltre dans mes veines.

— Qu'est-ce que c'est ?

La photo est prise, je ne me demande même pas quelle expression je dois avoir.

— Qui es-tu ?

Je veux me lever, mais mes sens s'emballent. Son parfum de vanille monte à mes narines encore plus puissamment, jusqu'à ce que j'aie une sensation de nausée et d'étouffement.

Je m'appuie sur la table, j'observe les fans juste devant qui attendent leur dédicace, qui font la queue pour venir échanger quelques mots avec moi. Ils se dédoublent et petit à petit j'ai l'impression d'avoir une armée dans la librairie. Je veux appeler au secours, les sons restent bloqués dans ma gorge. Je sens ma part animale qui veut se libérer pour nous sauver, mais je sais qu'il ne faut pas. Je ne peux pas. Je ne dois pas.

— Alors, on préfère conserver son secret intact, hein ? murmure la dénommée Mélinda à mon oreille.

— Elle n'a pas l'air bien, fait la fan suivante. September Jones, ça va ?

Je vois une silhouette qui s'approche et pose le smartphone de mon assaillante sur la table de dédicaces. Elle contourne la table tandis que je ne tiens plus sur ma chaise.

— Il faut appeler quelqu'un, souffle-t-elle.

— Oui, il faut, confirme l'autre.

La seringue a disparu de sa main, je crois. Parce que mes yeux voient flou et que je dois lutter de toutes mes forces pour ne pas laisser ma part animale prendre le dessus.

Qui est-elle ?

Comment sait-elle ?

— Allez, un petit effort, ajoute-t-elle à mon oreille. Fais jaillir la bête qui est en toi, montre à tous ceux qui t'admirent que tu n'es rien d'autre qu'un monstre.

Je ne sais pas si c'est parce que je suis têtue comme une mule, comme s'amusait à le dire mon père, ou si c'est parce que je suis trop fière pour accepter l'échec.

Plutôt que de laisser ma part changeling faire surface et exposer à toute une librairie un secret bien gardé, je serre les dents. Je stabilise une seconde ma vision sur Mélinda et je lui souris.

— Plu… tôt… cre… ver…, articulé-je avec difficulté.

Et effectivement, je ne sais pas ce qu'elle m'a injecté, mais j'ai bien l'impression que je vais clamser.

Ce qui ne me dérange absolument pas.

CHAPITRE 2

— Allez, lâche l'animal, s'impatiente-t-elle pendant que l'autre lectrice est partie alerter le gérant de la librairie.

Je tiens bon, envers et contre tout. Je mets des chaînes sur la bête qui est en moi, je l'enferme à double tour, tous mes efforts sont tournés vers l'idée de la contenir, elle.

— Quel… ani… mal ? dis-je.

Je sens que je l'agace, qu'elle ne s'attendait pas à ce que je tienne aussi longtemps et d'une certaine manière, ça me réjouit.

Ce qui montre bien à quel point je suis stupide. Je ferme les yeux quand des soubresauts se mettent à agiter mon corps. Je convulse, mais je suis encore consciente. La douleur s'insinue comme de l'électricité dans mes nerfs et je sais de quoi je parle : je n'en suis pas à mon premier choc électrique. Je n'ose pas ouvrir les yeux maintenant, j'ai trop peur d'apercevoir les regards inquiets de mes fans, ou peut-être encore mieux, d'halluciner le visage de mon père. Si August se pointe alors que je m'apprête à mourir, je jure que je lui refais le portrait dans l'au-delà. Qu'il n'aille pas gâcher mes derniers instants sur cette planète. J'aimerais les savourer tranquillement, m'en délecter, les sentir passer et enfin être libérée de ma condition.

— Qu'est-ce qui lui est arrivé ? demande alors une voix masculine.

Kyle Lewis dans toute sa splendeur. Directeur de publication de Pearl Éditions. Si mon odorat n'avait pas été bousillé par ce parfum à la vanille, je l'aurais reconnu avant d'entendre sa voix, malgré mes yeux fermés et contractés.

— Elle était assise et puis d'un seul coup elle est devenue pâle et elle s'est écroulée, annonce une voix qui n'est pas celle de Mélinda.

J'espère pour elle qu'elle a filé, parce que si je me remets et que je la retrouve, il n'y aura pas que le cadavre de mon ex enterré dans les bois.

Bon, il n'y a déjà pas juste le cadavre de mon ex.

Mais il y en aura un de plus, voilà.

Pas sûre qu'il reste de la place.

Je m'étouffe en riant de mes propres idioties. Kyle pose sa main sur ma joue, elle est fraîche, ce qui veut probablement dire que je suis brûlante.

— Tu as mal quelque part ? demande-t-il.

Ma gorge est tellement enflée que cette fois, je ne peux vraiment plus prononcer un seul mot. J'essaie de contrôler ma main gauche, qui doit être proche de lui. Je cherche sa peau, je tombe sur un muscle de sa cuisse, je crois. Je sens le jean sous mes doigts. Je me mets à tapoter dessus.

— Tu peux parler ?

Non, connard. Si je pouvais parler, je l'aurais déjà fait. Je continue de tapoter sur le même rythme. Il attrape finalement ma main pour bloquer mes doigts.

— Mouvements incontrôlés, dit-il. Le libraire a appelé les secours, ils seront bientôt là. Si tu pouvais te remettre avant, et si on pouvait éviter de te trimballer toi et tes airs *spéciaux* à l'hôpital, tu te doutes bien que ça arrangerait tout le monde.

Et par tout le monde, il entend « toute la communauté surnaturelle ».

Il soupire, comme si j'étais un cas auquel il n'avait pas prévu de prêter plus d'attention que ça et que je lui faisais perdre son temps. Ah, je reconnais bien là la patience des loups-garous.

J'essaie de libérer ma main et de tapoter à nouveau, il m'en empêche.

— Tiens bon, OK ? Pas de trucs *spéciaux*. Tu serres les dents, tu avales ta colère et toutes tes émotions. Pas de changements intempestifs.

Qu'est-ce qu'il croit que je fais depuis tout à l'heure ? Ce n'est pas en me donnant des ordres que j'applique déjà qu'il va me calmer. Maintenant, j'ai vraiment envie de lui refaire le portrait. Il a cru que j'étais une débutante ? Une nunuche ? Il pense qu'en me balançant des évidences comme ça je vais rester zen ?

Sa main se détache de ma joue et sa voix change tout à coup. Je comprends qu'il passe un appel téléphonique.

— Je vais avoir besoin de toi, lâche-t-il. Maintenant.

Quelques secondes s'écoulent, puis je sens l'atmosphère changer et se charger d'autorité. Si je n'avais pas déjà été clouée au sol, j'aurais eu envie de le faire tant la puissance qui se dégage de Kyle est forte.

— Tu as deux minutes. Je vais la porter dehors. Fais en sorte de ralentir l'ambulance.

Il doit raccrocher puisque tout à coup, deux bras me saisissent et me portent, tandis que j'entends le libraire protester.

— On ne devrait pas attendre les secours ? demande-t-il.

Sa voix est devenue rauque avec l'âge. Je l'imagine avec ses cheveux poivre et sel, son air bienveillant et son dos courbé. Il était tellement adorable la première fois que je suis venue lui demander si je pouvais organiser une séance de dédicaces dans sa librairie. Il était une bouffée d'oxygène au milieu de la douzaine de libraires que j'avais démarchés sans succès ce jour-là, à croire que les autoédités étaient des pestiférés. Peut-être qu'il va devenir célèbre grâce à ma mort. Peut-être que mes ventes décolleront demain parce que j'aurais clamsé dans une librairie pendant une séance de dédicaces. On ne pourra pas dire que je n'étais pas dédiée à mon œuvre.

— Arrête de remuer, grogne le loup-garou.

T'as qu'à me poser, Ducon. Je t'ai rien demandé.

— Si tu te transformes maintenant, je te jure, je te tue pour éviter tout esclandre.

Oh, Monsieur parle par la menace. C'est plutôt mon langage d'habitude, mais au moins, c'est un langage que je comprends.

— Qu'est-ce… que… tu… crois… que… je… fais… de… puis… tout… à… l'heu… re… ?

J'arrive à sortir les mots en soufflant entre chaque syllabe. J'essaie d'enrayer la douleur qui me saisit par tous les pores de la peau. Pire : cette connasse me ronge de l'intérieur, on dirait que Mélinda a décidé de déverser un bon petit venin qui enflamme mon corps. Avec tout ça, ma part animale a très envie de prendre le devant de la scène, ce qui permettrait certainement de calmer la douleur, peut-être même de la descendre à un niveau acceptable.

— Tu joues les princesses qui ont besoin d'un chevalier pour les sauver, rétorque-t-il. Voilà ce que tu fais. Je ne sais pas ce que tu glandes ici sans supervision, mais tu sais que tu ne devrais pas te déplacer sans un compagnon de meute.

Oh, si j'étais en capacité, je lui aurais presque craché au visage, là.

— Je m'occupe d'elle, assure-t-il à d'autres personnes que nous devons sûrement croiser.

J'essaie d'ouvrir les yeux, la douleur est atroce, je vois toujours flou, mais j'arrive à discerner des formes.

Je sens l'air de la rue sur mon visage, nous avons quitté la librairie. Les pneus d'une voiture crissent en freinant, il s'agit d'un 4x4, je me demande vraiment quel kéké possède un 4x4 en plein centre-ville. Puis je vois qu'on se dirige droit vers le véhicule noir.

Oui, finalement, Kyle, kéké, ça coule de source.

— Tu… comptes… me… kid… napper ? grommelé-je.

— Te sauver la vie, rétorque-t-il. Un merci serait le bienvenu.

Je me renfrogne encore plus. Est-ce que les gens ne pourraient pas me demander mon avis avant de faire des pieds et des mains pour me garder en vie ?

Qui a dit que je voulais être sauvée, hein ?

Est-ce qu'UNE FOIS, une SEULE FOIS, on pourrait me laisser mourir en paix ?

CHAPITRE 3

— C'est qui ? demande une voix.

Je jette un coup d'œil alors qu'on m'allonge à l'arrière du 4x4. Kyle monte avec moi, à l'avant il y a deux gaillards, des beaux gosses bien sûr. Même s'ils sont flous, je suis capable de repérer cette coupe de cheveux et cet air supérieur. Trois loups-garous dans la même voiture. Formidable. Pourvu qu'on ait un accident et qu'on crève tous.

— Elle est des nôtres et elle risque de se transformer à tout moment, il fallait l'extirper du lieu public, explique Kyle.

— Bon, on la lâche quelque part dans une forêt et c'est bon alors, boss ? continue la voix.

C'est le type qui conduit, je crois. Qui conduit comme un trou-du-cul, d'ailleurs. Il croit quoi ? Que j'ai l'estomac bien accroché là, avec du poison dans mes veines et une envie débile de me transformer contre laquelle je lutte depuis plusieurs minutes ? Je vais vomir sur sa banquette, ça va le calmer.

— Évite les secousses, ajoute Kyle.

Lui, il lit dans mon esprit. Je lui jette un regard mauvais, j'aurais largement préféré vomir.

— Tu peux parler ? me demande-t-il.

Oh oui, bien sûr, je suis conne et je parle à peine depuis tout à l'heure parce que je n'y ai pas pensé peut-être ?

— Laisse… moi… cre… ver…

Voilà, j'ai lâché les mots. Il me regarde, avec ses yeux verts absolument parfaits, et il ignore sciemment mes paroles. Pourtant, il m'a entendue, je le sais.

— Tu peux te transformer, on est entre nous. Sinon tu peux attendre qu'on te trouve un coin calme.

— Pas… ques… tion…

Articuler me fait un mal de chien, je ne sais pas ce qu'il y avait dans cette seringue, mais elle était bien renseignée la Mélinda pour que ça me fasse un tel effet. J'ai l'impression que les muscles de ma gorge sont paralysés, ou que mes cordes vocales sont tellement contractées que parler est douloureux.

— On va à la maison, lâche finalement Kyle après un instant de réflexion.

— Quoi ? demande le conducteur.

Kyle claque la langue contre son palais et le silence s'installe. J'imagine que les autres n'ont pas envie de le mettre de mauvaise humeur. Le type à l'avant, sur le siège passager, n'a rien dit depuis que nous sommes entrés. Il a la peau cacao, le regard fixé droit devant lui, et il reste immobile.

— Elle n'a pas sa meute avec elle, elle n'a personne de sa tribu pour la protéger. On ne va pas la laisser se transformer et l'abandonner dans un coin alors qu'on ne sait pas ce qu'il lui arrive. On fait ça sous surveillance et on la protège jusqu'à la rendre à sa meute.

Il claque à nouveau sa langue. Personne ne lui répond.

— Laisse… moi… i… ci…

J'essaie d'observer le paysage à travers la vitre opposée à ma tête. Mon crâne repose sur les genoux de

Kyle. Il a posé un bras en travers de mon ventre pour m'empêcher de rouler vers l'avant et sa main est collée à ma joue, toujours aussi brûlante apparemment, vu que sa main me fait penser à la banquise.

Et aux pingouins.

Et aux manchots.

Il faut vraiment que je google la différence entre les deux.

— Man… chot… de… mer… de…

J'essaie de l'agacer, histoire qu'il lâche l'affaire et me débarque illico presto. Je ne sais pas où nous sommes, mais peu importe la rue, si je peux mourir, ça me va.

— Tu ne devrais pas te déplacer sans ta meute, lâche-t-il.

Oui, parce que les femmes ne devraient pas se déplacer sans des camarades pour les surveiller. Merci le XIVème siècle.

— In… dé… pen… dan… te…

Je compte bientôt lui sortir un monologue sur l'émancipation de la femme, mais au rythme où je prononce les mots, je serai sûrement morte avant.

Oh pitié, faites que je crève.

— C'est à croire que tu as envie de mourir. Tu ne veux pas me dire ce qu'il s'est passé ? Tu as une maladie ? Tu as mangé quelque chose qu'il ne fallait pas ?

— Se… rin… gue…

Mes yeux roulent dans leurs orbites alors que je me sens basculer dans l'inconscience. Kyle me balance une bonne gifle, qui me garde éveillée. Merde, je le connais pas, pourquoi il s'est mis en tête de me sauver ?

— Une seringue ?

Il observe mes bras, les soulève.

— Tu n'as pas de traces. Tu te drogues ?

Je fais non de la tête.

— Tu as quelque chose dans ton sac qu'il faut que je te donne peut-être ?

Sa main se décolle de mon visage. Il a même pensé à prendre mon sac ce triple idiot. Il se met à fouiller à ses pieds.

— Il n'y a rien. Juste ton téléphone, un portefeuille…

Il attrape le portefeuille et l'ouvre. Il tombe sur ma pièce d'identité.

— September Jones, lit-il. C'est ton vrai nom alors.

Sans déconner, est-ce que c'est vraiment la question que tout le monde se pose me concernant ? Il veut fouiller dans mon téléphone portable, mais il est protégé par un mot de passe. Il pose alors mon index sur la trace d'empreinte et l'ensemble se débloque.

— Un numéro à contacter en cas d'urgence ? me demande-t-il.

Non, pourquoi est-ce que je ferais une telle chose ? Si je suis dans la merde, je compte bien y rester.

— Quelqu'un de ta meute que je peux appeler ?

Je lève les yeux au ciel.

— Tu ne me facilites pas la tâche, insiste-t-il. Je vais appeler chaque nom, un à un s'il le faut.

Il affiche le menu contact sous mes yeux par ordre alphabétique et je vois le nom d'August s'inscrire. Oh, non, tout, mais pas ça. Je tousse, j'essaie de parler, les mots restent bloqués. Des convulsions débarquent à nouveau et je me sens perdre conscience.

À croire que la simple mention du nom de mon père suffit à me pousser vers l'au-delà.

Coïncidence ? Je ne pense pas.

CHAPITRE 4

J'ouvre les yeux alors qu'il me sort de la voiture. Les mouvements de mon corps se balançant de gauche à droite m'ont réveillée. J'imagine que ça veut dire qu'on est arrivé à destination. C'est fou cette capacité qu'a le cerveau à nous réveiller pile au moment où on arrive.

— Transforme-toi, grommelle-t-il.

— Poi… son… articulé-je, heureuse de découvrir que ma voix m'obéit à nouveau.

— Alors, transforme-toi, s'énerve-t-il. Je n'ai appelé personne dans ton foutu téléphone, ça avait l'air de te mettre en rogne. Mais transforme-toi pour me prouver que tu vas aller mieux et que je n'ai pas besoin de tous les appeler un à un.

Non, non, non. Je ne me transformerai pas. J'ai l'occasion de mourir, enfin. Et je compte bien la saisir. J'ai été lâche toutes les fois d'avant, je tiendrai bon aujourd'hui.

— Mais tu as prévu de mourir ou quoi ?

Je hoche la tête. Enfin, il se découvre une forme d'intelligence. Un éclair de colère traverse ses yeux quand il comprend que je ne rigole pas.

— Pas sous ma surveillance, lâche-t-il alors. Tu crèveras dans ta meute si tu veux. Mais tant que tu es avec moi, tu es sous ma responsabilité et personne ne meurt sous ma responsabilité.

Oh non, pas encore un loup-garou qui se prend pour un super-héros qui doit sauver tout le monde.

— Trevor, appelle-t-il alors qu'il pousse du pied une porte d'entrée. Fais venir Tamara. Je veux savoir ce qu'elle a. Elle semble parler de poison. Qui pourrait lui avoir injecté un poison qui l'affecte comme ça ?

Trevor est le prénom du beau black qui se trouvait dans la voiture. Il nous dépasse en trottinant, j'entends des portes claquer et mon ouïe m'indique qu'il est passé par ce qui ressemble à une porte arrière pour aller dans un jardin probablement. Il appelle la dénommée Tamara, pendant que Kyle débarrasse la table de la salle à manger et m'allonge dessus. J'essaie de protester, de rouler sur le côté, mais il me rattrape.

— Je n'ai jamais vu quelqu'un d'aussi têtu que toi.

Je prends ça pour un compliment.

— Ne m'oblige pas à forcer ta transformation, dit-il ensuite quand il n'y a plus personne dans la pièce.

Je ne sais pas ce que son autre acolyte est parti faire. Probablement qu'il est en train de nettoyer son 4x4 comme si c'était son bébé.

Ah non, le voilà qui débarque avec un drap et de quoi surélever ma tête. Quatre autres personnes font leur apparition, quatre hommes. Puis enfin, Trevor revient avec une femme.

Tamara.

Elle a les cheveux les plus blonds que je n'ai jamais vus. Elle est fine, élancée et porte un short en jean, assorti d'un débardeur blanc. La présence des sept loups dans la pièce ne la gêne nullement. Moi, mes sens ont l'air de se faire la malle, alors je ne me rends même pas compte de la dose de testostérone dans l'air.

— Qu'est-ce qui lui est arrivé ? demande-t-elle.

Les hommes s'écartent et lui laissent le champ libre. Seul Kyle reste à mon chevet. Il glisse un oreiller sous ma tête et fait passer le drap sous mon corps. J'imagine que c'est pour éviter que je ne salisse sa table.

— Je ne sais pas. Elle a fait un malaise dans une librairie et elle avait l'air mal en point, et pas loin de se transformer. J'ai jugé préférable de l'extirper de là. Pas de signe de transformation depuis. Elle parle de poison. Est-ce que… est-ce qu'on peut lui avoir injecté quelque chose qui bloque sa transformation ?

T'aimerais bien, hein. Ça t'expliquerait pourquoi je ne me suis pas encore transformée et tu arrêterais de me regarder comme un OVNI.

— Il n'y a pas beaucoup de poisons qui peuvent faire autant de mal à des loups, dit-elle.

Ah, elle n'a pas capté que je n'étais pas tout à fait une louve, intéressant. Est-ce que Kyle pense aussi que je suis une louve ? Est-ce une subtilité qui leur échappe malgré leur flair ?

— OK, je m'occupe d'elle.

Elle se met à m'ausculter, réclame sa sacoche médicale, Trevor part dans la maison, revient quelques secondes plus tard avec un sac en cuir, qui se porte en bandoulière. Elle fouille dedans, en tire un liquide transparent, ainsi qu'une seringue.

Je n'ai pas eu assez de seringues pour la journée, peut-être ? Je n'ai pas la force de me débattre et puis Kyle a sa main posée sur mon bras, comme s'il ne comptait pas me laisser partir. Je peux fanfaronner autant que je veux, j'ai conscience que je ne peux pas le battre en combat individuel, même au meilleur de ma forme.

Elle m'injecte son produit.

— Elle a besoin de calme et de repos. Je ne veux voir personne dans cette pièce pendant une heure. Le premier qui met un pied ici a intérêt que ce soit pour une question de vie ou de mort, clame Tamara.

Et là, alors que j'aurais pouffé de rire si mes cordes vocales n'avaient pas été paralysées, tout le monde lui obéit.

Dingue.

Des loups qui obéissent à une femelle.

C'est sûrement le poison qui me fait halluciner. Tout le monde s'éloigne, Tamara capte mon regard surpris. Seul Kyle reste encore un instant, puis il lâche mon bras, se lève et disparaît à son tour.

— Ils me respectent, dit-elle. Je suis au plus bas de la meute, mais ils ne me voient pas comme un maillon faible. Ils me voient comme quelqu'un qu'ils ont pour mission de protéger. Et ils savent que je m'y connais quand il est question de soins. Je leur ai sauvé la vie plus d'une fois.

Tamara a une voix douce avec un accent du sud. Le mélange est étrange, mais agréable. Je me laisse bercer par ses intonations.

— Tu es en sécurité ici, m'assure-t-elle. Ils ne te feront aucun mal. On va te remettre sur pied et tu pourras nous expliquer d'où tu viens et pourquoi tu n'arrives pas à te transformer.

Ne veux pas me transformer. Nuance.

— Je t'ai injecté de quoi booster ton système loup contre le poison. Je n'ai aucune idée de quel poison il s'agit, mais ta part animale a juste besoin de temps pour l'éliminer. Je lui ai donné de quoi le faire plus vite.

Elle me caresse le front. Ses yeux sont bleu clair et me fascinent.

— Kyle n'est pas du genre à ramener des brebis égarées, ajoute-t-elle. Tu devais être sacrément en danger pour qu'il décide de s'en mêler.

Tu parles. Il a décidé de me pourrir ma journée, oui. Mes muscles se détendent, elle passe la main dans mes cheveux, vérifie ensuite que mon coude se déplie et se replie correctement. Elle m'ausculte de A à Z. Je me sens calme, ma gorge se détend et je laisse ma part animale me soigner, sans prendre le dessus pour autant.

Le poison recule dans mes veines.

Parfois, être un surnaturel, ça a du bon.

Je sens une larme rouler le long de ma joue. Ce n'est pas aujourd'hui que je mourrai.

Les minutes s'allongent et Tamara continue de me parler, peut-être pour me rassurer, peut-être pour vérifier que je reste consciente.

— Ils te ramèneront quand tu iras mieux. Tu es tombée au bon endroit. Ils sont un peu bourrins et parfois maladroits, mais ils ont tous bon fond. Kyle fait attention à qui il accepte dans la meute. C'est un bon chef. Pour avoir connu d'autres meutes, je crois que c'est le meilleur que j'ai eu à ce jour. Il peut être froid, pour ne pas dire glacial, et parfois très sévère. Mais tout ce qu'il fait, il le fait dans l'intérêt de la meute.

Mes épaules se détendent et je sens que je suis de nouveau maîtresse de mes cordes vocales.

— Il a surtout l'air imbu de lui-même, rétorqué-je.

Elle me sourit.

— C'est l'effet qu'il peut produire sur ceux qui ne le connaissent pas, effectivement. Tu te sens mieux ? Tu es prête à me raconter ce qu'il t'est arrivé ?

Elle s'assoit à côté de moi sur la table, les pieds dans le vide. Je fais mine de me redresser, mais elle me repousse pour que je reste allongée. Bon sang, elle a de la force dans la main pour une louve.

— Si Kyle débarque et que je t'ai laissé te lever, je t'assure qu'on va tous passer un mauvais moment, m'explique-t-elle. J'ai vu comment il te regardait. Il a décidé de te protéger et tant que tu es sous sa responsabilité, il va se faire un devoir de veiller sur toi.

Formidable. Il a le complexe du héros.

— Où est-ce que je suis ? demandé-je.

— À Highland Creek, m'explique-t-elle.

Dans la banlieue de Toronto, donc. J'ai quitté la ville.

— Nous nous sommes installés là il y a quelques mois déjà, enchaîne-t-elle. Avant, nous étions plus loin dans le nord, mais les affaires de Kyle l'ont amené dans le sud.

— Quelles affaires ?

— Ses investissements. Il veille aux finances de la meute.

— Je peux rentrer ? Personne ne va me retenir ?

Elle hausse les épaules.

— Personne ne te force à rester, mais ils voudront t'escorter jusque chez toi.

Pas question qu'ils sachent où j'habite.

— Très bien, annoncé-je.

Je me redresse, résiste à la poigne de Tamara qui veut me maintenir allongée. Elle soupire en me laissant faire. La tête me tourne, je vacille un peu en glissant de la table et en me dressant sur mes jambes, mais je tiens bon.

— J'y vais, lâché-je.

— Où ? demande-t-elle.

— Je retourne à ma séance de dédicaces, j'ai des fans qui patientaient, ils sont peut-être encore là.

Cette fois, elle me prend pour une dingo, c'est sûr.

— Je ne crois pas que ce soit…

Elle est interrompue par des pas qui se dirigent vers nous. Je jette un coup d'œil à la salle à manger, qui fait aussi office de salon et de cuisine. L'ensemble est tellement vaste que je me demande si on ne pourrait pas faire tenir deux maisons juste dans cet espace. Il y a assez de canapés pour installer douze personnes au moins, mais bon quand je vois combien de loups il y a dans cette maison, ce n'est pas étonnant.

Kyle fait irruption dans la pièce. J'imagine que ces histoires de vie ou de mort n'ont pas d'emprise sur lui. Tamara ne lui fait pas de remontrances en tout cas.

— Bien, dit-il en appuyant son épaule contre le cadre de la porte. Tu es remise. Tu vas pouvoir m'expliquer ce qu'il s'est passé.

Je le défie du regard. Ce n'est pas quelque chose à faire, avec un loup dominant. Mais je crois que j'ai de sacrées envies suicidaires aujourd'hui. Je me demande s'il va me rabrouer ou me sortir sa magie d'autorité, mais il n'en fait rien. Il ignore mon état de rébellion.

Ce qui est d'autant plus rageant. Je suis donc si insignifiante à ses yeux qu'il croit qu'il peut se permettre d'ignorer mes menaces subtiles ?

— Tamara, laisse-nous, réclame-t-il.

Elle me jette un regard désolé, puis s'échappe par la porte.

— Cosy, chez toi, dis-je comme si de rien n'était. Un peu grand à mes yeux, mais bon j'imagine que c'est à la taille de ton ego.

— Qu'est-ce qu'il s'est passé ? demande-t-il.

— Je ne sais pas.

Il me regarde avec fureur. Oh, j'ai réussi à l'énerver en si peu de temps ? Je ne suis pas aussi rouillée que je l'imaginais.

— Qu'est-ce qu'il s'est passé ? répète-t-il, et je sens la magie de meute à l'œuvre, qui me pousse à vouloir tout lui déballer.

Je résiste. Je suis très douée pour résister à ce genre de choses.

— Je crois qu'une fan n'était pas vraiment une fan, qu'elle était au courant de ma véritable nature, et qu'elle m'a injecté un truc pour me forcer à me transformer devant tout le monde.

Je ne peux pas faire plus simple et clair comme résumé.

— Tu as son nom ? Sa description ?

— J'ai le nom qu'elle m'a donné. Mélinda. Mais je ne crois pas que ça nous avancera à quoi que ce soit. Elle est dans la nature à cette heure-là. On ne la reverra jamais.

— Sa description ? insiste-t-il.

Je lui décris ce dont je me souviens, les mèches roses notamment.

— C'était une humaine, ajoute-t-il.

Je m'agace.

— Oui, et alors ?

— Tu n'as rien senti venir ?

— Pas avant qu'elle ait une seringue plantée dans ma cuisse, rétorqué-je, les dents serrées.

— Et tu n'as rien fait pour l'empêcher de t'injecter son poison ou pour te débattre ?

Je ne réponds pas. Il a bien vu l'état dans lequel j'étais.

— Je me trompe ?

— Non, finis-je par dire.

— Et tu ne voulais pas que je te sauve, ajoute-t-il.

Ce n'est pas une question.

— Pourquoi ? enchaîne-t-il.

Il croise les bras sur sa poitrine.

— Ça ne te regarde pas, décrété-je.

— Tu ne t'es pas transformée non plus. Alors que ta transformation aurait tout résolu. Si tu tiens tant que ça à mourir, pourquoi tu ne te suicides pas, tout simplement ?

Oh, je pensais qu'il jouerait les fins psychologues, pour savoir pourquoi ma survie ne m'importait pas, mais finalement on passe tout de suite aux détails pratiques.

— J'ai essayé, dis-je avec nonchalance.

— Et ?

— Et quoi ? Je suis là, non ? C'est que je me suis ratée.

— Ou que tu n'es pas allée au bout, constate-t-il.

Je déteste ces gens qui sont capables de deviner ce qu'il se passe dans ma vie alors qu'ils ne me connaissent pas. J'ai une furieuse envie de lui mettre mon poing dans la figure. Il croit quoi ? Qu'après m'avoir parlé cinq minutes, il peut jouer au fin psychologue avec moi ?

— J'en conclus que tu ne veux pas vraiment mourir. Ou que tu manques de courage.

— Merci pour ces conclusions, sifflé-je.

Il me regarde, je m'attends à ce qu'il me pose toutes ces questions que les autres m'ont posées. Pourquoi, hein ? Pourquoi tu tiens tant que ça à mourir, September ? Tu as une belle vie, tu aimes ce que tu fais, pourquoi tu passes ton temps à vouloir te saboter ? Pourquoi tu te mets en danger à chaque fois que c'est possible ?

— Je te raccompagne, décide-t-il en passant derrière le bar de la cuisine et en attrapant un jeu de clefs accroché au mur.

Je fais la moue.

— Je peux rentrer toute seule.

— Tu n'es pas même foutue de te transformer pour assurer ta propre survie, grogne-t-il. Je préfère te ramener.

— Je n'ai pas envie que tu me ramènes.

— Tu veux quoi ? Que je te lâche sur l'autoroute pour que tu puisses t'allonger sur la voie et attendre qu'une voiture t'écrase ? Comme ça, tu te sentiras mieux, hein ?

Je prends sa remarque de plein fouet.

— Waouh, dis-je. Je savais que les loups disposaient du tact d'un taureau lancé à pleine vitesse contre un mur, mais je m'attendais peut-être à un peu plus de pédagogie.

— Oh, tu préférerais que je te pose mille et une questions sur la raison pour laquelle tu veux mourir ?

Je m'humecte les lèvres. Non, je ne veux pas de ces questions. Je n'ai pas envie d'en parler. Je quitte la pièce sans demander mon reste et cherche la sortie. Je m'oriente tant bien que mal, je croise deux loups sous forme humaine, ils me fixent du regard comme si j'étais une extraterrestre. J'entends les pas de Kyle dans mon dos. J'accélère, je trouve la porte d'entrée et je sors de la maison gigantesque. Je traverse un petit jardin, très bien entretenu, à croire que Monsieur et Madame Tout le Monde pourraient vivre ici. On est clairement dans un quartier pavillonnaire.

Je m'apprête à traverser la rue, mais Kyle me saisit par le bras et me tire vers une voiture.

— Non, clamé-je. Laisse-moi tranquille.

— Je te ramène, lance-t-il. Sois déjà heureuse que je te laisse partir.

— Je peux rentrer toute seule. Je n'ai pas besoin de tes sales pattes de loups sur moi.

Je tire un coup sec pour me libérer de sa poigne. Mes yeux bruns plongent dans son regard vert. Il élève la voix, elle suinte d'autorité et s'insinue à travers les pores de ma peau.

— Je. Te. Ramène.

Il est calme, mais il détache chaque mot.

— À la librairie, décidé-je. Pas chez moi. Je dois rassurer le libraire, et peut-être que mes fans sont encore là.

— Parfait, je pourrai trouver des indices sur la fameuse Mélinda.

Il avance vers un autre 4x4 que celui dans lequel nous sommes arrivés.

— Vous avez acheté en gros ? lâché-je.

Il ne daigne pas me répondre. Ce que les loups peuvent être malpolis parfois ! Il s'apprête à monter dans le véhicule, mais un bruit l'arrête. Je tends l'oreille, cherchant à comprendre quel son il a capté. Puis tout à coup, au bout de la rue déboulent trois véhicules lancés à pleine vitesse. Je déglutis, tous mes sens m'indiquent que ce n'est pas normal.

— À couvert, lâche alors Kyle. Maintenant !

Je ne réagis pas. Je vois bien les trois voitures foncer à toute allure. Et quand on est un surnat, on a tendance à savoir que ce qui paraît être un danger, EST un danger. Et encore mieux : il est généralement dirigé contre nous.

— À couvert ! répète Kyle.

Il contourne la voiture alors que le premier véhicule arrive à notre hauteur. Il se jette sur moi et me plaque au sol tandis que des tirs retentissent. Je mets mes mains sur mes oreilles, les déflagrations balancent des sons qui m'agressent les sens.

Deux fois dans la même journée, vraiment ? Deux agressions ? Je ne peux pas être visée, cette fois. Ce n'est pas possible. Personne ne sait où je me trouve.

— À l'intérieur, grommelle Kyle.

— Tu m'écrases, rétorqué-je.

Il se dégage de moi, j'entends un véhicule ralentir et s'arrêter. Il attrape mon bras et me tire en arrière vers la maison. Je jette un coup d'œil derrière moi et je vois trois véhicules garés en double file. D'immenses gaillards en descendent, ils n'ont pas du tout l'air d'être des loups. Je renifle, j'essaie de sentir leur aura. Non, ce sont des êtres humains. Et dans leurs bras, ce sont de charmantes mitraillettes, obtenues de manière tout à fait illégale, j'imagine.

Que foutent des êtres humains dans un quartier pavillonnaire, armés jusqu'aux dents ? J'observe Kyle. J'observe sa maison. J'observe les véhicules.

Puis je secoue la tête et je hausse les épaules.

Il y a bien longtemps que j'ai compris que le monde ne tournait pas rond.

CHAPITRE 5

— Qui sont-ils ? demandé-je alors que nous courons vers la maison à toute allure.

Je sens la nausée revenir, je ne suis pas tout à fait rétablie et mes capacités ne sont pas au top niveau. Kyle continue de me tracter à moitié. Des tirs retentissent, je me baisse, je trébuche et je m'écrase au sol.

Le loup fait demi-tour, son air est sérieux, il ne panique pas, il est dans l'action, il sait ce qu'il doit faire.

Devant nous, la porte de la maison s'est ouverte et Trevor sort pour nous rattraper. Kyle m'aide à me relever, de nouvelles balles passent à côté de nous. Trevor attrape mon autre bras, à eux deux ils me font décoller du sol et nous courons vers la maison.

— Je ne sais pas, grommelle Kyle entre ses dents.

À son ton, je comprends bien que ce n'est pas le moment d'insister. Peut-être que la pluie de balles était également un indice. On me pousse tête la première dans la maison, Tamara m'attrape, Trevor vient juste après, puis Kyle. Des tirs retentissent encore, la porte se ferme et autour de moi, une dizaine de loups se tient aux aguets.

Ce qui est flippant, vraiment flippant, c'est justement qu'ils ne flippent pas. Ils sont calmes, certes tendus à l'extrême, prêts à en découdre, mais aucun d'eux n'agit, personne ne s'est transformé et les humains là dehors sont encore vivants.

— Qu'est-ce qu'on fait ? demande la voix du conducteur.

Je découvre son visage, je confirme la beau gosse attitude, ses cheveux blonds, son teint bronzé de surfeur alors que nous sommes dans l'un des pays les plus froids du monde et ses muscles bien saillants.

— Qui sont-ils ? enchaîne un autre.

Kyle ne répond pas, il est occupé à regarder le bras de Trevor, qui s'est pris une balle. Du sang coule le long de la blessure.

— Tamara, dit-il.

Le médecin de la meute me lâche et se précipite auprès de son chef, elle observe la blessure, grimace et lâche un :

— Qu'est-ce qui ne va pas sur cette planète ?

Elle attrape Trevor et l'emmène vers la salle à manger où je me trouvais juste avant.

— Qu'est-ce qu'il se passe, bordel de chiottes ? lâché-je.

Personne ne me prête attention, ils ont tous les yeux rivés sur Kyle. Pendant ce temps, dehors, les balles n'ont plus l'air de jaillir des mitraillettes.

— Je veux deux personnes aux fenêtres de la cuisine, deux autres aux fenêtres de la chambre, on reste trois dans l'entrée, les autres à l'étage, au moins deux personnes par aile. Personne ne reste seul.

Je le regarde, attendant qu'il me donne une indication sur ma position.

— Avec Tamara et Trevor, annonce-t-il. Je ne veux pas te voir bouger d'un pouce.

Oh, on me balance dans l'infirmerie, parce que je suis inutile, génial.

— On peut au moins savoir de qui il s'agit ? Il y a des gens qui vous en veulent au point de venir avec des armes et de tirer en pleine rue ? C'est quoi ce délire ? demandé-je.

Il me fixe du regard, je sens sa colère bouillonner à l'intérieur de lui et je me dis que ça y est, il va le faire, il va libérer toute son énergie de chef de meute et me la balancer à la figure pour que je m'écrase.

Mais non, il ne le fait pas.

— Je. Ne. Sais. Pas, répète-t-il calmement en séparant chaque mot. Mais ce que je sais, c'est que Trevor s'est pris une balle pour t'aider à te mettre à l'abri, alors tu vas aller vérifier que Tamara n'a pas besoin d'aide, tu vas te la fermer, et nous, on va faire ce qu'il faut pour que personne ne franchisse l'entrée de cette maison, c'est clair ?

Je m'apprête à rétorquer quelque chose de cinglant, quelque chose qui lui montrera que je ne suis pas comme toutes ces louves qu'il peut soumettre. J'ouvre la bouche pour dire quelque chose…

… et je manque cruellement d'inspiration.

Puis les balles se remettent à pleuvoir, transpercent la porte d'entrée, et tout le monde se carapate, moi incluse.

— Oh bordel, j'ai vraiment choisi mon jour pour qu'on m'attaque. Je ne pouvais pas être sauvée par un type sans histoire ? Un médecin ? Un ambulancier ? Un humain bienveillant ?

Je réalise que si ça avait été le cas, je me serais sûrement retrouvée avec un paquet de problèmes sur le dos, comme ma guérison rapide. Sans compter que si le tempérament autoritaire de Kyle ne m'avait pas calmée, j'aurais tout à fait pu me transformer.

Enfin, je tiens bien ma part animale sous verrou, mais on ne sait jamais.

Je débarque dans la salle à manger, Trevor et Tamara ont décampé de la table pour s'installer à l'abri, derrière le bar. Le jeune homme est assis, adossé contre des tiroirs, Tamara est à genoux à côté de lui, elle tient une pince avec laquelle elle essaie d'extraire la balle.

Sans anesthésiant, bien sûr.

Trevor n'esquisse pas l'ombre d'une grimace, il s'est sûrement entraîné pendant des années quand il était adolescent à supporter la douleur tel un homme.

— Passe-moi un bandage, réclame-t-elle.

— Il y a besoin ? m'étonné-je.

Les loups sont du genre à guérir en un rien de temps une fois qu'on a extrait la balle.

— Argent, rétorque-t-elle.

Ce qui suffit à me faire taire. Je fouille dans sa sacoche, trouve un sachet de compresses, l'ouvre et le lui tends. Elle réussit à faire sortir la balle et Trevor grimace un chouia, ce qui me fait me dire que ça devait faire bien mal et que j'aurais chouiné comme un bébé. J'adore me plaindre quand on me soigne, je ne vois pas l'intérêt de ne pas le faire. S'il y a bien UN moment où on peut se permettre de chouiner, c'est quand on est obligé de nous soigner, non ? Ça veut dire qu'on était vraiment mal. Je ne me prive pas de ce petit plaisir, je dois même dire que je ne comprends pas cette obsession des surnats à faire comme s'ils ne ressentaient pas une once de douleur.

Sûrement un délire de loup-garou macho que je ne comprendrai jamais.

— Des êtres humains avec des mitraillettes qui tirent des balles en argent, récapitulé-je. Et on ne sait pas de qui il s'agit. Vous n'avez pas d'ennemis connus qui se sont dit « tiens si on se donnait rendez-vous à Highland Creek, en banlieue de Toronto, ça a l'air sympa, non ? ».

Tamara me fusille du regard, je sens que j'ai perdu des points en sympathie auprès d'elle. Trevor est égal à lui-même : il m'ignore.

— Pourquoi est-ce que personne ne panique ? enchaîné-je.

— Parce que paniquer aiderait à la situation peut-être ? rétorque Tamara.

Elle marque un point. J'ai tendance à penser que paniquer, c'est sain. C'est une preuve qu'on se rend compte du danger qui nous guette.

— Donc la stratégie c'est de rester calmes et d'attendre que les grands méchants loups nous protègent ?

Les deux me fusillent du regard. Ce qu'ils peuvent être susceptibles.

— Les Cagoules Jaunes, lance Trevor.

— Ils nous auraient suivis jusqu'ici ? répond Tamara.

Je me demande bien ce qu'est leur délire de Cagoules Jaunes, mais je sens que si je pose la question, on va me fusiller du regard.

— Ou les Chiens de Dan, enchaîne Trevor.

Tamara ne commente pas, elle prend du sparadrap, applique la compresse sur l'entaille et la fixe sur la peau du loup.

— J'espère pour eux que les Chiens de Dan sont restés sagement dans le nord, parce que sinon ils vont tous mourir, siffle la louve.

J'ai beau avoir perdu des points en sympathie auprès d'elle, elle en gagne auprès de moi à chaque seconde qui passe. Je suis en train de me dire qu'il reste de la place près de mon ex, dans les bois derrière chez moi et que je suis prête à lui prêter un petit lot de terre pour qu'elle puisse enterrer ses ennemis, quand une bonbonne traverse la fenêtre et se met tout à coup à émettre du gaz.

Ce qui n'est jamais bon signe.

Enfin, pas que j'aie déjà vécu ce genre de situations, mais c'est à peu près le moment dans les films où ils attrapent leur t-shirt, leur écharpe, une serviette, se la collent sous le nez et partent en courant.

— On est toujours en mode no panic ? demandé-je en regardant la bonbonne métallique diffuser son gaz dans la pièce.

Dire que si Mélinda n'avait pas décidé de transformer ma journée de dédicaces en un kidnapping improvisé, je serais encore en train de discuter avec des lecteurs de la pluie et du beau temps, de l'avenir de mes personnages et de combien d'entre eux seraient encore en vie à la fin de ma saga.

Spoiler Alert : un seul.

— Parce que je crois que s'il y avait un moment idéal pour paniquer, il vient d'arriver, ajouté-je.

On me fait les gros yeux. Qu'ont les loups à ne pas vouloir paniquer, franchement ?

— OK, dis-je en levant les mains comme si j'étais innocente. Quelles sont les solutions alors ?

— Kyle va s'en occuper, m'assure Tamara.

— Il va parlementer, renchérit Trevor.

Je les regarde tour à tour, incrédule.

— Vraiment ? Parlementer avec des mitraillettes à balles d'argent ? Mais quelle excellente idée.

Je lève les yeux au ciel, cette fois la coupe est pleine. J'ai beau ne pas être dans le meilleur des états, maintenant que je suis vivante et que mon plan pour mourir a lamentablement échoué, j'aimerais retourner à ma petite vie tranquille.

Je rampe hors de la salle à manger en toussant, tandis que le gaz commence à remplir mes poumons. J'imagine que s'ils ont envoyé du gaz, c'est pour nous obliger à nous transformer.

Je retourne dans l'entrée, Kyle me voit immédiatement et gronde à mon attention.

— Je t'ai dit d'aller avec Tamara et Trevor, cingle-t-il.

Les deux loups qui l'accompagnent sont planqués dans des encadrements de porte pour éviter les balles qui visent l'entrée.

— Oui et dans le salon-salle-à-manger-cuisine-infirmerie, on nous a balancé du gaz, j'ai jugé plus prudent de dégager pendant que tes sous-fifres ont une confiance tellement aveugle en toi qu'ils préfèrent camper sur place quitte à mourir, juste parce que tu leur en as donné l'ordre.

Il me regarde. Je le regarde. On peut jouer au jeu du regard regardant pendant des heures, je suis passée maîtresse dans cet art du temps où je vivais chez August.

Pas que ça m'ait valu de bons souvenirs.

— Du gaz ? répète Kyle en se couchant au sol tandis que des balles volent au-dessus de lui.

Le bruit pétarade à mes oreilles et je fronce les sourcils et ferme les yeux. Mes sens sont encore très émoustillés après le coup du poison de Mélinda et n'apprécient pas les stimuli trop puissants.

— Quel type de gaz ? demande-t-il.

— Qu'est-ce que j'en sais ? rétorqué-je. Je n'allais pas rester pour le découvrir. Et qu'est-ce qu'on attend pour contre-attaquer ?

Les deux autres loups me fixent, stupéfaits que je parle à leur chef comme s'il était un ami que j'engueulais.

— On ne contre-attaque pas, lance Kyle. On attend qu'ils épuisent leurs balles et on parlemente.

— On parlemente ? dis-je en m'asseyant dans l'encadrement de la porte qui mène à la salle à manger. On parlemente avec des types qui sont prêts à tous nous tuer ?

— On parlemente, confirme Kyle.

— Oh, parce que des types qui se baladent avec des balles en argent sur eux, qui sont donc au courant de l'endroit où vous vivez, mais aussi du fait que vous êtes des loups, méritent qu'on parlemente avec eux ?

— Et on fait quoi sinon ? demande Kyle. On leur donne raison ? On se transforme en loups ? On les laisse filmer en live ce qu'il se passe pour que le reste de la population soit au courant et qu'on se retrouve la cible d'absolument tout le monde dans cette ville ?

J'ouvre la bouche pour dire quelque chose, je la referme, je la rouvre, persuadée d'avoir tout à coup une brillante idée.

Tout ça pour réaliser qu'il n'a pas tort.

Ce que c'est chiant d'être un surnat de nos jours avec internet.

— OK, maintenant que tu as compris, enchaîne-t-il. Est-ce que tu peux aller voir si Trevor et Tamara vont bien ?

— Non, dis-je fermement.

Il prend une grande inspiration et un sourire factice s'affiche sur son visage qui indique qu'il est à bout de patience me concernant.

— Non ? répète-t-il tandis que les balles volent entre nous.

— Non, fais-je en croisant les bras sur ma poitrine.

— Non ? insiste-t-il, et son sourire s'étire encore plus, à en paraître dangereux.

— Non, confirmé-je.

Cette fois, il montre les dents et il a l'air satisfait.

— Parfait, lance-t-il. J'attendais juste que tu dépasses les bornes.

— Pour ?

— Pour ça.

Il se jette sur moi pendant un moment d'accalmie, il me renverse au sol, plaque son avant-bras sur mon cou pour que je ne puisse pas bouger la tête et écrase le reste de mon corps avec expertise. De sa main libre, il attrape mes deux poignets et les immobilise. J'enrage, je me débats, j'ai envie de lui mettre un coup de tête, mais je manque de m'étrangler sur son avant-bras en le faisant.

Puis il se met à gronder, un grondement qui n'a rien d'humain, mais tout du loup. Si j'avais été sous forme animale, mes oreilles se seraient immédiatement baissées et j'aurais eu envie de m'allonger au sol pour lui obéir.

Mais je ne suis pas sous forme animale et ma têtue-attitude est mille fois plus puissante quand je suis humaine.

Il gronde à nouveau, je le défie du regard pour lui montrer que ça ne me fait rien, que je compte bien résister à sa tentative d'intimidation.

— Tu vas m'obéir, dit-il sur un ton autoritaire. Tu es sous mon toit, avec ma meute, et tu obéiras aux règles que j'ai fixées. Il en va de ta sécurité.

— Je ne fais pas partie de ta meute, je n'ai pas demandé à être ici et nous sommes tous victimes d'une attaque, ce n'est pas en restant à l'abri les bras croisés qu'on va s'en sortir.

— Oh parce que tu t'y connais en attaques, peut-être ? Si tu t'y connaissais, tu n'aurais pas laissé une simple humaine te prendre au piège.

— Je m'y connais en attaques, rétorqué-je. Suffisamment pour savoir que ce n'est pas en attendant qu'ils n'aient plus de balles qu'on va s'en sortir. Il faut attaquer, briser tous les objets qui pourraient leur permettre de diffuser sur internet et ensuite s'occuper d'eux.

— Et on fait comment pour faire tout ça sans se transformer Madame-Je-Sais-Tout ?

Je m'humecte les lèvres tandis qu'il appuie un peu plus fort son avant-bras sur mon cou. Il a l'air furax, mais je sais que ce n'est pas dirigé contre moi. On attaque sa meute, il a juré de les protéger et je suis certaine qu'il déteste cette situation d'attente. Aucun loup n'apprécie d'attendre, peu importe la situation. Ils aiment l'action, ils aiment perdre le contrôle.

C'est pour ça que je suis très surprise que personne n'ait encore pété un plomb, se soit jeté par une fenêtre et soit allé défoncer l'ennemi.

— On sort par l'arrière, dis-je. On défonce l'ennemi en le prenant par surprise.

— Excellente idée, ensuite on sera accusés de coups et blessures et on nous demandera comment on est capables de se défendre, si on a appris les arts martiaux ? Qu'est-ce que tu répondras à ça ? Sans compter qu'on aura attiré l'attention sur nous.

— Alors qu'est-ce qu'on fout à attendre ? Tu veux vraiment parlementer avec des types qui nous tirent dessus ?

— Non, avoue-t-il.

Un éclair d'espoir passe à travers mes yeux. Il commence alors doucement à relâcher la pression qu'il exerce sur moi.

— On attendait juste ça, dit-il en retirant son avant-bras et en levant un index en l'air.

Je les entends alors à mon tour : les sirènes des policiers.

— Vraiment ? m'étonné-je. Tu vas laisser des flics régler tes problèmes ?

— Tu crois qu'on peut tirer des balles dans un quartier comme celui-là sans que les flics débarquent immédiatement ? Non, on ne peut pas. Le meilleur moyen de passer pour des citoyens normaux, c'est de ne rien faire. Sinon on grille toute notre crédibilité, les questions fusent et on est obligés de déménager.

Il parle d'expérience, je le sens.

— Tu ne fais pas un bruit, tu me laisses parler, décrète-t-il en me relâchant.

J'ai très envie de lui répondre que je ne suis pas une femelle soumise, mais je vois ses loups qui se sont rassemblés dans l'entrée en entendant les sirènes. Il fait un signe de tête à l'un d'entre eux pour aller vérifier si Tamara et Trevor se portent bien. En sentant tous ces yeux de loups sur moi, je comprends que je ne peux pas lui tenir tête une seconde de plus, sinon ils vont se poser des questions. L'aura de Kyle est réellement puissante.

— Très bien, dis-je en baissant le regard. Je ne dirai rien.

— Bien.

Les loups se désintéressent de mon petit cas. Tant mieux, je ne veux pas qu'on aille fouiner dans mes affaires.

Les sirènes lancent des lumières bleues et rouges à travers les vitres de la maison. Nous attendons tous sagement, jusqu'à ce qu'on nous somme de sortir à travers un haut-parleur. Kyle hoche la tête pour tous nous rassurer. Tamara et Trevor sont revenus, un chiffon sur le visage.

— Après ça, tu me ramènes, décrété-je.

— Après ça, j'espère bien ne jamais te revoir de ma vie, répond-il.

CHAPITRE 6

Après les dépositions, les cris sur le fait que nous sommes des loups-garous, les policiers se sont bien sûr rangés à notre version des faits, confirmée par les voisins. Les fanatiques qui nous ont attaqués ont été rangés dans la catégorie « complotistes un brin illuminés ». Moi je pense qu'ils sont un peu trop illuminés justement. Ça fait beaucoup de personnes, en une seule journée, qui sont au courant de l'existence des surnats et qui entreprennent des actions contre eux. Le vent est en train de tourner pour nous et je ne sais pas combien de temps encore nos secrets resteront des secrets.

— Tu vas me dire pourquoi tu voulais mourir ? me demande Kyle dans la voiture.

Il a obtenu que Trevor n'aille pas à l'hôpital, il pourra terminer les dépositions au commissariat demain. Nous sommes tous priés de ne pas trop nous éloigner au cas où les policiers auraient des questions. Mais comme je ne réside pas à Highland Creek et que ma présence n'était que fortuite, ils ont convenu que je n'étais pas visée personnellement. Kyle a servi une histoire comme quoi j'étais une amie qu'il avait retrouvée dans une librairie ce matin et ils l'ont gobée sans se poser plus de questions.

— Tu vas me dire pourquoi tu as des ennemis qui sont au courant de l'existence des loups-garous et disposent de balles en argent ? Qui se permettent de débarquer dans un voisinage calme et de tirer en plein jour ? Ce genre d'ennemis c'est…

Je réfléchis à comment formuler ma pensée.

— Ce n'est pas un hasard, reprends-je. On n'a pas des ennemis comme ça du jour au lendemain, prêts à passer le reste de leur vie en prison juste pour prouver l'existence des loups-garous ou pour faire du mal à ta meute. Ce genre d'ennemis, c'est une relation longue durée.

— Ou une ex malheureuse, peut-être, qui les a mis sur la bonne piste ? propose Kyle.

— Une ex, vraiment ? Non, aucune louve n'accepterait de livrer un tel secret, même si elle était très blessée.

— Peut-être que ce n'était pas une louve.

La phrase reste en suspens tandis qu'il s'engage sur la voie rapide.

— Tu es sorti avec une humaine ? m'étonné-je. Toi ? Monsieur-je-suis-propresur-moi ? Monsieur-je-respecte-toutes-les-règles-des-meutes ?

— J'ai la tête de quelqu'un qui respecte toutes les règles ? s'étonne-t-il.

— Pire. Tu as la tête de quelqu'un qui les a créées, rétorqué-je.

— Je ne suis pas vraiment sortie avec elle. Enfin pas de mon point de vue.

— Mais du sien, si.

— Oui.

— Comment a-t-elle su que tu étais un loup ? Comment tu as pu laisser une telle chose se produire ?

— Ma vie personnelle ne te regarde pas. En fait, ma vie tout court ne te regarde pas.

— Voilà un point sur lequel nous pouvons nous mettre d'accord, dis-je en croisant les bras et en observant le paysage par ma fenêtre.

Tout pour ne pas croiser son regard.

— Tu sais que tu n'as répondu à aucune des questions que je t'ai posées.

— Parce que ma vie ne te regarde pas.

— Et tu ne veux même pas me dire où tu habites ni quelle est ta meute pour que je t'y escorte.

— Tu n'es pas mon chef.

— Ils sentiront mon odeur sur toi. Ils sauront que tu es allée visiter une autre meute.

Ça, ça m'étonnerait beaucoup.

— Ramène-moi et mettons-nous d'accord pour que nos routes ne se croisent plus jamais.

— Mon boss veut toujours signer un contrat avec toi, rappelle-t-il.

— Trouve un moyen de le dissuader. Dis-lui la vérité tout simplement : que je ne suis pas intéressée par le circuit de l'édition traditionnelle.

— Mais pourquoi est-ce que tu ne serais pas intéressée ? N'importe qui sauterait sur cette opportunité. Ce n'est pas une petite maison d'édition locale, c'est une grande maison d'édition, d'ampleur internationale.

Je le regarde et je souffle par les narines avec un air désapprobateur.

— Et ? demandé-je.

— Et quoi ?

— Et parce que c'est une grande maison d'édition, je devrais me faire toute petite, vous remercier de vous intéresser à ma personne et dire amen à toutes les propositions que vous me ferez ?

— Quelque chose comme ça, oui, gronde-t-il.

— Eh bien non. Je suis très heureuse dans mon mode de fonctionnement, je ne crois pas à la supériorité de l'édition traditionnelle et vos attitudes conservatrices et machistes, vous pouvez vous les carrer où je pense.

Dans ton cul, troufion.

— Mais qu'est-ce que tu fais à bosser pour une maison d'édition de toute façon ? grogné-je en retour. Il paraît que tu as des investissements et que tu es un homme d'affaires qui veille sur les finances de la meute.

— Qui t'a dit ça ?

— Tamara.

— Avoir un boulot humain, c'est la base pour être crédible dans la société. Et aussi fou que ça puisse te paraître, j'aime mon job.

— T'as l'air de sacrément aimer côtoyer des humains aussi pour te farcir un tel poste.

— Et toi, pour te farcir des fans.

— Je ne me farcis pas des fans, j'apprécie de les rencontrer, d'échanger avec eux et d'apprendre à les connaître. Ils sont la raison de mon succès, sans eux il n'y a pas de September Jones, autrice. Il n'y a que…

— September Jones, louve suicidaire ?

Je me pince les lèvres. Je ne sais pas si je suis plus blessée par le « louve » ou par le « suicidaire ».

— Pourquoi tu veux mourir ? enchaîne-t-il. Tu es une surnat, tu as des capacités que d'autres n'ont pas, tu as une meute, tu es protégée. Qu'est-ce qui pourrait bien te motiver à vouloir mourir ? Et puis tu ne le veux pas vraiment, sinon tu te serais suicidée depuis le temps.

— Je ne veux pas mourir-mourir, OK ? lâché-je.

Je me rends compte que j'en ai déjà trop dit.

— Comment ça, tu ne veux pas mourir-mourir ? Il n'y a qu'une seule mort, il n'y a pas de nuances dans la mort.

— Pour moi, il y en a.

Je me la ferme. Je déteste lui laisser le dernier mot, mais le reste de ma vie ne le regarde pas.

— Donc ton plan, comme tu n'as pas le courage de te suicider, c'est de trouver quelqu'un qui va te buter ? Tu aurais tout aussi bien pu te mettre en travers des balles dans la maison, ça aurait marché.

— Et tu te serais sûrement interposé tel le chevalier que tu es, parce que tu n'aurais pas supporté que quelqu'un sous ta responsabilité crève devant tes yeux, craché-je en retour. Et me suicider ne fonctionnerait pas, je ne peux pas faire ça. Il faut que ce soit un accident.

— Pardon ?

Il est vraiment étonné. J'imagine qu'il n'a jamais entendu parler des chamans.

— Je veux mourir par accident, ou par meurtre, mais ça ne peut pas être un suicide, sinon ça ne fonctionnera pas.

— Qu'est-ce qui ne fonctionnera pas ?

Je soupire. Ce n'est pas comme si j'allais le revoir après tout, et c'est un loup dominant, il est capable de ne pas me laisser repartir tant qu'il n'aura pas le fin mot de l'histoire.

Je passe la main dans mes cheveux auburn et je laisse mon coude se reposer sur le bas de la fenêtre pour soutenir mon crâne. Ma tête est lourde après tous ces événements, j'ai envie de dormir et d'oublier.

— Je veux entrer dans le monde des chamans, expliqué-je.

Il ne répond rien. Je le regarde, guettant une réaction. Il a surtout l'air de tout faire pour ne pas rigoler.

— Ils existent vraiment, fais-je remarquer.

— Bien sûr, réplique-t-il sur un ton qui indique qu'il ne croit pas un seul mot de ce que je dis.

— Je te dis qu'ils existent.

— Tout à fait.

— Mon frère est là-bas.

— Ton frère ne peut pas être un chaman.

— Mon frère est là-bas, répété-je. Et je veux le retrouver et le ramener. Il n'aurait pas dû partir si tôt. Ma seule chance de le faire, c'est d'aller moi-même dans le monde des chamans.

— Et comment est-ce que tu comptes le retrouver dans le royaume des morts, hein ?

— Je ne sais pas encore, dis-je en serrant le poing gauche sur ma cuisse. Mais je vais trouver.

— Bien sûr, répète-t-il encore une fois.

— Oh, c'est bon, tu m'as demandé une explication, tu l'as eue.

— Absolument pas, j'ai eu un bon gros mensonge de louve, une idée farfelue, et rien qui ressemble à une explication.

— Donc tu ne crois pas à l'existence des chamans.

La voiture file à vive allure et me berce. Heureusement, sinon je serais déjà sortie de mes gonds. Mais je me sens si lasse et si fatiguée, que je n'en ai pas la force. Fini la September arrogante et têtue. Bonjour la September épuisée qui ne se bat pas.

— Les chamans n'existent pas.

— Tu es au courant de l'existence de tellement de créatures surnaturelles que j'ai du mal à comprendre pourquoi les chamans n'existent pas selon toi, fais-je remarquer.

— Parce que je n'en ai jamais vu un seul, ce n'est qu'un conte qu'on raconte aux surnats pour leur faire croire qu'il y a une vie après la mort.

— Il n'y a pas de vie après la mort, à part pour les chamans.

— Donc ça ferait de toi une chamane ?

— Il y a des chances.

— Comment ça, il y a des chances ?

— Je n'en suis pas certaine, expliqué-je.

Il se met à rire franchement cette fois.

— Donc ton plan est le suivant : tu veux mourir par accident, en espérant te transposer sur le plan d'existence des chamans, sans savoir si tu en es vraiment une, tout ça pour aller retrouver ton frère, dont tu es persuadée qu'il est un chaman, et ensuite tu ne sais pas comment, mais tu comptes revenir sur le plan d'existence des vivants, avec lui. Chose qui n'a jamais été accomplie par quiconque, j'imagine, sinon on en aurait entendu parler. Mais étant donné que les chamans eux-mêmes n'existent pas, ce n'est pas étonnant.

— OK, mon plan paraît bancal, dit comme ça.

— Oh, ce n'est pas ton plan qui est bancal, c'est ta santé mentale.

— Les chamans ne sont pas juste un mythe. J'ai vu mon frère utiliser ses pouvoirs.

— Mais ton frère est forcément un loup, fait-il remarquer.

Je me pince les lèvres.

— Demi-frère, expliqué-je. Et il arrive des fois où le gène ne se transmet pas.

— Non, le gène se transmet toujours. C'est un loup.

Cette fois, je lève les yeux au ciel. Il a effectivement raison. Derek est un loup, mais aussi un chaman, j'en suis persuadée.

— Puisque tu es tellement au courant de toutes ces choses dont tu dis qu'elles n'existent pas, ça ne sert à rien qu'on discute, non ? Tu vas rester campé sur tes positions fermées.

Il garde une main sur le volant et passe l'autre dans ses cheveux châtains, coupés court. Ses yeux verts se décollent un instant de la route, passent sur moi, puis reviennent sur l'horizon. Le jour a commencé à décliner. Je devrais arriver à la librairie avant la fermeture, mais il est certain que tous les fans auront disparu. Je me demande déjà comment je vais pouvoir leur expliquer ce qu'il s'est passé. Oh, l'explication est toute trouvée : j'ai fait un malaise, je suis vraiment désolée, je vais mieux, je leur donne rendez-vous une prochaine fois. Je posterai sur les réseaux sociaux, ils comprendront. Il n'y a que moi qui garderai un nœud au ventre en me disant que je les ai déçus.

— OK, lâche-t-il finalement. Admettons que les chamans existent. Ton plan est quand même foireux.

— Je sais.

Les chamans ne savent généralement pas qu'ils le sont durant leur vie sur Terre, ils le découvrent à leur mort. Ils deviennent alors des âmes qui se dirigent vers le royaume des chamans, et peuvent se réincarner ensuite à leur guise, en toute conscience, s'ils choisissent de le faire.

Derek, mon frère, aurait déjà dû me retrouver. Je l'ai vu partir vers le royaume des chamans quand il est mort, j'ai senti son âme être aspirée tandis que je versais toutes les larmes de mon corps. Je me suis accrochée à l'espoir qu'il se réincarne et me retrouve. Les semaines ont passé, puis les mois. S'il n'est pas revenu, c'est qu'il y a un problème.

— Je me dis que si je rejoins le royaume des chamans et que je le retrouve, on devrait pouvoir se réincarner et revenir parmi les vivants.

— Si tu crois à tout ça, tu dois bien convenir du fait que s'il n'est pas revenu, c'est qu'il n'en a pas envie.

— Ou alors qu'il a rencontré un problème qui fait qu'il ne peut pas revenir.

— Ou qu'il ne veut pas, insiste-t-il. Ou qu'il n'est pas un chaman. Tu veux vraiment risquer ta vie sur la petite chance que tu en sois une ?

Je le regarde. Je sais qu'il a raison.

— Oui, dis-je malgré tout. Je veux le retrouver, le sortir des ennuis dans lesquels il est et ensuite on se réincarnera ensemble, sur Terre et on reprendra notre vie comme avant.

— Vous serez dans d'autres corps, fait-il remarquer.

— Et alors ?

— Alors vous ne reprendrez pas votre vie d'avant, vous aurez d'autres vies.

— On sera ensemble, c'est tout ce qui compte, tranché-je.

Il soupire et marque un temps de pause.

— Et pourquoi tu ne te suicides pas tout simplement ? fait-il avec la délicatesse du loup qu'il est.

— Parce que ça ne fonctionnerait pas. C'est déshonorant pour un chaman de se suicider, les portes du royaume te sont fermées si tu fais ça.

— Eh bien, heureusement qu'il y a cette règle pour t'empêcher de plonger tête baissée dans la mort.

— Je ne mourrai pas, lui assuré-je. J'irai au royaume des chamans.

— Je n'ai jamais entendu parler de loups-chamans.

— Et alors ? Tu penses que tu as entendu parler de toutes les créatures surnats qui peuplent cette planète ? Tu crois qu'il n'y a pas d'hybrides ? Pourquoi est-ce qu'il n'y aurait pas de loups-chamans, hein ? Tu t'es bien acoquiné d'une humaine.

— Je ne me suis pas…

Il s'arrête de parler et prend une grande inspiration tandis que nous déboulons en ville.

— Tu es arrivée, dit-il finalement en se garant devant la librairie.

Je récupère mon sac à mes pieds.

— Merci, grommelé-je.

— Essaie de ne pas tomber sur ta Mélinda une seconde fois, puisque tu refuses de faire preuve de prudence et d'être accompagnée par ta meute.

— Ouais, essaie de faire en sorte que des fanatiques n'attaquent pas ta demeure une deuxième fois, puisque tu refuses de te battre contre eux.

J'ouvre la portière et je sors sans demander mon reste. La librairie est sur le point de fermer et je me précipite à l'intérieur pour trouver le gérant. Je lui présente mes plus plates excuses, il s'inquiète gentiment pour moi, a l'air rassuré de me voir en bonne santé et me promet qu'on retrouvera une date pour mes fans. Je pars rapidement pour ne pas le retarder dans sa fermeture. Ma table de dédicaces a déjà disparu, il n'y a plus traces de l'événement de ce matin.

Ou de Mélinda d'ailleurs.

Je déambule dans les rues, tandis que le soleil se couche. J'attrape un bus pour rentrer, laissant les mots de Kyle trotter dans ma tête. Est-ce qu'il a raison ? Et si je n'étais pas une chamane ? Et si je me laissais mourir pour rien ?

Au moins, je ne vivrais plus une existence où Derek n'est pas là.

Les idées encore un peu noires, je descends du bus au terminus et je me mets à marcher vers la forêt. Là-bas, dans le lointain, je distingue la maison, une ancienne ferme rénovée dans laquelle je vis avec quelques colocataires. Heureusement, il n'y a plus d'animaux dont nous devons nous occuper. Je voulais vivre tout près de la forêt pour pouvoir me dégourdir les pattes, et je n'avais pas envie d'un appartement miteux en centre-ville de toute façon. La colocation était une bonne idée : ça m'évitait d'être seule.

Après quinze minutes de marche, j'arrive devant l'entrée, j'inspire, compose mon plus beau sourire factice et je pousse la porte.

Devant moi, mes quatre colocataires sont alignés.

— Ceci est une intervention, annonce Michelle.

CHAPITRE 7

Ils ont sorti le grand jeu : une banderole est accrochée au-dessus de leur tête, avec écrit en gros « intervention ». Je soupire avec mauvaise humeur, mon sourire a déjà disparu. J'espérais que la journée serait finie après ça, mais non, j'ai la chance d'avoir des colocataires soucieux de ma santé.

— Une intervention ? dis-je en m'affalant dans le canapé et en jetant mon sac à main sur la table basse juste en face.

Ils se tiennent droits comme des piquets. Michelle, l'autre femme de la colocation, prend à nouveau la parole. Ils doivent s'imaginer que les mots sonneront moins durs si c'est elle qui les prononce.

Ou alors les trois autres ont peur de dire quoi que ce soit.

— Tu travailles trop, lance Michelle.

— OK, dis-je en me tournant vers elle pour lui montrer que je prête attention à ses propos.

Elle porte une robe verte qui met en valeur ses yeux de la même couleur ainsi que ses cheveux bruns, coupés au menton en un carré plongeant qui lui donne un air sexy, mais sérieux.

— Tu passes ton temps à écrire, ou à faire des séances de dédicaces, tu sors à peine de ta chambre, sauf quand c'est pour aller à la librairie et on a peur que tu sombres dans la dépression, ajoute-t-elle.

— On pense que tu y es déjà, renchérit Brandon.

Brandon est blond, il a laissé pousser ses cheveux pour avoir un look de surfeur, mais il ne prend pas assez soin de son corps pour pouvoir prétendre à ce titre. Il se goinfre de chips toute la journée devant la télévision. Il a repris des études tardivement pour se lancer dans une reconversion et moi, je crois surtout qu'il essaie de revivre ses années d'étudiants pour choper de la midinette. Malheureusement, avec cinq années de plus que toutes les autres personnes de sa classe, il n'a rien chopé encore. Il ne cesse de dire que l'âge le rend attirant et que les femmes aiment les hommes plus vieux et plus matures. Moi je crois que ce n'est pas l'âge qui les empêche de l'aborder, c'est plutôt son ventre bedonnant et ce short de plage qu'il porte en permanence, avec une chemise hawaïenne.

— Et on ne veut pas que tu déprimes évidemment, reprend Michelle avec bienveillance.

Elle quitte son poste pour venir s'asseoir à côté de moi et pose une main sur ma cuisse. Je regarde ses doigts sur mon jean, exactement là où Mélinda a enfoncé la seringue un peu plus tôt dans la journée.

— Alors on veut t'aider, mais on ne peut pas le faire si tu ne réalises pas qu'il y a un problème en premier lieu, tu vois ce que je veux dire ? enchaîne-t-elle.

Je la regarde et je lui fais un grand sourire.

— Vous avez encore regardé des épisodes de How I Met Your Mother toute la journée ? Vous êtes tombés sur celui où il y a une intervention ? Et vous vous êtes dit que c'était à la mode et qu'il fallait en faire une aussi ?

Mes questions fusent et la déstabilisent. Elle se met à rougir et je vois que j'ai visé juste. Ce n'est peut-être pas How I Met Your Mother, c'est peut-être une autre série, mais c'est bien leur genre de se vautrer dans le canapé un samedi pour regarder toutes les rediffusions qui passent à la télévision.

— OK, il y a un peu de ça, admet-elle.

— Mais tu es aussi complètement… absente depuis quelque temps, ajoute Brandon en s'installant sur mon côté droit dans le canapé.

Marvin et Peter restent debout, comme des brindilles, indécis quant à la marche à suivre.

— Avant, on sortait, on faisait des choses tous les cinq ensemble et maintenant… tu dis non à chaque fois, tu prétextes que tu dois travailler, mais il n'y a pas que le travail dans la vie, September ! lâche Brandon.

— Et puis tu gagnes suffisamment bien ta vie, tu n'as pas besoin de cravacher. L'argent est fait pour être dépensé, profites-en plutôt que de t'enfermer dans cette spirale de boulot, continue Michelle.

— En plus, tu ne vois personne, c'est un travail tellement solitaire, ajoute-t-il.

— Donc ce n'est pas une intervention à mon égard, c'est une intervention parce que je vous manque, c'est ça ? dis-je.

Ils me regardent tous les quatre avec un soupçon de méfiance. Ils savent que je ne suis pas fan des mots d'affection. Les « je t'aime » et « tu me manques » sont complètement inexistants de mon vocabulaire. Je pense que je viens de tous les choquer en leur disant ça.

— C'est plus moi qui devrais intervenir en fait, continué-je. Pour vous dire que c'est égoïste de me faire une intervention parce que je vous manque. C'est dire « oh, September, il y a un truc qui cloche chez toi en ce moment » alors que vous pourriez simplement me dire « on aimerait passer plus de temps avec toi » sans utiliser tout ce folklore de l'intervention.

Ils m'observent en silence, mal à l'aise.

— J'accuse How I Met Your Mother, lâche finalement Michelle.

— Moi aussi, confirme Brandon.

— Ça paraissait tellement bien quand ils l'ont fait dans la série, ajoute mon amie.

— Oh, mais c'était très bien fait, les rassuré-je. La banderole et tout, vraiment c'était au top.

— C'est moi qui l'ai faite, indique Peter en venant s'installer sur la table basse face à nous.

Il s'y assoit en tailleur. Il a enfilé une salopette qui est à moitié pleine de peinture. Peter est celui qui s'occupe le mieux de cette maison. Nous avons beau être locataires, il aime la rénover à ses heures perdues. Récemment, il s'est attaqué au grenier et refuse que nous y entrions tant qu'il n'a pas fini ses travaux. Je vois encore des traces de peinture sur sa peau cacao.

Marvin attrape une chaise, il s'installe, il a enfilé sa chemise « cubaine ». Elle est toute simple, noire et sans fioritures, mais il la porte avec le col remonté et du fait de ses origines latines, j'aime le taquiner avec ça en lui disant qu'il est en mode dragueur.

— Il est vrai que je n'ai pas besoin de travailler autant, dis-je.

— Ah ! s'exclament Michelle et Brandon en même temps.

— Mais j'aime ça, ajouté-je. Je ne le fais pas pour me tuer à la tâche. Je le fais parce que ça donne du sens à ma vie : j'aime transmettre des émotions et des valeurs à mes lecteurs, j'aime leur parler des rêves de mes personnages, j'aime partager tout ça avec eux. Et j'adore les entendre me dire qu'ils sont sortis de leur lecture avec de la motivation, avec la sensation qu'il n'est pas trop tard pour leurs rêves.

— Et ils continueront de se dire ça, poursuit Brandon.

— Mais peut-être que tu n'as pas besoin d'écrire deux à trois romans par mois pour autant, indique Michelle.

— Peut-être que tu pourrais lever un peu le pied et profiter de la vie, enchaîne Peter.

— Et de tes colocs, précise Marvin.

Je les regarde tour à tour. Ils n'ont aucune idée de ce qu'il s'est passé dans ma journée. Ils pensent que je suis allée à une séance de dédicaces, que tout s'est parfaitement déroulé. Ils ne savent pas que je suis une changeling, ils ne peuvent pas détecter l'odeur des loups sur moi.

Kyle se disait que j'avais une meute pour me protéger, oui j'en ai bien une, mais elle ne ressemble en rien à ce qu'il s'imagine.

Comme de toute façon, ils sauront à travers mes réseaux sociaux ce qu'il s'est passé aujourd'hui, du moins en partie, je décide de tout leur révéler tout de suite.

— Je vais lever le pied, leur assuré-je. J'ai fait un malaise en séance de dédicaces aujourd'hui et je me demande si ce n'est pas un signe de burnout.

— Tu as fait quoi ? s'étonne Brandon en se levant du canapé pour faire de grands gestes avec les bras.

— Pourquoi est-ce que mon téléphone n'a pas sonné ? demande Michelle. Je suis ton contact en cas d'urgence, non ? Ils auraient dû m'appeler.

— Ce n'était rien, les rassuré-je. Juste la fatigue, ou le manque de nourriture, ou le trop-plein de monde à la librairie.

— Il y avait beaucoup de monde pour te voir ? demande Peter.

Il est toujours le premier à s'intéresser à mes fans. J'adore sa manière de poser des questions et je vois, à la curiosité dans ses yeux, qu'il ne le fait pas par politesse. Il le fait parce que ça l'intrigue vraiment.

— Je dirais que oui, je crois qu'au moment où j'ai fait mon malaise, il y avait dix personnes qui faisaient la queue.

Avant que Mélinda ne vienne gâcher l'événement, ce que je m'abstiens bien évidemment de leur raconter.

— Tu es partie à l'hôpital ? Qu'est-ce qu'il s'est passé ? demande Michelle.

Je leur raconte l'affaire, en collant le plus possible à la vérité, même si je dois m'en écarter dès qu'il est question de l'hôpital. Je minimise l'ensemble, dis que j'ai fait un rapide séjour aux urgences, donne le moins de détails possible sur ce sujet. Je leur raconte juste que l'attente a été interminable et c'est pour ça que le temps que je retourne à la librairie, le gérant était en train de fermer.

— La prochaine fois, l'un d'entre nous vient avec toi, dit fermement Michelle.

Je n'essaie même pas de discuter, je sais qu'elle ne démordra pas de son idée. Après tout, Kyle n'a pas tort : une changeling ne devrait pas se déplacer seule, surtout maintenant que des rumeurs enflent au sujet de notre existence. Et puis aujourd'hui, c'était Mélinda, demain ce sera peut-être un fan psychopathe qui n'aura aucune idée de ma véritable nature.

Non, ça n'en arrivera pas là.

— Mes fans ne peuvent pas se transformer en tueurs à gages, n'est-ce pas ? dis-je soudainement.

Michelle plisse les yeux, elle est habituée à mes questions étranges.

— Je crois que tu t'es pris un coup sur la tête aujourd'hui en plus de ton malaise, lâche-t-elle.

Elle passe sa main dans mon dos tandis que je me lève, comme si j'allais m'écrouler comme une enfant fragile à tout instant. Je déteste ce genre d'attention.

— Je suis capable de marcher, lui assuré-je.

— Ouais, grommelle-t-elle.

— On va se faire une soirée Netflix, décide soudainement Brandon.

Il lance ça comme si c'était l'idée la plus brillante qu'il ait eue depuis des semaines. Je n'ose pas lui dire que la soirée Netflix est en fait son quotidien ces derniers temps. Si quelqu'un a besoin d'une intervention, c'est plutôt lui. D'un autre côté, il a l'air heureux de prendre du temps pour lui et je ne vois pas pourquoi je lui dirais que ce n'est pas bien.

— Avec du pop-corn, précise-t-il.

Il part vers notre immense cuisine, dotée d'un îlot central. Je me moquais intérieurement de la taille de la maison de Kyle, mais je dois reconnaître qu'il y loge toute sa meute. Nous vivons à cinq dans un corps de ferme rénové de 500 m², autant dire qu'il y a de la place pour tout le monde.

— Souris un peu, September, ajoute Marvin.

Il me prend par les épaules.

— Je n'aime pas quand l'attention est centrée comme ça sur moi, rappelé-je.

— On a envie de prendre soin de toi, tu peux comprendre ça ?

— Je n'ai rien demandé.

— Roh, ce que tu peux être rabat-joie ! Tu dis toi-même que tu as accompli tous tes rêves, pourquoi on a l'impression que ça ne te fait même pas plaisir ?

Parce que je n'envisageais pas, un jour dans ma vie, d'accomplir mes rêves sans avoir mon frère à mes côtés.

— Tu as raison, soufflé-je parce que je ne peux pas lui parler de ça.

— C'est ta rupture récente qui te met dans cet état ? demande-t-il.

Michelle entend tout de suite qu'il parle de mon ex, elle se précipite pour me prendre par le bras.

— Ne l'embête pas avec ça. Edward lui a brisé le cœur.

Oh, si elle savait, s'ils savaient tous.

— Je vais bien. C'est de l'histoire ancienne.

Enterrée dans les bois, juste à côté de la ferme.

— Tu es sûre ? fait Michelle en me regardant comme si j'étais une biche apeurée.

— Absolument. Edward a disparu de mon cœur et de mon cerveau.

Et si j'y avais pensé, j'aurais détaché sa tête de son corps.

— Bon tant mieux, fait Michelle. Je suis soulagée. J'avais peur que cette histoire te mine et que ce soit à cause de ça que…

— … que tu travailles comme une forcenée, termine Marvin.

— S'il y a quelqu'un à qui il faut poser des questions sur sa rupture, c'est plutôt à toi, fais-je remarquer à mon ami.

Il retire son bras de mes épaules.

— Moi ? s'étonne-t-il.

— Oh, ne me la fais pas comme ça. Je vous ai aperçus, Gareth et toi, dans le centre-ville de Toronto, pas plus tard que ce matin, avant d'entrer dans la librairie. Je croyais que vous étiez séparés et que c'était pour de bon cette fois, hein ?

Je brandis mon index devant lui, pour montrer que cette histoire ne me plaît pas.

— Il s'est excusé, minaude Marvin. Et tu sais, il avait cette tête irrésistible, avec ses yeux de Chat Potté là, je n'ai pas pu résister.

— Oh tu es tellement faible, grommelé-je. C'est la quatrième fois déjà, Marvin ! Tu te souviens de toutes les larmes que tu as versées ? Ou c'est déjà de l'histoire ancienne ?

— Toutes les grandes histoires d'amour subissent des hauts et des bas, regarde Roméo et Juliette ! lance-t-il.

— Ils meurent tous les deux à la fin, rappelé-je. Je ne vois pas en quoi cette histoire est un exemple.

— On meurt tous à la fin, mais ils ont vécu une histoire d'amour épique ! Des hauts, des bas, un amour passionnel…

Il a presque des paillettes dans les yeux quand il en parle. Gareth et Marvin se fréquentent depuis un an, mais tous les trois mois c'est la même chose : ils se disputent, pour x raisons, souvent parce que Gareth a eu les mains baladeuses avec un autre homme, ou qu'il a fait une crise de jalousie épique à Marvin. Marvin n'est pas tout blanc dans l'affaire, bien sûr, il y a des torts des deux côtés. Ils sont le feu et la glace : quand tout va bien ils vivent des émotions hallucinantes, ils nagent dans le bonheur, puis rapidement c'est la descente aux enfers et ils deviennent toxiques l'un pour l'autre. Ils se séparent alors avec grands fracas, puis quelques semaines plus tard se rabibochent, à la recherche de l'ascenseur émotionnel qu'est leur relation. J'ai parfois l'impression qu'ils vivent pour le drame sentimental.

— Et ils sont morts alors qu'ils avaient encore de belles années devant eux, insisté-je.

— Mais c'était un bel amour, un amour qui bravait les interdits !

Dans ces moments-là, il est impossible de raisonner Marvin. D'ailleurs, maintenant que j'y réfléchis, il est impossible tout court de raisonner Marvin. Je ne sais même pas pourquoi j'essaie encore.

— Mais alors, vous êtes de nouveau ensemble ? demande Michelle.

Au moins, le sujet Edward a disparu de la conversation. Tant mieux, j'ai trop peur un jour de prononcer à voix haute mes pensées intérieures qui sont de l'ordre de « j'aimerais bien qu'il soit encore en vie pour le buter une deuxième fois ».

— Peut-être, fait Marvin avec un sourire en coin. On ne sait pas encore, on essaie et quand on sera prêt à en parler…

— Oh, vous êtes ensemble ! s'exclame Michelle en levant les mains au ciel. Pire que deux adolescents à vouloir se cacher.

— Mais c'est parce qu'on ne veut pas être jugés, se défend Marvin. Pourquoi ça t'embête ?

— Parce qu'à chaque fois il a fallu qu'on te ramasse à la petite cuillère, fait Michelle. On n'a pas envie que tu souffres encore.

— Peut-être qu'il aime souffrir, dis-je en haussant les épaules.

Marvin me jette un regard en coin, cherchant à savoir si je rigole ou non. À ce stade, je ne le sais pas moi-même. Je ne vois pas pourquoi il se remet à chaque fois dans cette relation toxique qu'il entretient avec Gareth, mais si ça le rend heureux pendant un certain temps, qui suis-je pour juger ?

Je ne peux pas dire que je suis une experte en relation, en plus. En témoigne le corps d'Edward, probablement bouffé par les fourmis depuis.

Nous rejoignons la cuisine, où Brandon s'affaire à la recherche de maïs. Marvin me lâche les épaules et cherche des verres, ainsi qu'une boisson pour se détendre. J'imagine que ça ne doit pas être agréable pour lui qu'on lui tombe dessus à chaque fois qu'il nous parle de Gareth.

— Je ne comprends pas ce que vous avez contre lui, lance-t-il.

— On n'a rien contre lui, fait Michelle. C'est juste qu'à chaque fois tu souffres, qu'on te voit souffrir et qu'on ne peut rien faire pour t'aider.

— La souffrance fait partie de notre relation amoureuse, il ne peut pas y avoir de grand amour sans grande souffrance.

Je me racle la gorge à ses propos, tandis qu'il s'emballe en levant les bras et en faisant des grands gestes pour illustrer l'amour qu'il éprouve pour Gareth. Michelle s'apprête à en remettre une couche, mais Marvin contre-attaque :

— Est-ce qu'on te prend la tête, nous, avec ta relation longue distance à moitié morte que tu continues d'entretenir par habitude ? grommelle-t-il.

Ouch. Touché. Le visage de Michelle se décompose. J'ai presque envie de la prendre dans mes bras, mais elle s'humecte les lèvres, fait son regard sérieux et brandit un index dans la direction de notre colocataire.

— C'est une relation stable et saine, indique-t-elle. Matthew n'essaie pas de me rendre jalouse à tout-va, il me manque, mais j'accepte ce manque comme une preuve de mon amour à son égard.

— Et pendant ce temps, il saute probablement toutes les midinettes de Los Angeles, lâche Marvin.

Il ne le dit pas pour blesser, plus pour s'amuser, mais je vois bien que la réplique fait mouche auprès de Michelle.

— Peut-être que c'est ce qu'il se passe, répond-elle.

— Et peut-être que pendant ce temps, tu ne te gênes pas pour draguer le premier quidam venu de Toronto, ajoute Marvin.

Cette fois, elle lève les yeux au ciel, excédée.

— C'est arrivé une fois, Marvin, une fois ! Et je regrette encore que tu aies été présent ce jour-là. Et c'est LUI qui m'a draguée !

Ils m'ont tellement raconté la scène que j'ai l'impression que j'étais là, alors qu'évidemment, j'étais enfermée dans ma chambre en train de taper une histoire sur mon ordinateur. Michelle et Marvin faisaient du shopping, ils cherchaient tous les deux une tenue pour aller au bal des pompiers ensemble. L'idée était des plus sympas : Marvin était dans l'une de ses nombreuses pauses avec Gareth et Matthew n'était pas disponible pour venir passer le week-end avec Michelle. Ils avaient donc décidé d'y aller entre colocataires pour passer un bon moment. Mais Marvin ne va nulle part s'il n'a pas une tenue appropriée. Il avait donc fallu écumer les boutiques de Toronto pour trouver LA tenue et Michelle en avait profité pour rajouter quelques petites choses dans sa garde-robe, notamment de la lingerie.

— Pour quand je verrai Matthew, avait-elle précisé.

Ils avaient fait une pause au Starbucks, s'étaient installés à une table et alors qu'ils discutaient des musiques sur lesquelles ils espéraient danser au bal des pompiers, un charmant jeune homme s'était approché.

Il avait peut-être compris par leur langage corporel que Michelle et Marvin n'étaient pas en couple.

— Je suis vraiment désolé de vous interrompre, avait-il fait, mais je crois que je le regretterais toute ma vie si je ne vous demandais pas votre prénom.

Michelle avait rougi, Marvin lui avait donné un coup de pied sous la table, comme elle ne répondait pas, il s'était précipité pour faire la conversation :

— Michelle, elle s'appelle Michelle. Et je suis gay. Elle ne l'est pas.

Ce qu'il s'était senti obligé de préciser avec un grand sourire pour bien montrer que le terrain était libre et qu'il n'empiétait pas sur les plates-bandes de quelqu'un d'autre.

— Michelle, c'est un magnifique prénom. La première dame le portait parfaitement.

Le jeune homme avait fait référence à Michelle Obama, pour qui notre colocataire n'avait que de l'admiration et la discussion s'était poursuivie, avec des grands sourires, une proximité physique de plus en plus importante, des regards qui se fixaient et ne pouvaient se quitter. Marvin en parlait comme s'il avait tout à coup été exclu d'un cercle très privé. Michelle avait complètement oublié sa présence.

Mais au moment où le jeune homme s'apprêtait sûrement à lui demander son numéro, elle avait reçu un appel de Matthew qui lui avait remis les pieds sur terre. Elle s'était levée, avait attrapé ses sacs et avait quitté le Starbucks avec la culpabilité au cœur. Marvin s'était excusé auprès du jeune homme pour elle et l'avait suivie en la martelant de questions. Elle lui avait fait signe de se taire, avait pris une voix mielleuse et répondu à Matthew.

Est-ce que le jeune homme était blond ou brun ? La réponse différait si c'était Marvin qui racontait l'histoire ou Michelle. Est-ce qu'il était grand ou petit ? Même chose. Les deux seuls points sur lesquels ils s'entendaient étaient le prénom du garçon, Gregory, et le fait que sa voix était suave et chaude, au point que Marvin aurait été prêt à laisser tomber Gareth illico presto si le type en question avait eu des penchants homosexuels, alors qu'il n'était plus avec Gareth à ce moment-là, ce qui en disait long sur la manière dont il voyait leur relation.

— N'empêche que ça n'avait pas l'air de te déplaire, ajoute Marvin.

— Et qu'il n'a pas tort sur la vie de Matthew à Los Angeles, enchaîne Peter.

Je le foudroie du regard, il hausse les épaules et lève les mains, paumes vers le ciel, pour montrer qu'il est certes désolé, mais que c'est probablement la vérité.

Brandon a mis trop de maïs dans la casserole, il a beau maintenir le couvercle dessus, ça déborde et je viens lui prêter main-forte pour vider une partie du pop-corn dans un grand saladier.

— J'en fais toujours trop, grommelle-t-il. Mais en même temps, il n'y en a jamais assez.

— C'est parce que tu ne te nourris que de ça et de chips, dis-je.

— Est-ce une critique ou une constatation ?

Je réfléchis réellement à ma réponse. Est-ce que je suis en train de le critiquer ? Qui suis-je pour le faire ?

— Une constatation, décidé-je.

Je n'ai pas envie de le pousser dans ses retranchements ce soir, même si je vois bien qu'il y a une dégradation progressive dans la manière dont il se nourrit. Ce n'est pas ça le problème, il peut bien manger ce qu'il veut.

Ce qui m'embête c'est qu'on voit bien que ça nuit à sa santé physique autant que mentale, qu'il prend du poids, qu'il a arrêté l'exercice sportif et qu'il n'a même pas l'air d'apprécier ce qu'il mange. C'est devenu compulsif. Je me demande si le fait d'avoir repris ses études lui fait autant de bien qu'il le dit. Peut-être qu'il le vit mal et qu'il n'ose pas nous en parler ?

Le pop-corn est enfin prêt. Marvin et Michelle se disputent encore au sujet de Gregory et même Peter commence à donner son opinion sur la couleur de cheveux du garçon, alors qu'il n'était même pas présent à l'événement.

— Qu'est-ce qu'on regarde ? demande Brandon en s'installant au milieu du canapé, la télécommande dans la main.

Il allume Netflix, l'écran noir orné de lettres rouges s'affiche et il fait défiler les nouveautés. Les garçons boivent une bière, Michelle prend de l'eau, j'opte pour une tisane parce que je ne suis pas vraiment certaine que mon corps se sente bien à l'idée de boire de l'alcool après avoir reçu une petite dose de poison dans la journée.

Les garçons se disputent pendant quelques minutes sur le type de films qu'ils veulent regarder. L'un réclame de l'action, l'autre du fantastique, Michelle veut une comédie romantique et Peter et moi sommes indécis.

Nous finissons par nous retrouver devant Love Actually, et je m'amuse de nous voir ainsi, tous les cinq, installés sur le canapé, nous partageant un immense saladier de pop-corn, en critiquant chaque personnage, en vivant leurs émotions à fond et en nous demandant ce qu'on aurait fait dans leurs situations respectives.

Je réalise alors que je n'ai pas de meute, pas comme Kyle, mais que j'ai une famille, une tribu et que je m'y sens bien. J'ai des gens qui tiennent suffisamment à moi pour se lancer dans une intervention quand ils pensent que je vais mal.

Certes, je ne peux pas leur parler de ma partie animale.

Certes, je ne peux pas évoquer la fusillade de tout à l'heure.

Certes, je n'ai pas mentionné que si Edward a subitement disparu de ma vie et qu'il ne vient plus chez nous, c'est parce qu'il gît six pieds sous terre à deux cents mètres de là.

Mais franchement, ce sont des détails.

CHAPITRE 8

Je me traîne jusqu'à la cuisine de bon matin. Je n'ai jamais aimé le matin, ou plutôt je dirais que le matin est contre moi. En plus, avec tout ce qu'il s'est passé hier, mon corps m'a bien fait comprendre que le sommeil était primordial. J'ai dormi comme une souche et il a beau être déjà onze heures, j'ai la sensation que mon corps me réclame une deuxième nuit.

J'attrape un bol, des céréales, asperge le tout de lait en bâillant et circule jusqu'au salon. Là, dans l'immense canapé en U, Michelle et Brandon sont installés devant les news, bouche bée, hypnotisés par les images.

Je lève la tête de mon bol après avoir ingurgité deux grandes cuillères et manque alors de m'étouffer avec mes Cherrios. J'en recrache une partie sur la table et Brandon ne prend même pas la peine de me traiter de dégueulasse tandis que j'essuie avec du sopalin. Michelle, en revanche, a capté mon manège.

— Tu le connais ? demande-t-elle.

Sur l'écran de télévision se tient le visage absolument parfait et sexy de Kyle, qui commente l'attaque qui a eu lieu sur son pavillon la veille. Des images tournées depuis un smartphone sont alors diffusées, apparemment les voisins étaient aux fenêtres et filmaient l'ensemble de la scène à l'extérieur. Je grommelle quelques jurons.

— C'est Kyle, dis-je avec une mauvaise humeur qui n'a plus rien à voir avec le matin.

Mais tout à voir avec l'espoir que j'avais de ne jamais le revoir, qui vient de s'écrouler. S'il fait la une des journaux, je vais devoir me taper sa gueule d'ange un paquet de fois. Une telle fusillade, ça doit être l'événement le plus excitant qui a eu lieu depuis dix ans dans le coin.

— Kyle ? répète-t-elle. Donc tu le connais. Tu as pris des nouvelles ? Tu sais ce qui lui est arrivé ? T'imagines ? Ils se sont fait attaquer, comme ça, sans raison !

— Nan, je le connais pas, décrété-je.

Il faut définir « connaître » aussi. Ce n'est pas en passant une journée avec l'individu en question que je peux dire que je le connais. Dire que j'espérais que cette fusillade passe sous le radar des médias.

Michelle insiste.

— Je l'ai juste croisé à la séance de dédicaces hier, expliqué-je. Il travaille pour une maison d'édition qui veut me recruter. Enfin, me faire une proposition.

— Oh, fait Michelle en papillonnant du regard. Et tu as dit oui, j'imagine ?

Je plisse les yeux.

— Pourquoi est-ce que j'aurais fait une telle chose ? grommelé-je.

— Parce qu'il est beau comme un dieu.

Certes, mais je connais un paquet de loups-garous, ils sont tous beaux comme des dieux. OK, Kyle est un peu au-dessus de la moyenne, mais je ne compte pas fréquenter un chef de meute, surtout un dont l'aura autoritaire irradie autour de lui comme un champ de force.

— Ce n'est pas une assez bonne raison. Les maisons d'édition ne m'intéressent pas. Je suis très heureuse avec mon système, qui ne nécessite pas quarante approbations différentes, qui me permet d'écrire autant que je veux et de sortir rapidement mes romans. C'est aussi un système rémunérateur, qui me permet d'être proche de mon lectorat, de m'impliquer encore plus dans mon job et de toucher à tout.

— Oh ta sacro-sainte écriture, s'agace Michelle.

Elle lève les yeux au ciel.

— Tu travailles trop, me rappelle-t-elle.

— Et c'est pour ça que je suis tranquillement sur le canapé pour passer un moment avec vous et que tu me harcèles au sujet d'un type que je n'ai vu qu'une fois. Si je voulais rester dans mon objectif boulot-boulot, je serais dans ma chambre, en train d'avaler une cuillère de céréales toutes les dix minutes parce que j'aurais oublié mon bol et de tapoter sur mon ordinateur.

Je ne peux pas m'empêcher de zieuter malgré tout l'écran télévisé et d'écouter ce que disent les médias. Est-ce qu'ils vont mentionner la théorie complotiste des fanatiques ? Est-ce qu'ils vont oser parler de loups-garous en direct à l'antenne ? Mes trapèzes se contractent en attendent le moment où ils le feront…

… et rien.

Je finis par me détendre, mon bol se vide et quand l'écran passe sur la publicité, Brandon s'arrache enfin à la télévision. Il se rend alors compte que j'étais là pendant tout ce temps.

— Bien dormi ? demande-t-il.

— Elle connaît le type des news, intervient Michelle en croisant les bras sur sa poitrine.

Elle a enfilé un joli chemisier blanc aujourd'hui, avec un décolleté. J'hésite à lancer la discussion sur sa coquetterie et à lui demander si elle compte voir quelqu'un, histoire de détourner l'attention de la fusillade, mais ce ne serait pas très fair-play.

— Je ne le connais pas, précisé-je. Je l'ai rencontré vite fait, il m'a donné sa carte.

— Donc tu as son numéro, indique Michelle.

— On devrait l'inviter pour l'aider à se remettre de tout ça et lui montrer l'hospitalité des gens de Toronto.

— Il habite Highland Creek, ça lui fait une trotte.

— Oh, donc vous avez quand même suffisamment parlé pour que tu saches où il habite, fait Michelle en s'engouffrant dans la brèche.

— Ils viennent de le dire aux news, me défends-je.

— Enfin quand même, on a tiré sur sa maison, la moindre des choses serait de lui montrer que tout le monde dans le coin n'est pas comme ça, ajoute Brandon.

— Si tu n'en veux pas, je suis sûre que Marvin ne dirait pas non, ajoute Michelle.

— Je vais aller manger mes céréales dans ma chambre, dis-je en me levant.

— Ce que tu peux être grognon le matin, lâche Brandon.

— Peut-être que vous me fatiguez avec vos théories fumantes, rétorqué-je.

Je marche dans le long couloir qui mène jusqu'à l'aile est du corps de ferme, où se trouvent ma chambre, ainsi que la salle de bains que je partage avec Peter. Je pousse la porte alors qu'au même moment la sonnerie retentit. Ils iront répondre. Moi, je compte bien m'enfermer et ne plus ressortir avant le repas du soir.

Plutôt que d'allumer mon ordinateur, je m'allonge sur mon lit et je dépose mon bol sur la table de nuit. Il n'y a qu'une armoire, un bureau et de quoi dormir dans cette pièce, pourtant vaste. Un studio pourrait tenir sans problème ici, mais je n'ai jamais pris le temps de meubler. J'interdis à quiconque d'entrer à cause de toutes les recherches que j'ai affichées sur mon mur concernant les chamans. Ils me prendraient sûrement pour une folle parce que j'ai découpé toutes les coupures de journaux qui parlent de faits surnaturels et que je les ai punaisées sur le mur. J'en ai même mis au plafond, que je contemple depuis le lit.

— Où est-ce que tu es ? soupiré-je comme si je parlais à mon frère.

J'essaie de faire des associations, de trouver un point commun aux événements chamaniques qui pourraient m'expliquer comment libérer mon frère de ce royaume, sans pour autant que j'y mette moi-même les pieds. Je tourne la tête vers la droite, où se trouve l'arbre généalogique de la famille que j'ai moi-même recréé.

On frappe à ma porte et je sursaute.

— Quoi ? grommelé-je.

— C'est Davis, le meilleur ami d'Edward, fait Michelle à travers la cloison. Il vient pour te voir, il a l'air inquiet. Je… j'étais partie pour l'éconduire, mais d'abord il est beau comme un dieu et ensuite il me dit qu'il n'a pas vu Edward depuis un long moment et que sa famille n'a pas de nouvelles non plus.

Oh pitié. Je pensais que mon samedi avait été suffisamment merdique pour que les problèmes restent à distance ce dimanche. Il n'y a pas une règle qui dit que quand on a eu une journée de merde, la suivante doit être meilleure ? J'hésite à embarquer ma batte de baseball, qui a entre autres servi à massacrer le crâne d'Edward. Je connais Davis pour l'avoir vu trois fois et je sais que la discussion ne va pas être agréable. Je renonce à ma batte de baseball en bois, ce serait trop suspect de se trimballer avec dans la maison.

— J'arrive, le temps de m'habiller.

Le short et le t-shirt qui me servent de pyjama volent sur le lit tandis que j'attrape un pantalon, un t-shirt à manches longues et une veste pour sortir. Le mieux à faire est d'éloigner Davis de la maison. Je préfère que Michelle, Peter, Brandon et Marvin ne soient pas dans les parages si jamais les choses dégénèrent.

J'ouvre la porte, Michelle attend à côté, comme si elle comptait me servir de garde du corps.

— Tu veux que je reste avec toi ? demande-t-elle.

— Non, c'est gentil, ça ira.

— Tu es sûre ? Tu sais, je peux encore lui dire de partir. Tu ne dois pas avoir envie de parler d'Edward.

— C'est de l'histoire ancienne.

— Vraiment ?

Elle m'arrête, m'attrape par les épaules et plonge dans mon regard.

— Je vais faire comme si je te croyais, décide-t-elle finalement. Mais si jamais tu as besoin que je le vire de la maison, tu cries et j'accours.

Je souris en la voyant jouer les maîtresses de maison. Michelle s'est mise en tête que nous étions tous ses protégés et elle agit avec chacun d'entre nous comme une mère qui veut mettre ses petits à l'abri.

Je traîne les pieds jusque dans l'entrée et je vois alors Davis, vêtu d'un simple jean, d'un t-shirt et d'une veste en cuir. Je renifle et je le sens puer le loup-garou à plein nez. Jusque-là rien d'étonnant, c'en est un.

Mais je ne m'attendais pas à trouver l'odeur de Kyle sur lui.

CHAPITRE 9

Je renifle encore deux fois, pour être bien certaine de repérer l'odeur particulière de Kyle. Qu'est-ce que Davis a foutu avec lui récemment ? Comment peuvent-ils être connectés ?

— Je vois que tes cheveux ont poussé, dis-je.

Davis a les cheveux presque aussi longs que les miens, ils sont blonds et il les tient attachés en une queue de cheval à l'arrière de son crâne. Je connais très peu de loups-garous qui ont les cheveux longs, ils ont plutôt tendance à se la jouer coupe militaire. Michelle hésite à me laisser, elle est complètement obnubilée par la beauté de Davis et me lâche un :

— Ils sont tous aussi magnifiques que ça, les potes d'Edward ? Parce que si oui, ils peuvent passer quand ils veulent, hein…

Je dois presque rattraper la bave qui s'apprête à couler à la commissure de ses lèvres. Je la pousse un peu pour lui indiquer de nous laisser. Davis lui fait un sourire que je qualifierais de carnassier, mais Michelle le prend comme le signe d'un flirt et elle rougit.

— On va sortir, décidé-je alors.

J'aurais dû m'habiller plus chaudement, l'air est frais en cet automne dans le sud du Canada et j'ai beau avoir une température corporelle supérieure à la plupart des humains, je frissonne malgré tout tandis que je pousse Davis dehors. Il s'empresse aussitôt de retirer sa veste pour me la refiler, je refuse d'un geste sec.

— Oh, ça va, tu as l'air d'avoir froid, c'est tout.

Finies les politesses, les sourires factices, Davis a laissé tomber le masque.

— Qu'est-ce que tu fous là ? claqué-je en croisant mes bras sous ma poitrine pour essayer de réchauffer mes mains.

Le soleil s'est levé sur une matinée brumeuse et je me demande s'il ne fait pas quelque chose comme trois degrés.

— Edward a disparu, me dit-il.

Oh, j'espérais qu'on allait tourner autour du pot, qu'il me demanderait comment j'allais, comment je vivais la rupture… mais en fait, il ne doit même pas savoir qu'on a rompu.

Vu qu'Edward n'a pas eu l'occasion de lui en parler puisque je l'ai tabassé à coups de battes de baseball avant qu'il puisse attraper son téléphone.

— J'espère bien, grommelé-je.

Je dois me rappeler que je suis une fille meurtrie, blessée par l'attitude de mon ex envers moi, et non pas une tueuse. Si je joue bien la comédie, si je crois à mon mensonge et que les battements de mon cœur ne s'emballent pas, je devrais m'en tirer indemne. Mon seul souci, c'est que les loups ont l'ouïe fine. Suffisamment fine pour détecter le mensonge dans mon rythme cardiaque.

Je prends une inspiration légère pour me calmer. Je ne connais pas les capacités de Davis, je ne sais pas si je peux le vaincre dans un duel.

J'étouffe un grognement en songeant que même si ça faisait suspect, j'aurais dû prendre ma batte de baseball. C'est le seul cadeau qu'August m'ait jamais fait, je ne m'attendais pas à ce qu'il s'avère utile.

— Qu'est-ce qu'il s'est passé ? demande Davis tandis que nous marchons le long de la ferme, en nous dirigeant vers la forêt.

Quelle mauvaise idée. S'il remarque la terre fraîchement retournée ou qu'il sent une odeur de décomposition, je vais me retrouver dans la merde. Quelle excuse pourrais-je invoquer pour faire demi-tour ?

— Je vais chercher un manteau plus chaud, lâché-je.

Il m'attrape par le bras pour m'empêcher de filer. Je regarde sa main sur mon biceps, puis je le regarde, lui. Il finit par me lâcher, penaud. Je n'aime pas qu'on touche à mon intégrité physique sans autorisation, et Davis n'en a clairement pas l'autorisation.

— Je suis inquiet, OK ? me dit-il. Edward n'a pas donné signe de vie depuis trois semaines. Ce n'est pas son genre. Il peut disparaître quelques jours, quatre, maximum cinq, mais trois semaines ça ne lui ressemble pas.

Je renifle encore l'odeur de Kyle. Elle est ténue, mais bien présente. Qu'est-ce qu'il a fait ? Il connaît sa meute ?

— Edward et moi avons rompu, expliqué-je. Je ne l'ai pas vu depuis trois semaines non plus, pas un seul message, et j'espérais ne plus jamais entendre parler de lui jusqu'à ce que tu te pointes.

— Vous avez rompu ? s'étonne-t-il. Il ne m'a rien dit.

Il a l'air étonné. Lui et Edward étaient si proches qu'ils se racontaient tout ?

— Oh, bah, je me doute qu'il ne s'est pas vanté de ça, grogné-je avec mauvaise humeur.

— Qu'est-ce qu'il a fait ?

Oh, merveilleux. Il ne se pose pas la question de savoir ce que moi j'ai pu faire, seulement de ce qu'Edward a pu faire, ce qui confirme bien que mon ex est un type odieux.

Sauf que je ne peux pas lui dire ce qu'il a fait, ça me donnerait un leitmotiv pour son meurtre. Mon but n'est pas de me retrouver avec la vendetta d'une meute sur le dos. Certes, j'ai agi de manière impulsive et oui, j'aurais mieux fait de le jeter hors de la maison. Mais il avait dépassé les bornes et je n'aurais pas été tranquille vis-à-vis de ma sécurité tant qu'il aurait été en vie.

— Il m'a trompée, dis-je parce que c'est effectivement la vérité et que c'est la première excuse qui me vient à l'esprit.

— Ouais, pas étonnant, répond Davis.

Je le fusille du regard. Pas étonnant, vraiment ?

— Merci pour le tact, rétorqué-je.

— Bah, t'étais pas franchement son type habituel de femme.

— Trop moche peut-être ?

— Pas assez sexy. Je crois qu'il voyait juste un challenge en toi : il avait envie de te soumettre. J'imagine qu'il est arrivé à ses fins et qu'il est passé à autre chose. C'est quand la dernière fois que tu l'as vu ?

Je me mords la lèvre pour ne pas balancer une réponse cinglante à Davis. Le monde macho des loups-garous m'échappe parfois. Mais d'un autre côté, j'avais aussi trouvé un challenge chez Edward, j'avais justement envie de lui montrer que je n'étais pas du genre à me soumettre. Je crois même que c'était ce qui nous plaisait le plus dans notre relation : cette dualité constante, ce combat de pouvoir entre lui et moi.

Jusqu'à ce qu'il dépasse les bornes.

— Il y a trois semaines, répété-je. Il est venu ici, j'ai reniflé l'odeur d'une autre nana, ce n'était pas la première fois. Et j'ai décidé que j'en avais assez. Je lui ai gueulé dessus si fort que la moitié de la ferme m'a entendue et il a déguerpi.

— Comme ça ?

— Comme ça, confirmé-je.

— Pas de messages ensuite ?

— Rien.

J'ai pris soin de démolir le téléphone d'Edward, d'en retirer la batterie et de briser sa carte SIM en de multiples morceaux, tous enterrés avec lui.

Nous sommes maintenant à l'orée des bois et cette fois, je fais demi-tour en grelottant de froid pour ne pas laisser le choix à Davis. Il scrute les arbres, renifle un peu fort, je me force à ne pas paniquer et à contrôler les battements de mon cœur. Est-ce qu'il va se transformer et filer jusqu'à son corps ? Je continue de marcher sans l'attendre, parce que c'est ce que je ferais en temps normal.

Quand il trottine pour me rattraper, je garde les épaules contractées même si je suis en train de mourir de soulagement.

— S'il t'écrit, tu me préviendras ?

Il me donne son numéro, je hoche la tête. Je sens qu'il s'apprête à partir, mais ma curiosité le retient.

— C'est quoi cette odeur sur toi ? demandé-je parce que je ne veux pas montrer que je connais Kyle.

— Quelle odeur ? fait-il puisqu'il sait très bien que ça veut dire que j'ai identifié quelqu'un.

— Une nouvelle odeur, dis-je en éludant la question.

— Il va falloir être plus précise.

— Le type qui s'est retrouvé impliqué dans une fusillade. Kyle quelque chose. Je sens son odeur sur toi.

— Oh, tu connais Kyle ? s'étonne Davis et il a l'air tout à coup intéressé par ma relation avec le loup. C'est ta nouvelle conquête ? Tu essaies de te remettre de la séparation avec Edward comme tu peux, hein ? Je crois que Kyle n'est pas un type pour toi, il ne plie pas devant les sauvageonnes dans ton genre.

Je dois ravaler une partie de ma colère pour poursuivre la conversation. C'est dingue que ma batte de baseball me manque autant. Peut-être que je devrais me mettre au yoga. Ou suivre un séminaire pour apprendre à canaliser ma colère.

— Je l'ai rencontré hier, justement. Dans une librairie, précisé-je parce que je ne veux pas lui avouer que j'étais à la fusillade.

— Bien.

Je lève un sourcil. Il ne veut donc pas me dire comment il le connaît.

— Bien, confirmé-je.

Nous nous jaugeons du regard. Je crois que nous sommes tous les deux suspicieux : lui sur ce qui est arrivé à Edward, moi sur la nature de sa relation avec Kyle. Mais faute de preuves, difficile d'avancer dans nos réflexions.

— Appelle-moi si tu as des nouvelles d'Edward, ajoute-t-il.

Il s'éloigne pendant que je me dirige vers la maison, frigorifiée, me demandant pourquoi ma part animale ne fait pas son job pour me réchauffer. Un rapport avec le poison de la veille, peut-être ?

— Oh, mon Dieu, il était magnifique, fait Michelle en m'ouvrant la porte.

— Il était déjà magnifique quand tu lui as ouvert la première fois, rappelé-je.

— Je ne l'ai pas laissé entrer, m'explique-t-elle.

— Oh, toujours ta règle sur les inconnus. Du coup, tu l'as laissé à la porte.

— Exactement. Je n'imaginais pas qu'il était aussi beau par contre. Edward n'avait pas autant de classe.

— Maintenant tu sais, dis-je en grognant.

— Qu'est-ce qu'il voulait ?

— Des infos sur la dernière fois que j'ai vu Edward. Apparemment, il a disparu et n'a pas donné de nouvelles.

— Probablement qu'il cuve sa culpabilité quelque part au fin fond des bois, rétorque Michelle.

Elle n'a aucune compassion pour lui. Le lendemain de l'affaire, j'ai raconté à toute la colocation qu'il m'avait trompée, ce qui n'était pas faux, et que j'avais rompu. J'ai été obligée de leur fournir une explication car il a fallu que je les tienne éloignés de ma chambre et que je leur en interdise l'entrée encore plus que d'habitude. Mes cris avaient alerté Peter, qui avait toqué à la porte, qui était fermée à clef, il était allé prévenir le reste de la colocation, qui s'était présentée à ma porte, cherchant à entrer à tout prix.

Heureusement, au moment où ils étaient arrivés, j'en avais déjà fini avec Edward et j'avais pu leur rétorquer que je voulais être seule ce soir, que je leur parlerais le lendemain. J'avais attendu que toute la maisonnée soit silencieuse et j'avais alors commencé le lent et méticuleux nettoyage. Première étape : virer le corps d'Edward et l'emmener jusque dans les bois pour l'enterrer. Me débarrasser de sa voiture également. Deuxième étape : effacer toutes traces de sang dans ma chambre. Troisième étape : me nettoyer. Quatrième étape : nettoyer la salle de bains après m'être moi-même nettoyée. Le sang et la terre fraîche auraient tôt fait d'éveiller les soupçons de Peter.

Quand mes amis s'étaient éveillés, c'était comme si rien ne s'était passé, si on oubliait les cernes sous mes yeux. Ils avaient mis ça sur le compte d'une nuit passée à pleurer, m'avaient posé quelques questions, m'avaient soutenue et personne n'avait mis en doute ma parole.

— Probablement, confirmai-je.

Finalement, c'était bien ce qu'il faisait, mais sous la surface du sol.

— Tu retournes bosser ? demande Michelle.

Je plisse les yeux en la regardant, me demandant si elle cherche à me piéger. J'ai accepté de lever un peu le pied hier soir, mais est-ce que j'ai accepté autre chose, une activité avec la colocation qui devrait avoir lieu tout de suite maintenant et que j'aurais oubliée ? Je fais le tour du dimanche typique habituel dans la colocation.

Rien ne pope.

— Oui…, dis-je avec hésitation, persuadée d'avoir raté quelque chose.

— Oh, fait-elle, déçue.

J'ai donc raté quelque chose.

— Quoi ? demandé-je.

— Non, non, rien, dit-elle en faisant un signe de la main pour m'indiquer que ce n'est pas grave.

— Michelle, dis-je en tapant du pied sur le sol. Qu'est-ce que j'ai oublié ?

Je commence à soupirer, parce que je n'aime pas devoir me battre pour obtenir des informations.

— On avait dit qu'on irait en ville, tous ensemble, pour déjeuner, me rappelle-t-elle.

J'observe l'heure, je viens seulement de terminer mon petit déjeuner parce que je me suis levée tardivement, mais il est effectivement proche de midi. Le temps d'arriver en ville, de trouver un restaurant, il sera largement l'heure de déjeuner.

— Mais si l'histoire avec Davis t'a fait de la peine, je pense qu'on comprendra tous.

Elle me laisse une porte de sortie, elle est trop mignonne. Mais si je la saisis, elle va me bassiner pendant des jours encore avec Edward et le fait que je n'ai pas tourné la page.

— J'arrive, dis-je.

— Vraiment ? fait-elle, les yeux brillants.

— Dix minutes, réclamé-je.

J'ai besoin de laver l'odeur de Davis de mon corps, je ne supporte pas de sentir la muscade, c'est comme si son parfum avait imprégné mes narines et je n'ai pas envie de penser à lui tout l'après-midi.

Ou à Kyle.

Je passe par ma chambre, saisis la carte de visite du loup et j'hésite à lui envoyer un message pour comprendre pourquoi il traîne avec un type comme Davis. La meute d'Edward n'a rien à voir avec celle de Kyle. Ils ne disposent pas du même contrôle sur leur part animale.

— Non, ça ne me regarde pas, décidé-je.

Ce n'est pas parce que j'ai partagé une fusillade avec un type comme Kyle que tout à coup nous sommes amis ou que je peux me permettre de lui envoyer un message pour assouvir ma curiosité.

Je prends une douche, je me change, je taquine Marvin sur sa chemise, je rassure Michelle sur mon état mental, je préviens Peter qu'il a une trace de peinture sur le bras et je souris à Brandon qui hésite à prendre un en-cas avec lui alors que nous allons au restaurant.

Je fais comme si tout était normal.

Parce que tout est absolument normal selon mes critères.

CHAPITRE 10

— Je ne crois pas à ces choses-là et tu le sais, lance Peter à table tandis que nous dégustons une immense paella.

— Tu n'as même pas une opinion sur le sujet ? s'étonne Michelle. Et toi, September ?

Je me fais aussi petite que possible, mâchant avec soin chaque bouchée, espérant que les questions ne viennent pas jusqu'à moi. Brandon me donne un coup de coude pour me faire remarquer qu'on m'a parlé et je retiens un soupir.

— Quoi ? demandé-je.

— Tu penses quoi de cette fusillade avec le type que tu connais, là, le Kyle beau gosse, fils des dieux ? enchaîne-t-elle.

— Que c'est une fusillade ? réponds-je.

— Non, je veux dire sur toute la rumeur qui l'entoure, comme quoi les fanatiques qui les ont attaqués pensent que c'est une meute de loups-garous qui vit là-bas.

Elle rit en prononçant la dernière partie de sa phrase, comme si c'était tellement absurde que c'en était drôle. J'avale encore un peu de paella et je m'essuie la bouche. Nous sommes installés à une table ronde et tous les regards sont braqués sur moi tout à coup.

— Après tout, tu écris des histoires avec des loups-garous, tu es peut-être la mieux placée pour répondre, enchaîne-t-elle.

— J'écris de la fiction, rappelé-je. De la pure fiction. Je ne crois pas à l'existence des loups-garous.

— Mais il doit bien y avoir une origine à un tel mythe, non ? lance Brandon.

— Oui, l'origine, c'est qu'il y a des gens qui ont été attaqués par des très gros loups il y a des siècles de ça et qu'ils n'ont pas voulu perdre la face en disant qu'ils ont fui face à un loup, réaction pourtant logique et naturelle je tiens à le dire, et qu'ils ont inventé quelque chose de plus gros et de plus puissant pour que leur ego survive à la situation.

Ma réponse très terre à terre est accueillie dans le silence, j'ai l'espoir qu'on passe à un autre sujet…

— Moi je pense qu'ils existent et qu'ils sont tous beaux gosses, lâche Michelle.

Oh.

Mon.

Dieu.

— Pourquoi est-ce qu'ils seraient beaux gosses ? demande Marvin.

— Bah, dans les films, ils sont tous beaux gosses, rappelle Michelle en passant la main dans ses cheveux pour repousser les mèches brunes qui tombent sur son visage.

— Oui enfin dans les films, peu importe le sujet, il n'y a que des acteurs beaux, fait remarquer Peter en levant les yeux au ciel. Et puis s'appuyer sur un film pour déterminer que les loups-garous sont beaux, c'est quand même un peu limite.

— Ah ! Donc tu penses qu'ils existent, renchérit Michelle à l'intention de Peter.

Il lève les yeux au ciel une deuxième fois. Je le comprends. Je pose ma main sur son avant-bras pour l'apaiser, il a l'air énervé.

— Viens, on s'échappe de cet asile de fous, je propose. Ou mieux : on fait venir les gens en blouse blanche pour qu'ils s'occupent de nos trois camarades fous à lier.

— Excellente idée, confirme Peter.

— Oh, vous n'êtes pas drôles, s'énerve Michelle. Je trouve ça amusant qu'ils en parlent aux infos, c'est tout.

J'espérais justement que les news ne rentreraient pas dans ce jeu. Mais apparemment, l'information est trop juteuse pour passer à côté. J'imagine que Kyle ne doit pas apprécier une telle publicité et qu'il espérait rester dans l'anonymat.

— Qu'est-ce qui est amusant ? demande Peter avec patience.

— Bah, c'est un mythe, c'est comme si je te disais que les vampires existaient, tu vois ? Et qu'on en parlait sur une chaîne nationale avec beaucoup de sérieux.

Il hoche la tête pour lui indiquer qu'il comprend. Heureusement, Marvin se lève de sa chaise et fait un signe par la fenêtre qui interrompt cette discussion borderline au possible. J'en ai presque les mains moites.

— Gareth, grommelle Michelle en apercevant la silhouette que Marvin embrasse à l'extérieur du restaurant.

— Ça ne te fait pas plaisir qu'ils soient de nouveau ensemble ? demandé-je.

— Si, tant qu'ils sont heureux et qu'ils n'entrent pas dans leur spirale infernale et qu'ensuite il faudra trois mois de thérapie à Marvin pour s'en remettre, souffle-t-elle.

— Tu es sûre que tu n'es pas un peu jalouse qu'ils puissent se retrouver alors que ça fait deux mois que tu n'as pas vu Matthew ? lance Brandon, l'air de rien.

Elle le fusille du regard.

— Il devait venir ce week-end, se défend-elle.

— Et où est-il ? demande notre ami.

— Il a eu un empêchement de dernière minute.

— Comme la fois d'avant.

Michelle déglutit avec difficulté et je regarde Peter du coin de l'œil, cherchant désespérément un sujet pour rebondir et nous sortir de ce terrain houleux.

Rien ne me vient et les secondes suivantes s'écoulent dans un silence tout à fait gênant, jusqu'à ce que Marvin revienne à l'intérieur.

— Avec Gareth, on va aller faire les boutiques, dit-il. Ça tente quelqu'un ?

Michelle saisit l'opportunité pour se lever et s'enthousiasme à l'idée d'aller marcher avec les deux garçons dans les rues en ce dimanche après-midi. Je m'amuse de voir que deux minutes avant, la venue de Gareth l'avait gênée. Brandon ne comprend pas le message et décide également de se joindre à eux, ce qui fait retomber tout l'enthousiasme de Michelle. Ils quittent la table, je les rassure en leur disant de filer et que je vais régler l'addition. Peter et moi soufflons quand ils sont enfin partis.

— Trop d'agitation, dis-je. Rappelle-moi que quand nous sommes tous les cinq ensemble dehors, ça finit toujours par dégénérer.

— C'est toi qui devrais me le rappeler. Je suis un introverti, je ne supporte pas… tout ça.

Il fait des signes de la main à la place des sièges vides de nos amis. Il a troqué son éternelle salopette contre un jean bleu délavé, un t-shirt gris foncé à manches longues et une doudoune pour le protéger du froid mordant.

Je me lève et je vais régler l'addition, il m'accompagne, ne se bat pas pour payer, car il sait très bien qu'à ce jeu-là il ne peut pas gagner. Il n'existe pas plus têtu que moi.

— Tu crois qu'un jour, tu nous laisseras payer ? demande-t-il.

— J'applique ma logique, expliqué-je. Tant que je suis celle qui gagne le mieux ma vie, c'est normal que je paie, surtout que je ne dépense quasiment rien. Après tout, Michelle a raison : l'argent est fait pour être dépensé, non ? À quoi ça sert que je gagne autant si c'est pour le garder au chaud sur un compte en banque ?

— Tu ne fais pas ton métier pour l'argent, me rappelle-t-il.

— Je sais. Mais Michelle n'a pas tort quand même. J'ai la chance de très bien m'en sortir, autant en profiter, non ?

Il hoche la tête, me propose son bras pour quitter le restaurant et pour une fois, j'accepte sans broncher.

À peine mettons-nous le nez dehors que j'entends mon nom :

— September Jones ! September Jones ! crie une adolescente d'une voix aiguë.

Je me retourne et découvre une jeune fille de quatorze ans, peut-être quinze, qui court comme une dératée jusqu'à moi.

— Vous êtes September Jones, n'est-ce pas ? dit-elle. J'ai reconnu vos cheveux !

— Oui, c'est moi, confirmé-je avec un grand sourire.

— Je suis votre plus grande fan !

Je souris à cette réplique, que j'ai déjà entendu un bon paquet de fois. La mère de la demoiselle arrive quelques secondes plus tard, s'excuse pour le comportement de sa fille, je la rassure immédiatement, lui dis qu'au contraire, elle est adorable. Elle n'a pas de livres à signer, mais elle sort un petit carnet de son sac et je lui fais une dédicace. Pendant ce temps, Peter reste sur le côté à nous attendre. J'échange quelques banalités, leur souhaite une bonne journée, et elles font demi-tour.

— Je me demandais ce que ça faisait de traîner avec une célébrité, dit-il.

— Je ne suis pas une célébrité, me défends-je.

— On vient de t'arrêter dans la rue pour avoir un autographe.

— C'est exceptionnel.

— Si on m'avait dit qu'un jour je connaîtrais quelqu'un de célèbre, enchaîne-t-il, juste pour le plaisir de m'agacer.

— Il est vrai qu'elle commence à être connue, fait une voix grave dans notre dos.

Je n'ai pas besoin de me retourner pour savoir qu'il s'agit de Kyle.

Que j'espérais secrètement ne plus jamais croiser de ma vie.

— Vous êtes le type des news ! s'exclame Peter en reconnaissant les cheveux châtains et les yeux verts de l'homme de la fusillade. Celui que tout le monde prend pour un loup-garou.

— Une publicité dont je me passerais bien, répond-il avec un grand sourire.

— Oh, personne ne croit à ces fadaises, le rassure Peter. C'est juste amusant. Tout le monde va bien ? Parce que quand même, des tirs. Ils disent qu'il n'y a eu qu'un blessé léger aux informations, je trouve ça dingue. Ils parlent de plus de 300 balles tirées dans la maison !

Je fronce les sourcils en direction de Peter, je ne savais pas qu'il avait retenu toutes ces informations, ni même qu'il s'était intéressé d'aussi près à l'événement. Je lui donne un petit coup de coude dans les côtes pour lui rappeler de bien se comporter.

— Pardon, dit-il alors. Ça ne doit pas être agréable de se rappeler tout ça.

— C'est de l'histoire ancienne, le rassure Kyle.

Mes mots, exactement. Mais pour parler d'Edward.

— Qu'est-ce qui vous amène par ici ? poursuit mon ami tandis que je scrute le regard du loup.

Il passait par ici par hasard ? Il me suivait ? Que veut-il ?

— Rien, on le gêne sur le trottoir, c'est tout, dis-je à Peter en le poussant pour qu'on s'éloigne.

— Mais… mais…

— En fait, j'aimerais te parler, reprend Kyle au moment où nous le dépassons.

— Tu peux parler, rétorqué-je.

— En privé, précise-t-il.

— Oh, fait Peter sans comprendre pour quelle raison le dénommé Kyle voudrait me parler en privé.

— Au sujet d'hier, ajoute-t-il. C'est urgent.

— D'hier ? répète Peter.

— La proposition, dis-je pour balayer le problème. Tu sais, il bosse dans une maison d'édition qui voudrait bien me recruter, mais à laquelle je compte bien dire non.

Je fixe Kyle des yeux pour lui faire passer le message que ce n'est pas ici que nous devons déballer nos affaires de surnats.

— Je ne parlerais pas de recrutement à proprement parler, reprend le loup. On ne recrute pas comme ça. Notre *tribu* est très équilibrée.

Est-ce qu'il est en train de me faire une métaphore pour me parler d'intégrer sa meute ? Il a cru quoi ?

— Je dirais une période d'essai, poursuit-il.

— Pardon ? fais-je.

— Je croyais que c'était un contrat d'auteur, pas un truc de salarié, ajoute Peter. Ils veulent te recruter pour autre chose que tes romans ?

Il s'étonne. Moi aussi.

— Je ne sais pas exactement pourquoi ils veulent me recruter, ajouté-je. Il a juste parlé d'une proposition hier. Et j'en ai conclu que c'était pour mes romans.

— C'était pour ça, confirme Kyle. Mais depuis, des événements nous laissent penser que ta participation au sein même de l'entreprise pourrait être intéressante.

Je déglutis.

— Non, dis-je.

— Non ? s'étonne-t-il.

— Non, confirmé-je.

— Non ? fait Peter.

Je regarde tour à tour les garçons.

— Vous allez arrêter de me renvoyer la balle ? J'ai dit non. Viens, Peter, on va rejoindre les autres.

— Après avoir parlé en privé, fait Kyle en m'attrapant le bras tandis que je m'éloigne.

Ce qui me rappelle immédiatement le geste de Davis. J'étouffe un grognement, qui ne passe pourtant pas inaperçu auprès du loup. Il ne retire pas sa main pour autant.

— Lâche-moi, lui ordonné-je d'un ton sec et autoritaire.

Je vois un éclair jaune passer dans ses yeux verts. En tant que loup, il ne réagit pas très bien aux ordres d'une femelle.

— Tu ne devrais pas écouter ce qu'il a à dire ? fait Peter pour m'encourager. Je vais aller dans cette boutique, tu me rejoins après ?

Il désigne un magasin qui vend des casquettes. Peter ne porte pas de casquettes, il n'a jamais possédé une seule casquette de sa vie, j'en suis certaine. Il veut juste me laisser de l'intimité. Je veux le rattraper et lui dire de rester, mais il s'est déjà éloigné et Kyle me tient encore.

— Lâche-moi, répété-je.

Cette fois, il obtempère. Je m'époussette le bras comme si ses doigts avaient laissé de la poussière ou des taches.

— Davis, dit-il.

— Davis quoi ?

— Davis dit que tu ne fais pas partie de sa meute. Il dit que tu n'as aucune meute.

— Comment est-ce que tu connais Davis ? Et qu'est-ce que tu fais ici ? Tu me suis ? Tu t'amuses à me traquer ?

— Tu es sous ma responsabilité, cingle-t-il.

— Tu as peut-être compris depuis le temps que je ne suis sous la responsabilité de personne, rétorqué-je.

— Hier, quand j'ai pris la décision de te sauver, tu es tombée sous ma responsabilité.

— Et quoi ? Maintenant que tu sais que je n'appartiens à aucune meute, tu n'arrives pas à te détacher de l'envie de me protéger ?

Mon ton est monté et je mets moi-même ma main devant ma bouche pour m'exhorter à parler moins fort. Je prends deux grandes inspirations avant de la retirer. Kyle me tire par le bras dans l'impasse qui se trouve juste à côté du restaurant.

— Et comment tu connais Davis de toute façon ? Il a débarqué chez moi et il avait ton odeur partout, grommelé-je.

— Ah, tu reconnais mon odeur, s'amuse-t-il.

— Ne change pas de sujet.

— Davis m'a embauché pour une mission, dit-il.

— Quel genre de mission ?

— Celle pour laquelle il est venu te voir.

— Edward ? m'étonné-je.

— Oui.

Je sens que mes méninges sont prêtes à exploser.

— Mais à quel moment est-ce que tu fais des missions pour les autres surnats ? lancé-je. Faire de l'investissement et bosser pour une maison d'édition élitiste, ça n'occupe pas assez tes journées ? Tu cherches les emmerdes ? Le burnout ? Une fusillade par semaine peut-être ?

Il se renfrogne.

— Si je pouvais éviter les fusillades et la publicité qui va avec, crois bien que je le ferais. Non, je suis réputé pour résoudre les problèmes au sein des surnats, parce que ma meute n'est pas du genre à s'emporter, que nous sommes capables de travailler avec du recul. Nous avons un bon réseau aussi. Et un sens du tact et de la diplomatie qui manquent à certains loups.

J'essaie d'assimiler toutes ces informations. Je commence à me demander s'il trouve le temps de dormir parfois, parce que cumuler autant de jobs, en plus de gérer une meute, c'est quand même un effort surhumain. Et certes, c'est un surnat. Mais quand même.

— Donc tu enquêtes sur quoi ? Le fait qu'Edward m'ait trompée ? lâché-je.

— Sur sa disparition.

Il a les yeux qui brillent quand il prononce ces mots et je vois bien qu'il sonde mon propre regard à la recherche de la vérité.

Mais je sais ce qu'il arrive à ceux qui commettent un tel meurtre. En plus, je ne fais partie d'aucune meute, je n'ai personne pour me protéger. Peu importe la version des faits que je donnerai, Davis ou les autres mâles de la meute d'Edward m'accuseront et malheureusement, mon ex n'est plus là pour corroborer mes propos.

Et puis il mentirait ouvertement s'il était encore en vie.

— C'est effectivement ce que Davis insinuait ce matin, qu'Edward avait foutu le camp, dis-je.

— Tu es la dernière personne qu'il a vue.

— Qu'est-ce que tu insinues ?

— Rien. Tu es la plus susceptible de nous dire où il pourrait se trouver, c'est tout.

— Je n'ai pas d'indices sur ce sujet. J'espère qu'il est loin, qu'il est en train de se morfondre ou de se faire passer à tabac.

— Tu sais qu'un loup seul, à l'écart de sa meute, doit être surveillé. Trois semaines sans nouvelles, c'est beaucoup.

— Tu as peur qu'il ait viré prime ?

Prime est un terme que nous utilisons au sein des loups qui quittent brusquement une meute, laissent leur part animale prendre le dessus et en oublient tout contrôle. Ils reviennent à leurs instincts primaires et généralement, où qu'ils passent, il y a de sacrés dégâts à couvrir. Des accidents, des morsures, des meurtres… C'est ce genre de situations qui amène notre secret à être de plus en plus éventé.

— Je ne sais pas, je n'écarte aucune possibilité et la meute de Davis a déjà trop tardé à reporter un tel incident et à chercher de l'aide. Il faut le retrouver, et vite.

Je me pince les lèvres. Il va déployer des efforts et des efforts pour chercher une trace d'Edward dans tout l'état, alors que son corps gît juste à côté de chez moi.

— Quoi ? demande-t-il.

— Rien.

— Ne crois pas que j'ai oublié cette histoire de meute. Tu fais partie des cas qu'on doit nous reporter, tu es censée te déclarer.

— Pourquoi ? Pour qu'on puisse me surveiller jour et nuit pour s'assurer que je ne vire pas prime ? Je vis dans une colocation humaine, Kyle. Je ne suis pas seule.

Et je suis plus ou moins déclarée. Hans est au courant en tout cas.

— Justement. Des humains. Imagine que tu perdes le contrôle et que tu décides brusquement de tous les tuer. Tu te sentiras comment après ?

— Je n'ai pas perdu le contrôle hier quand un poison puissant et particulièrement douloureux était en train de me déchirer les entrailles, pourquoi est-ce que je perdrais le contrôle à un autre moment hein ?

Mon ton est monté d'un cran, Kyle et moi nous sommes rapprochés et j'ai les yeux fixés dans les siens, une lueur de défi dans mon regard.

— September ? fait la voix de Peter dans notre dos.

— Ici ! lui crié-je.

Il devait en avoir marre de regarder des articles qui ne l'intéressent pas. Il s'approche de notre impasse et en observant son visage et son pas prudent, je réalise qu'il est plutôt inquiet.

Oui, une discussion, dans une impasse, avec un grand gaillard musclé comme Kyle, peut paraître suspecte.

— Tout va bien ? demande-t-il.

— Très bien, dis-je. Nous nous disputions au sujet des airs supérieurs que Kyle prend quand il imagine que je devrais être flattée qu'il me fasse une proposition.

— Parce que notre maison d'édition est bien établie, qu'elle a une solide réputation et que tu pourrais bénéficier de notre œil marketing ainsi que de notre accompagnement. Pearl Éditions t'emmènerait bien plus loin.

— Pearl Éditions me contrôlerait, je ne pourrais plus gérer moi-même mon marketing et ma communication, je ne pourrais plus faire des séances de dédicaces dans des petites librairies.

— Je pense que Pearl Éditions améliorerait ton quotidien au contraire et te soulagerait de bien des tâches qui doivent te sembler rébarbatives. Sans compter que nous veillerions sur toi. Certains auteurs ont besoin d'être protégés.

Il insiste sur les deux dernières phrases et je vois bien que nous ne parlons pas d'un combat entre l'édition traditionnelle et l'autoédition. Il me parle de meute. Et moi je lui parle de liberté. Peut-être que finalement, le débat est similaire.

— Ce n'est pas parce que l'édition a fonctionné comme ça depuis des dizaines d'années que c'est le seul système viable qui existe. Le monde change, les mœurs changent et je ne pense pas qu'être autoéditée m'empêche de mener à bien mes ambitions. Je pense qu'au contraire, j'ai la bride libre, je peux lancer des projets d'envergure sans qu'on me mette des bâtons dans les roues. Certes, parfois, je me plante. Mais c'est comme ça qu'on apprend.

— Parfois, si on se plante trop fort, on risque sa vie.

— Je crois que je m'en tire très bien jusque-là.

Peter se racle la gorge. Le pauvre doit se demander si nous parlons d'édition ou d'autre chose. Moi, je parle d'édition. Et de liberté. Mais Kyle ?

— Je pense que l'autoédition a ses limites, termine le loup. Et que tu les as atteintes.

— Et quoi ? Tu vas me dénoncer à une haute autorité ?

Il me regarde. Nous ne parlons plus d'édition, c'est certain.

— Tu sais que je peux le faire, dit-il.

— Il y a une haute autorité de l'autoédition ? demande Peter d'une voix timide.

— Non.

La voix de Kyle a fusé en même temps que la mienne.

— OK, fait mon ami doucement.

— Rien à déclarer alors ? demande Kyle.

— À quel sujet ? dis-je d'une voix mielleuse.

Il parle d'Edward, évidemment.

— Tu as mon numéro, préviens-moi si tu te souviens de quoi que ce soit.

— Donc tu me suivais, dis-je alors qu'il s'éloigne.

— Non.

— Tu te pointes à la sortie de mon restaurant juste après la venue de Davis et tu oses me dire que tu ne me suivais pas ?

— Oh, September, le monde ne tourne pas autour de toi. Moi aussi j'ai une vie sociale, moi aussi j'ai des amis et je vais justement aller les rejoindre.

Il fait un geste de la main sans se retourner, tourne à gauche et disparaît.

— Wow, commente Peter.

— Wow ?

— C'est légèrement électrique entre vous deux. De quoi vous parliez ? Et que vient faire Davis dans cette histoire ? C'est le type qui est venu ce matin, non ?

J'oublie parfois que Peter a des oreilles partout, même s'il ne le montre pas.

— Oui, c'est le type de ce matin, confirmé-je en passant mon bras sous celui de Peter et en quittant la ruelle.

— Et ?

— Et quoi ?

— Quel est le rapport ?

— Ils se connaissent et ils s'inquiètent tous les deux pour un ami en commun : Edward.

J'ai du mal à imaginer Kyle étant ami avec Edward.

— Ton ex ?

— Il a disparu apparemment, expliqué-je. Ça fait trois semaines qu'ils n'ont pas de nouvelles.

— Ça correspond avec votre rupture, non ?

— Tout à fait.

Il ne dit rien de plus et je ne sais pas quoi ajouter pour détourner les soupçons. Faut-il vraiment les détourner ? À voir comment cette histoire tourne, j'ai plus de chances de m'en sortir en fuyant sur la banquise. Le Groenland, peut-être ? L'Alaska ? Oui, au fin fond de l'Alaska, je devrais me trouver un coin tranquille où personne ne viendra me chercher.

Si quelqu'un apprend que j'ai buté un loup, je vais me faire dégommer en quelques minutes. Toute la meute d'Edward va se pointer chez moi, celle de Kyle également, pour le principe, parce qu'ils sont chargés de l'enquête.

Oh bon sang, qu'est-ce que j'ai fait ?

Ce qui me paraissait être la seule solution pour m'en tirer il y a trois semaines apparaît maintenant comme la plus grosse bourde que j'ai commise dans toute mon existence.

Je crois que j'ai signé mon arrêt de mort.

CHAPITRE 11

— Et si on partait en week-end ? proposé-je à Edward tandis qu'il entre dans ma chambre.

— En week-end ? rétorque-t-il.

— Loin de la ville. Loin de tout.

Il passe la main dans ses cheveux bruns, il les porte légèrement plus long que les autres loups. Edward aime se démarquer. Entre lui et moi, il y a un jeu de domination que j'adore et exècre à la fois. J'aime qu'il me pousse dans mes retranchements, j'aime lui résister, mais je n'aime pas me sentir acculée non plus.

— Pourquoi est-ce qu'on partirait ? demande-t-il.

Il me sourit et ses yeux noisette me fixent du regard avec envie.

— Pour…

Je ne suis pas du genre jalouse. Vraiment pas. Mais il a dépassé les bornes récemment.

— Pour éviter que tes deux autres copines, dont tu traînes l'odeur sur ton corps quotidiennement, viennent fourrer leur nez dans nos affaires.

Je prononce ma phrase calmement, sans la moindre once de jalousie. Je sais qu'Edward est du genre frivole, mais se pointer chez moi avec l'odeur de deux louves différentes sur ses vêtements, ce n'est pas spécialement poli. Même pour lui.

— C'est quoi ton problème ? m'agresse-t-il tout de suite.

— Je n'ai pas de problème, je te demande si on peut passer un week-end rien que toi et moi.

— On passe un week-end rien que toi et moi, se défend-il en levant les bras.

— Non, on est dans ma colocation, avec quatre de mes amis, et tu vas rentrer dans la nuit pour aller te vautrer dans les bras d'une nana de ta meute.

Cette fois, mon ton est accusateur, je vois bien que ça ne passe pas. Il se fait un peu plus grand, sort les pectoraux et se dresse de toute sa hauteur devant moi. Il me dépasse d'une tête et je dois lever les yeux pour continuer de le fixer. Pas question de céder pour autant.

— Edward, je ne te demande pas une relation exclusive, je n'en ai rien à foutre de ça. Toi et moi, on n'est pas en train de s'attacher pour la vie ou de s'imprégner, ou ce genre de conneries. On est là pour passer du bon temps. Mais j'aimerais bien passer du bon temps sans avoir à renifler l'odeur de deux autres femmes sur ton corps, comme si on était en pleine partouze. Tu piges ça ? Le sens de la délicatesse ?

Je dois reconnaître que le sexe avec Edward est exceptionnel, mais de là à avoir l'impression que les deux louves qu'il côtoie sont présentes pendant qu'on se lance dans nos ébats… non merci. Je renifle un peu plus fort et je sens même les sécrétions sexuelles encore sur la peau du loup.

— Tu vas me dire que tu n'es pas heureuse de la situation, c'est ça ? lâche-t-il en se rapprochant d'un pas, de telle sorte qu'il n'y a que quelques centimètres qui nous séparent.

— Ce que je te dis c'est que je ne compte pas refaire l'amour avec toi tant que tu portes l'odeur de tes deux autres délires du moment.

— Donc je dois faire quoi ? Prendre une douche et décamper n'importe où avec toi juste parce que tu l'as décidé ? Sinon quoi ?

Je pèse mes mots, cherchant à ne pas leur donner un ton trop dur. J'aime jouer avec le feu, mais je sais aussi quand je risque de me brûler.

— Sinon rien, dis-je. On arrête juste de se voir.

Un éclair passe dans ses yeux et je sens que c'est la goutte de trop pour lui. Il lève la main jusqu'à mon cou, le caresse, puis serre tout à coup sans prévenir. Je lui attrape les doigts pour retirer sa prise, sans succès. Mes deux mains se posent sur son poignet et j'appuie de toutes mes forces pour le faire lâcher.

— Tu crois quoi ? dit-il sur un ton sulfureux et haineux à la fois. Que tu peux me dicter ma conduite ? Que je suis à tes ordres ? Que tu peux me faire faire ce que tu veux comme un bon petit toutou ? Est-ce que tu as oublié à qui tu t'adresses, September ? Est-ce que tu as oublié ta place ?

À la manière dont ses doigts appuient sur ma trachée, je sais qu'il n'est pas en train de jouer. Il y a de l'excitation dans son langage corporel, mais ce n'est pas une excitation sexuelle. C'est plus dangereux, plus morbide et mon instinct de survie me crie de me tirer de cette situation au plus vite. Je me débats, je veux hurler, mais seuls des cris étouffés qui pourraient passer pour ceux d'une dispute, sortent de ma gorge à moitié enfoncée.

— Alors ? On fait moins la maligne maintenant, hein ? Tu vas oublier tes petits délires de princesse et revenir à des idées plus sages qui conviennent à ton rang.

C'est un honneur que je te fais rien que de te fréquenter. Tu es une nantie, une prime. Personne ne veut de toi.

Je n'ai rien d'une prime, j'ai tout le contrôle nécessaire sur ma part animale. Il ne fait qu'essayer de déclencher ma colère en m'associant aux autres loups qui quittent leur meute. Edward n'a jamais vu ma forme animale de toute façon. Je n'ai pas assez confiance en lui pour la lui montrer.

Je vois son avant-bras commencer à se transformer lentement. Des poils poussent dessus, sa peau devient plus grise et des griffes remplacent progressivement les ongles de ses doigts, perçant ma peau.

Il va me tuer, je le sens.

— September ? September ?

Je lève la tête de mon chaï latte et secoue mon crâne en quittant mes souvenirs.

— Tu étais perdue dans tes pensées ? me demande Bruce.

— Quelque chose comme ça, réponds-je.

Nous sommes dans notre café habituel, mais je ne me sens pas à l'aise. La décoration a été refaite, le sol a été changé, j'ai l'impression que ce n'est plus vraiment notre café, à Bruce et moi.

Il penche la tête sur le côté et soupire.

— Quoi ? demandé-je.

— Je connais cet air, me dit-il.

— Quel air ?

— Celui qui dit que tu es encore dans tes idées noires et farfelues.

— Noires, oui. Farfelues, non.

Je marque un temps de pause et replonge dans mon chaï latte, comme si la réponse à tous mes problèmes s'y trouvait.

— Bruce, dis-je alors sur un ton très sérieux. Comment est-ce que je fais pour quitter le pays et disparaître à tout jamais de la carte du monde ?

Parce que si Kyle comprend que j'ai tué Edward, aucune frontière ne l'arrêtera. Ce type a l'air plus déterminé que Terminator. Il est programmé pour mener à bien ses missions, il a un sens de l'honneur, une conscience, ce genre de conneries. Rien ne le fera abandonner.

— J'imagine qu'il te faut l'aide d'un puissant magicien, répond-il. Qu'est-ce qu'il y a, Amber ?

— Ne m'appelle pas comme ça, grommelé-je.

C'est un diminutif de mon prénom qu'il affectionne, mais c'est aussi celui qu'August utilisait. Or, mon paternel ne me rappelle pas de bons souvenirs.

— Je crois que j'ai grave merdé, soupiré-je.

— Avant de t'être mise avec Edward ou après l'avoir buté ? me rétorque-t-il.

Je lui souris. Il n'y a qu'une personne à laquelle je dis tout depuis que mon frère a pris la poudre d'escampette pour le royaume des chamans, et c'est Bruce.

Bruce m'a pris sous son aile quand August en a eu marre de me rouer de coups pour voir si je lui obéissais mieux quand j'étais couverte de bleus. Il avait mis sa voiture en réparation dans le vieux garage de mon père, où je l'accompagnais tous les jours, parce qu'August estimait que l'école ne nous enseignait que des âneries. Bruce cherchait un spécialiste pour sa vieille Mustang et il se trouvait que mon père s'y connaissait bien sur la question. Bruce disposait de quatre Mustang, c'était un collectionneur, mais aussi un surnat.

Bruce n'est pas un loup, c'est un magicien. Il cherche à passer inaperçu non seulement dans la communauté humaine, mais aussi dans la communauté des surnats.

Je crois que son leitmotiv dans la vie, c'est de se faire le plus petit possible pour que personne ne vienne l'emmerder.

Mais quand il m'a vue couverte de bleus, au garage de mon père, il s'est senti obligé de venir me parler. Je ne sais pas ce que j'ai réveillé en lui, peut-être un instinct de protection, peut-être un souvenir de quelqu'un qu'il a connu, qu'il n'a jamais mentionné depuis toutes ces années. J'avais six ans quand il a commencé à venir faire réparer ses voitures régulièrement. À chaque fois, il proposait à mon père d'établir un diagnostic, disant qu'il patienterait le temps qu'il faudrait. Il s'installait alors sur une chaise dans l'atelier, posait ses mains sur la canne qu'il amène partout avec lui, et attendait. Je finissais toujours par venir m'asseoir en tailleur, à même le sol, à côté de lui et il parvenait à chaque fois à me raconter une nouvelle histoire qui me tirait le sourire. Parfois, c'était au sujet de magiciens, parfois de loups et parfois de chamans. De temps en temps, Derek revenait depuis les archives, où il faisait régulièrement l'inventaire des pièces et passait un coup d'œil pour vérifier que j'allais bien.

Puis Bruce a proposé à August de me donner des petits boulots, comme de m'occuper de son jardin. August a rechigné au début, puis il a haussé les épaules, disant que j'avais intérêt à lui rapporter l'argent que je gagnerais.

Bruce ne m'a jamais fait tondre la pelouse, même si je lui ai demandé huit fois si je pouvais le faire. Il estimait qu'une enfant de six ans ne devait pas apprendre ce genre de choses tout de suite, que j'aurais bien assez de pelouses à tondre si j'achetais une maison plus tard. À la place, il m'a enseigné les mathématiques, les sciences, l'histoire de notre communauté, il m'a dressé une carte très détaillée de l'état des surnats dans le monde et des menaces qui pesaient sur nous.

— Moins fort, grommelé-je.

— Oh, parce qu'il y a masse de surnats dans le coin en train de nous espionner pour t'extirper des aveux ? ajoute-t-il.

J'observe ses cheveux blancs, son visage ridé. Il n'a pas changé depuis le premier jour où je l'ai aperçu, il y a déjà vingt ans de ça. Il paraît toujours avoir soixante-dix ans passés. Je me demande quel âge il a en réalité. Il refuse de répondre à cette question. Ses yeux bleu cristal m'observent et paraissent amusés.

— Tu ne prends pas ce que je te dis au sérieux, dis-je.

— Tu me dis que tu veux t'échapper du Canada. Il n'y a rien de difficile à ça.

— Ils ne me laisseront pas partir, pas maintenant que l'enquête est lancée.

— Et tu t'attendais à quoi ? rétorque-t-il.

— Je ne sais pas, à ce qu'ils mettent sa disparition sur le compte de… je ne sais pas, OK ? Les loups disparaissaient et deviennent des primes constamment, pourquoi est-ce qu'on devrait en faire tout un pataquès ?

— Les meutes sont aussi très réglementées et encadrées. Je pensais t'avoir appris mieux que ça.

— Je sais, je sais. J'ai merdé, Bruce, OK ?

Il me sourit, sa canne est posée à côté de lui. Il ne la quitte jamais.

— Tu peux m'aider ? dis-je timidement.

Bruce a toujours été là pour me tirer des emmerdes. Et bon sang, je me suis plongée dans un paquet d'emmerdes dans mon adolescence quand je n'avais pas encore appris à canaliser mon énergie et mon air farouche.

— T'aider à quoi ? Faire revivre Edward comme par magie ?

— Certainement pas, tranché-je. Il est très bien là où il est.

— Tout le monde doit répondre de ses actes un jour, Amber.

— Il mérite ce qui lui est arrivé, insisté-je.

— Je ne dis pas qu'il ne le mérite pas, se reprend-il. Je dis juste que ce n'est pas en fuyant les conséquences que tu t'en débarrasseras. Les loups sont du genre têtu. S'il faut parcourir toute la planète pour te retrouver, ils le feront.

— Il y a bien un sanctuaire, un havre de paix quelque part, à l'écart des surnats et des humains, où je pourrais me réfugier, écrire tranquille et poursuivre ma vie sans qu'on m'emmerde.

Il se met à ricaner.

— Si un tel lieu existait, il y a longtemps que j'y aurais pris ma retraite, s'amuse-t-il.

Je soupire. Je ne sais pas comment je vais me tirer de cette affaire. Continuer de jouer les innocentes ? Je ne vois pas d'autres choix. Ou alors il faut que je les emmène sur une fausse piste. Si je n'avais pas bousillé le téléphone d'Edward dans ma paranoïa, j'aurais au moins pu envoyer des textos comme preuve pour dire « hey, regarde, il a donné signe de vie, il n'est pas enterré dans ce qui pourrait être mon jardin ».

— Je veux bien t'aider, dit finalement Bruce.

— Vraiment ? fais-je, les yeux brillants.

— À une condition, ajoute-t-il en levant l'index.

Je hoche la tête, prête à dire oui à absolument tout.

— Tu cesses ta quête pour retrouver ton frère, m'annonce-t-il.

Tout sauf ça.

Je fais non de la tête. Je n'ai pas besoin de réfléchir. S'il y a bien une chose que je ne suis pas prête à abandonner, c'est ma mission pour retrouver Derek.

— Tu vas y laisser la vie, Amber, soupire-t-il.

— Exactement, c'est là tout le but, pour intégrer ensuite le royaume des chamans.

— Tu n'es probablement pas chamane.

— Peut-être que je le suis.

— Votre père n'était pas chaman. Derek a hérité ça de sa mère.

— Notre arrière-grand-père l'était, peut-être que les gènes ont sauté des générations.

— Non. Amber, non. Tu n'es pas chamane et si tu meurs, il n'y aura pas de retour en arrière. Tu ne peux pas retrouver Derek, il doit s'en sortir seul s'il veut se réincarner.

— Il a eu des mois pour s'en sortir, Bruce. Des mois. Et il n'est toujours pas là, il n'a pas donné signe de vie et je n'en peux plus, OK ?

Je crache presque les derniers mots, puis je m'excuse immédiatement auprès de Bruce.

— Ce n'est pas grave.

— Si, je suis en train de lâcher ma colère et ma frustration sur toi, alors que tout ce que tu veux, c'est m'aider.

Je grommelle et boude comme une gamine, mais être avec Bruce me ramène toujours en arrière dans le passé, du temps où j'étais bel et bien une gamine.

— Tu dois lui laisser sa chance de s'en sortir seul. Le temps ne s'écoule pas de la même manière chez les chamans que chez nous, d'accord ? Ce qui te paraît être une éternité n'est peut-être qu'une poignée de minutes pour lui.

— Je ne peux pas abandonner cette mission, Bruce. Il est…

Je m'apprête à dire qu'il est tout ce que j'ai, mais je réalise que j'ai Bruce aussi. Je vois bien que même si je n'ai pas fini ma phrase, il a bien compris ce que j'allais dire. Il ne prend pas un air penaud ou triste. Bruce a toujours été comme ça : il est le roc de calme dans ma vie sens dessus dessous.

— Alors je ne peux pas t'aider, dit-il.

— Peut-être qu'ils me buteront et que j'irai au royaume des chamans.

— Ou peut-être que ton âme considérera ça comme un suicide orchestré et que tu termineras bel et bien morte, cingle-t-il en retour.

Je bois le reste de mon chaï tea latte en me demandant s'il a raison.

— Parle-moi plutôt de cette Mélinda que tu as mentionnée, reprend-il. J'ai l'impression qu'elle apporte des ennuis.

— Elle a dû filer depuis longtemps, réponds-je.

— Elle avait l'air de sacrément bien savoir comment s'y prendre, mine de rien, pour t'injecter une seringue sans que tu te rendes compte de sa manipulation.

Je me pince les lèvres. Je n'ose pas lui dire que j'ai plus ou moins capté, dans les dernières secondes, ce qui allait se passer, et que je l'ai laissée faire avec l'espoir de rejoindre le royaume des chamans.

— Elle est au courant de l'existence des surnats en tout cas, confirmé-je en passant sous silence ma réflexion.

— J'ai l'impression que le monde commence doucement à s'éveiller à notre sujet. Entre ça et la fusillade…

— Au sujet de cette fusillade, ajouté-je.

Il lève un sourcil.

— Oui ?

— Il se pourrait que j'aie été dans la maison visée au moment des faits, expliqué-je.

— C'est Kyle Lewis qui t'a extirpée de la librairie ? s'étonne-t-il.

— Tu le connais ? C'est lui aussi qui est en charge de l'enquête concernant Edward.

— Je sais qu'il est en charge de l'enquête, je ne m'attendais juste pas à ce que ce soit lui aussi qui se soit occupé de toi après l'incident avec cette Mélinda.

— Qui s'appelle probablement Barbara dans la vraie vie. Ou Tyfenn.

Il n'a pas très envie d'énumérer des prénoms avec moi.

— Quand je te demande de tout me raconter, je veux vraiment dire tout, September, reprend-il. Pas juste ce qui te paraît pertinent.

Je soupire.

— Mais qu'est-ce que ça change ? Je n'étais pas visée, sa meute l'était. J'étais juste au mauvais endroit au mauvais moment. Ne t'inquiète pas, j'ai fait vœu de ne plus jamais le revoir. Enfin, il m'est tombé dessus hier encore…

— Hier ? Et à quel moment tu comptais m'en parler ?

Je me mets à tout lui raconter, n'omettant aucun détail. Bruce a toujours veillé sur moi depuis qu'August a foutu le camp. Il n'aime pas quand je l'appelle « mon ange gardien », mais je vois bien qu'il veille sur moi au sein de ses différents réseaux, cherchant à savoir si on m'a identifiée comme prime, ou si je suis en dehors des radars. Hans, notre chef de la région, me tolère, mais il ne lèvera pas le petit doigt pour me protéger des lois des meutes.

— Il a compris que je ne faisais partie d'aucune meute, ajouté-je.

— Évidemment, Edward l'aura dit à Davis, qui le lui aura dit. Il aura mené son enquête sur toi entre temps de toute façon.

Il marque un temps de pause.

— Explique-moi comment tu fais pour te plonger autant dans les emmerdes, me lâche-t-il finalement. À chaque fois.

— Alors, j'aimerais prendre le temps de défendre mon cas et de clamer mon innocence. J'étais tranquillement dans une librairie, en pleine séance de dédicaces, dans une vie d'humaine bien rangée, quand toute cette histoire s'est mise en branle. C'est Kyle qui est venu me parler en premier, c'est lui qui m'a démarchée pour sa foutue maison d'édition élitiste dans laquelle je n'ai pas l'intention de mettre les pieds, c'est lui qui a décidé que j'étais sa responsabilité et qu'il devait me protéger comme si je faisais partie de sa meute.

— Évidemment qu'il ressent un instinct de protection, bougonne Bruce. Tu n'as aucun alpha qui a établi sa domination sur toi, tu n'as pas cette aura qu'ont les loups en meute, cette odeur spécifique qui montre que tu es protégée.

— Je ne suis pas un loup ! lui rappelé-je.

— C'est inconscient de sa part, il a envie de te protéger, parce que sa moitié animale sait que personne ne le fait.

— Tu me protèges, rétorqué-je.

— Je ne suis pas un loup, mon aura de protection ne s'imprègne pas sur toi.

— Je ne suis pas une louve non plus, insisté-je. Et ces conneries étaient bonnes au quatorzième siècle et encore. C'est à croire que l'émancipation de la femme est passée inaperçue dans les meutes.

Je cesse mon discours quand je réalise que Bruce doit se dire que je passe mon temps à râler. Je me fiche de ce que les autres pensent. Mes colocataires peuvent bien me faire la morale, ça m'est égal. Mais quand il est question de Bruce, j'ai ce petit quelque chose qui me rappelle à l'ordre. J'ai envie qu'il soit fier de moi, j'ai envie de vivre selon les principes qu'il m'a inculqués, de lui montrer qu'il a bien fait de me prendre sous son aile.

Plus le temps passe, plus je me dis qu'il doit regretter, vu le lot d'emmerdes que je lui ai apportées.

— Qu'est-ce que je dois faire ? soufflé-je.

— À quel sujet ? s'amuse-t-il. Le corps enterré dans les bois ? Davis ? Mélinda ? Kyle ?

— Non, au sujet de mon prochain roman, grommelé-je. Évidemment à propos de Kyle !

Il se pince les lèvres.

— Je n'ai pas de solutions pour toi tant que tu ne renonceras pas à ta mission, September. Et même si tu y renonçais, je ne crois pas que je puisse faire quoi que ce soit pour te sortir du giron de Kyle Lewis.

— Qu'est-ce qu'il a de si spécial ?

Il fronce les sourcils en m'observant.

— Tu ne sais pas ? s'étonne-t-il.

— Que c'est un macho égocentrique imbu de lui-même qui pense que son job est supérieur au mien ? lâché-je.

Bruce recule dans sa chaise et se met à rire tout doucement. Ses épaules se soulèvent tandis qu'il contient ses ricanements. D'habitude, j'adore le voir comme ça, ça me rappelle quand nous étions dans le garage et que je lui racontais des histoires et qu'il riait à mes bêtises.

Mais là, je me dis que ça cache une nouvelle emmerde.
— Il est dans la ligne de succession du prochain chef des meutes de l'Amérique du Nord.

Oh.

Merde.

CHAPITRE 12

Je tapote sur mon clavier à vive allure, les mots défilent et je m'aspire tellement dans mon histoire que j'en oublie mon environnement. Mon héroïne est dans une situation sacrément merdique, qui n'est pas sans rappeler la mienne, mais la moitié de mes écrits sont inspirés de ma propre vie, même si mes lecteurs ne s'en doutent pas. Comment pourraient-ils imaginer que je suis une surnat ?

En fait, je dois me rendre à l'évidence que tous mes écrits sont inspirés de ma propre vie. C'est pour ça que j'ai eu un petit peu peur quand Kyle s'est pointé pour me recruter pour sa maison d'édition. Je me demandais s'il avait lu mes romans ou non. Parce que si oui, il doit se dire que je ne fais qu'éventer le secret au sujet de la communauté des surnats.

Il n'aurait pas tort de penser ça, mais mes lecteurs imaginent que mes romans sont de la pure fiction, que mon père August, que j'ai appelé Craig dans mes histoires, n'a jamais existé et qu'il n'est que le fruit de mon imagination.

S'ils savaient…

Est-ce que c'est à cause de ça que j'ai si vivement repoussé la proposition de Kyle sans même prendre le temps d'y réfléchir ? Je me suis toujours dit que je resterais indépendante dans mon écriture, que je ne laisserais pas un grand ponte mettre la main sur moi et me dicter ma conduite. J'aime toucher à tout, j'aime m'occuper de ma communication, réfléchir à ma couverture, discuter avec le free-lance qui s'en occupe et voir comment on peut améliorer les choses pour qu'elle mette vraiment en avant les éléments importants du livre. J'aime suivre mes chiffres de vente au jour le jour, activer des leviers, comprendre où je me suis plantée et recommencer pour faire mieux la fois suivante. J'aime interroger des lecteurs sur ce que je pourrais améliorer. J'ai la sensation qu'en confiant mes écrits à une maison d'édition, je vais perdre toute liberté et toute flexibilité.

Or, j'ai un grave problème dès qu'on touche à ma liberté. Peut-être que c'est à cause d'August, peut-être que c'est à cause de toutes les meutes dans lesquelles j'ai fait des séjours pendant mon adolescence, qui ont voulu faire de moi une femelle soumise, pire : une louve soumise.

— September ?

La voix de Michelle me tire de ma rêverie. Je n'étais pas si concentrée que ça pour que mes pensées aient dérivé autant.

— Hmm ?

— Tu étais complètement à l'ouest, me dit-elle simplement.

Michelle est venue avec moi travailler au café ce matin. Il serait plus juste de dire que je suis venue travailler avec elle. D'habitude, j'écris de la maison, mais j'ai la sensation que je mets mes colocataires en danger si j'y reste en ce moment. Edward était déjà un sacré danger, que j'ai ignoré. Davis en est un autre, et maintenant Kyle.

Oh bordel de chiottes. Comment est-ce que j'ai fait pour me retrouver dans le giron d'un type qui va sûrement prendre la direction de toutes les meutes d'Amérique du Nord ?

— C'est toujours comme ça quand tu écris ? ajoute-t-elle.

— Non, généralement je travaille pendant vingt-cinq minutes, je fais une pause de cinq minutes, puis je recommence.

Je regarde le chronomètre de mon application Pomodoro sur mon téléphone, qui indique quinze minutes sur ma session, et je soupire : je n'ai pas avancé d'un iota. J'appuie sur le bouton pause, rien ne sert d'insister quand je suis dans cet état et que mon cerveau n'arrive pas à se concentrer sur une seule chose à la fois.

— C'est le changement d'environnement ? demande Michelle.

— Je ne sais pas.

Michelle ne travaille pas aujourd'hui, elle est d'habitude dans sa tour de bureaux où elle épluche des dossiers d'assurance. Brandon a dû l'inspirer d'une manière ou d'une autre, car il y a deux mois, elle a décidé de reprendre des études, dans le marketing. Elle a réclamé 80% à son employeur pour pouvoir se prendre une journée par semaine pour suivre les cours à distance et depuis huit semaines, elle vient tous les mardis dans le café que j'apprécie tant avec Bruce, pour engranger de nouvelles connaissances, valider ses acquis et avancer vers sa reconversion.

— Je ne suis pas sûre que tous ces cours théoriques te servent, lui dis-je en la regardant surligner du texte sur des feuilles imprimées.

Michelle a enfilé une jupe noire avec un chemisier blanc et un gilet gris clair. Elle a retroussé ses manches et nous sommes toutes les deux sur une table ronde, nos boissons chaudes vides à côté de nous. Mon amie est méticuleuse dans tout ce qu'elle fait, je ne suis donc pas étonnée de voir qu'elle réécrit les points importants de ses cours sur des fiches bristol.

— Explique-moi en quoi ça va t'aider, dis-je.

— Mes fiches ? s'étonne-t-elle. Eh bien, les bleus sont pour les exercices, les vertes pour les points essentiels, les jaunes pour…

— Non, la coupé-je. Explique-moi en quoi ces études vont t'apprendre le marketing.

Elle me regarde avec de gros yeux ébahis, ne comprenant pas où je veux en venir.

— C'est le but de mes cours, me rappelle-t-elle. C'est tout l'objet de mon cursus : le marketing.

— Oui, mais est-ce que tu penses vraiment qu'on peut apprendre le marketing à travers des cours théoriques ? Je veux bien imaginer qu'on apprenne l'histoire ou la géographie comme ça. Mais le marketing ? Est-ce qu'il ne faudrait pas faire des tests, interroger des gens, faire toi-même ton expérience du marketing ? Il n'y a pas tant de règles que ça dans le marketing.

— Oh, tu es une experte en marketing maintenant ? s'amuse-t-elle en lâchant son surligneur.

— Non, bien sûr que non. Mais le marketing s'applique différemment en fonction du domaine où tu essaies de vendre quelque chose. La règle principale, c'est que tu vends des émotions à ton client. Peu importe ce qu'il achète, c'est toujours une affaire d'émotions. Mais ensuite, tu n'appliques pas le même marketing si tu vends sur internet, si tu vends en boutique, si tu vends des livres, si tu vends des chaussures…

— … et c'est pour ça qu'il y a des spécialités en fonction du domaine où tu souhaites travailler.

— Bon, peut-être que je suis fermée sur la question parce que je n'ai pas fait d'études supérieures, grommelé-je.

— Devine le domaine où j'espère me spécialiser, m'encourage-t-elle avec un sourire.

La patience de Michelle à l'égard de ma mauvaise humeur matinale est toujours stupéfiante.

— Les vêtements ? proposé-je.

Ce qui ferait sens, Michelle est toujours sur son 31, elle feuillette des magazines de mode dès qu'elle en a l'occasion et sa garde-robe est tellement pleine qu'elle entasse aussi ses vêtements dans les placards de l'entrée.

— Non, les livres, m'indique-t-elle.

— Vraiment ? m'étonné-je.

— C'est toi qui m'en as donné l'idée. Tu fais quelque chose… September, tu as conscience que c'est spécial ce que tu fais, n'est-ce pas ?

Je secoue la tête de droite à gauche. Je ne suis pas pionnière sur le sujet de l'autoédition, c'est quelque chose qui existe depuis des années. Mais je fais partie des gens qui réussissent réellement bien dans ce domaine. Et il n'y en a pas tant que ça.

— Non seulement c'est spécial, mais c'est inspirant, ajoute-t-elle. Tu as montré qu'il n'y a pas besoin de rester dans un système qui est peut-être dépassé aujourd'hui, ou en tout cas qui ne fonctionne plus comme avant. Tu as choisi une autre voie, une voie royale pour toi : tu as ta liberté d'agir, ton indépendance, tu gagnes mieux ta vie qu'un paquet d'écrivains publiés en maison d'édition et tu n'as pas pour autant les délais extrêmement longs qu'il y a dans ces grandes industries. Regarde tes réseaux sociaux ! La moitié des gens qui te suivent sont des auteurs qui sont inspirés par ce que tu fais et qui veulent, eux aussi, atteindre tes résultats.

— Ce n'est pas le résultat qui compte, grommelé-je. C'est la manière d'y parvenir.

— Ne me lance pas sur un autre sujet. Le fait est que tu as un œil marketing et que tu es très polyvalente, ce qui te permet de gérer tous les aspects qu'il y a en dehors de l'écriture. Tu aimes mener tes petites expériences comme tu les appelles, en tirer des conclusions, prendre une décision, t'engouffrer dedans et recommencer. Mais tous les auteurs ne savent pas faire ça. Ils ont besoin qu'on les accompagne, qu'on les guide.

— Ils peuvent postuler en maison d'édition pour ça, fais-je remarquer.

— Mais il n'y a même pas 1 % des manuscrits reçus en maison d'édition qui sont retenus, me rappelle Michelle. Non, je pense que l'autoédition est une bonne voie. Mais qu'ils ont besoin d'accompagnement et de quelqu'un qui s'y connaît en marketing pour les épauler.

J'inspire, je suis d'accord avec Michelle et ce n'est pas pour rien que je tiens un blog à jour pour donner des astuces aux auteurs. J'ai envie qu'ils voient qu'il existe une autre solution que les maisons d'édition. J'ai envie qu'ils comprennent que ce n'est pas parce qu'un grand ponte de l'industrie du livre leur a dit non que leur manuscrit ne vaut rien.

— On ne peut pas être expert partout et l'autoédité a besoin d'être mis en relation avec des professionnels qui pourront l'accompagner, ajoute-t-elle. C'est toi qui m'as donné envie de faire tout ça. En fait, à la base, j'avais envie de te soulager d'une partie de ton activité, pour que tu puisses écrire plus. Puis j'ai compris qu'au final, ça t'éclatait ces aspects marketing. Mais ça n'éclate pas tous les auteurs. J'ai envie d'être celle qui les décharge de ça.

Je lui souris. Je ne pensais pas que Michelle prenait autant de temps pour observer ce que je faisais. Je m'imaginais que mon métier était obscur pour elle.

— Qu'est-ce que tu en penses ? me lance-t-elle ensuite.

— Que c'est une excellente idée, lui dis-je avec un grand sourire. Ils auront de la chance de t'avoir à leurs côtés pour les épauler et mettre en avant leur roman.

— Ouf, j'avais peur que tu désapprouves. Parce que je compte bien te harceler de questions pour que tu m'aides à mieux comprendre le marché, une fois que j'aurai appris les principes élémentaires du marketing.

— Je reste persuadée que tu n'as pas besoin de te relancer dans des études pour apprendre tout ça. On change tellement souvent de métiers au cours de nos carrières maintenant que s'il fallait se replonger à chaque fois dans des ouvrages avant de pouvoir prétendre à un nouveau job, on passerait la moitié de notre temps dans des salles de classe.

— Mais c'est important de se former, non ?

— Oh oui, lui assuré-je. Je me forme en permanence. Ce que je veux dire, c'est qu'il n'y a pas forcément besoin d'une formation diplômante pour obtenir des connaissances et des compétences. Il y a plein de livres accessibles qui peuvent t'enseigner exactement ce que tu veux aujourd'hui.

— Je pense que ça me rassure de me dire que c'est diplômant. Et que ça rassure aussi certains patrons si jamais je ne parviens pas à faire décoller mon activité avec les autoédités. C'est un plan B, tu vois ?

Je lui souris. J'ai des idées très fermées sur ces sujets, mais Michelle sait me montrer les avantages de sa solution.

— Tu as raison, approuvé-je.

Elle se commande un nouveau café et prend un chaï tea latte pour moi.

— Ça ne me dit pas ce qui te tracasse, ajoute-t-elle tandis qu'on nous dépose les boissons.

Je ne peux pas lui dire que j'ai la sensation qu'on observe tous mes faits et gestes depuis hier. Non, ça, je le glisse dans mes livres. Je crois que j'ai fait de mes romans un véritable journal intime, j'ai presque peur que des loups tombent dessus et réalisent que c'est moi, dans chacune des pages.

Bruce n'est pas dupe, je suppose. Il me dit qu'il n'a lu aucun de mes ouvrages, mais j'ai déjà vu mon livre glissé dans sa table de nuit une fois où j'allais chez lui. J'imagine qu'il ne veut pas que je me sente mal ou obligée d'en parler.

Mes maux, mes douleurs, mes traumatismes, je les traite à travers mes romans. C'est ma manière de parler à un psy. L'avantage, c'est qu'il ne me répond pas et ne me fait pas la morale. Peut-être que ce n'est pas le rôle des psys de faire ça. Il faudrait que j'y aille un jour pour comprendre comment ils fonctionnent.

— Tu as l'air fatigué, poursuit-elle comme je ne réponds pas.

— Je pense à cette proposition de la maison d'édition, avoué-je.

— Du fameux Kyle ? fait-elle en faisant rouler sa langue sur son palais et en papillonnant des yeux.

— De Kyle tout court, grommelé-je.

— Il a l'air d'être un peu plus que Kyle tout court pour qu'il hante tes pensées à ce point.

— C'est sa proposition qui hante mes pensées, pas lui.

Même si j'ai rêvé de lui cette nuit. Nous étions au milieu de la fusillade et nous nous regardions, sans bouger, alors que les balles vibraient entre nous. J'ai renoncé à trouver une explication à ce rêve stupide. J'imagine que j'ai juste ressassé les événements de samedi.

— Tu envisages de donner tes droits à Pearl Éditions ?

— Je ne sais pas. Je me dis que ça ne me ferait pas de mal d'écouter ce qu'ils ont à me dire, de voir mes options. Peut-être que Kyle a raison et que je suis arrivée au bout de ce que je peux faire toute seule.

— Ou peut-être que tu cherches un prétexte pour le revoir.

— Non, dis-je. Je réfléchis sérieusement à donner une partie de mes droits à une maison d'édition.

— Je croyais que tu ne ferais jamais ça, même si on te menaçait de mort.

— Je sais, je me demande ce qui a changé dans mon cerveau pour que tout à coup je l'envisage.

— Tu es fatiguée peut-être ?

— Je ne vois même pas pourquoi j'irais à un quelconque rendez-vous avec eux.

— Alors, n'y va pas.

— Mais d'un autre côté, je brûle de curiosité de savoir ce qu'ils pourraient me proposer.

— Alors, vas-y.

Je la fixe du regard.

— Tu n'as vraiment pas d'avis tranché sur la question, m'amusé-je.

— Je pense que tu devrais suivre tes envies, qu'un rendez-vous n'engage à rien et qu'au moins tu sauras quelles sont tes options après ça. Mais si tu ne veux pas y aller, tu ne devrais pas te forcer.

— Je veux bien y aller, mais je ne veux pas revoir Kyle.

— Oh, il t'attire à ce point ? s'amuse-t-elle.

— Non.

C'est même plutôt tout le contraire. J'ai peur qu'il lise le mensonge dans mes yeux, qu'il comprenne que j'ai tué Edward et qu'il décide de mon sort.

— Prends rendez-vous, m'encourage-t-elle.

— Je n'ai que son numéro à lui. Je n'ai pas envie de l'avoir au téléphone.

— Passe-moi ton portable, réclame-t-elle. Et le numéro.

Je la regarde d'un air dubitatif.

— September Jones, tonne-t-elle. Ton portable et son numéro.

— Qu'est-ce qui te dit que j'ai emmené sa carte avec moi ?

— Oh, tu as beau dire ce que tu veux, ce type t'a tapé dans l'œil. Je suis certaine que tu cherches juste une excuse pour entendre à nouveau sa voix. Mais puisque tu joues les poules mouillées, je me charge de l'appeler.

Je soupire, lui tends mon téléphone et le numéro de Kyle, dont j'ai effectivement la carte de visite dans la poche arrière de mon jean.

— Ne t'avise pas de raconter quoi que ce soit à Marvin, l'avertis-je.

— Oh, je compte bien tout lui raconter, en détail, me rétorque-t-elle. Et il te harcèlera avec cette histoire pendant des jours et des jours.

— Je ne suis pas attirée par Kyle, bougonné-je. Au contraire, je fais tout pour l'éviter !

— Bonjour, je suis Michelle, l'assistante de September Jones, lance mon amie en m'ignorant.

Elle a le téléphone collé à son oreille et j'étire mes sens pour entendre sa discussion.

— Elle n'est pas capable d'appeler elle-même ? grommelle Kyle.

Je me renfrogne, croise les bras sur ma poitrine et détourne la tête, sans pour autant pouvoir m'empêcher d'écouter. Il a cru quoi ? Qu'il est tellement important que je dois arrêter tout ce que je fais pour l'appeler ?

— Elle est en session d'écriture, répond Michelle. Vous savez ce que c'est, les artistes, on ne peut pas les déranger tant qu'ils ont l'inspiration.

Je lève les yeux au ciel à la réplique de mon amie.

— Elle a réfléchi à votre proposition et elle aimerait en entendre plus. Est-il possible de fixer un rendez-vous ? reprend-elle.

— Ma proposition ? fait Kyle.

— Concernant Pearl Éditions, précise Michelle.

— Oh, cette proposition.

— Il y en a d'autres ? s'étonne-t-elle.

— Non, non.

Petit con.

— Nous pouvons la recevoir jeudi, à quinze heures, dans nos locaux. J'envoie un texto à ce numéro avec toutes les informations et vous lui transmettez ?

— Oh, c'est son téléphone personnel, elle recevra tout, ne vous en faites pas.

Je fais les gros yeux à Michelle et je comprends pourquoi elle voulait utiliser mon téléphone, c'était un moyen subtil de donner mon numéro à Kyle. J'articule en silence :

— Je. Te. Déteste.

— Moi aussi je t'aime, rétorque-t-elle.

— Pardon ? fait Kyle.

— Non, non, rien. Jeudi, quinze heures, c'est parfait, elle sera là.

Elle raccroche et me tend mon smartphone avec un sourire fier.

— Tu es un démon, lui dis-je.

— Mais tu as ton rendez-vous.

— Et il sera sûrement là, soupiré-je.

— Oh, ce n'est pas une si mauvaise chose. Ce type est un héros, il a survécu à une fusillade, il a l'air d'avoir la tête sur les épaules, il est beau gosse et bon sang, sa voix est divine.

Elle se met à rougir en débitant des compliments sur Kyle, qu'elle n'a vu que sur un écran de télévision.

— Je me demande ce que penserait Matthew de ton discours, fais-je remarquer.

Elle se renfrogne immédiatement.

— Qu'est-ce qu'il y a ? demandé-je. C'était une boutade, hein. Je ne voulais pas te faire culpabiliser.

— Ce n'est pas ça.

— C'est quoi alors ?

Elle inspire.

— Matthew voulait venir le week-end dernier. Et celui d'avant. Et tous ceux d'avant, m'avoue-t-elle. C'est moi qui lui ai dit de ne pas venir.

— Qu'est-ce qu'il se passe ?

Elle pince les lèvres.

— Je suis enceinte.

CHAPITRE 13

Je m'étouffe dans mon chaï tea latte et manque d'en recracher une partie dans ma tasse. Michelle baisse les yeux, l'air penaud.

— Qu… quoi ? Mais t'as pas grossi, t'as pas…

— J'en suis bientôt à trois mois, ça va commencer à se voir, avoue-t-elle.

— OK, OK.

J'attrape une serviette pour essuyer mon visage et me redresse dans ma chaise. Je ferme mon ordinateur, de toute façon après cette nouvelle, je ne risque pas d'écrire quoi que ce soit.

— Michelle, il va falloir me fournir plus d'informations que « je suis enceinte », lui dis-je. Parce que là, il y a beaucoup de zones d'ombre.

— Il est de Matthew.

— Oui, je me doute qu'il est de Matthew.

Elle sourit timidement.

— Je pensais que toi et les autres vous vous diriez que j'ai couché à droite et à gauche ici. Avec les garçons qui insistent toujours pour me rappeler cette histoire de drague avant le bal des pompiers…

— C'est une boutade, une taquinerie. Personne ne pense vraiment que tu tromperas Matthew un jour. Tu es trop… sérieuse pour ça. Fidèle, droite dans tes baskets.

Ce qui sonne comme des reproches dans ma bouche. Mais Michelle ne le prend pas comme ça, fort heureusement.

— Tu lui as dit ? demandé-je.

— À qui ?

— À Matthew, bon sang ! C'est le père, il a le droit de savoir, non ?

Elle inspire.

— Oui, je lui ai dit.

— Et ?

— Et on a eu une longue discussion par Skype sur le sujet. Il voulait qu'on emménage ensemble, à Los Angeles. Que je quitte mon job, que je quitte la colocation, que je quitte mon pays.

— Et ?

Je vois tout à fait Michelle quitter tout ça pour élever un enfant avec l'homme qu'elle aime.

— Et j'ai eu peur.

— Peur, c'est-à-dire ?

— Je ne veux pas quitter Toronto, le Canada, ou mon job.

— Mais tu es en train d'entamer une reconversion, c'est le moment idéal.

— Je lui ai dit que je ne comptais pas déménager.

— Et du coup, il veut venir ici ?

— Non. Il a dit que je devais déménager, que c'était comme ça que les choses se passaient. Qu'il avait un job sérieux, une vraie situation à Los Angeles, stable. Qu'un enfant avait besoin de cette stabilité.

Mon humeur se dégrade à mesure qu'elle me fait part de tous les clichés que Matthew lui a sortis. Il est gentil, ce garçon, mais il vient de dégringoler brutalement dans mon estime.

— Que ce n'est pas une vie pour un enfant de vivre dans une colocation. Que mon job ne suffit pas à payer ce qu'il faut pour un gosse, que ça coûte cher un bébé, que… Il m'a bien fait comprendre qu'il était celui qui pouvait subvenir à nos besoins financiers. À aucun moment il n'a dit qu'il était heureux, il n'a pas parlé d'éducation, d'annoncer la nouvelle à ses parents. Tout ce à quoi il pensait, c'était l'argent, l'endroit où nous allions vivre et sa place de père. Il m'a fait comprendre qu'une fois que l'enfant serait né, ce serait bien que je ne reprenne pas le travail tout de suite, parce qu'un enfant doit être avec sa mère.

Si je n'avais pas été déjà assise, je me serais écroulée sur une chaise.

— Je ne pensais pas que Matthew était comme ça, soufflé-je.

— Moi non plus. On n'avait jamais discuté enfant avant ça. C'est… c'est un accident. On était bourrés, on ne s'est pas protégés. Je n'avais pas prévu de faire un enfant maintenant et certainement pas avec un type avec lequel je suis dans une relation longue distance. Je ne veux pas déménager, September. Je n'ai pas envie d'aller à Los Angeles. La ville ne me plaît pas, c'est trop agité, trop de strass et de paillettes, trop de gens désespérés et de misère. J'aime ma vie ici. Mais je ne peux pas non plus élever un enfant avec un père qui ne viendra qu'une ou deux fois par mois, le temps d'un week-end.

Je passe mon bras par-dessus la table et trouve sa main, que je serre.

— Il est le père, il a son mot à dire malgré tout. Mais tu n'as pas à céder à ses caprices. Si vous ne trouvez pas un terrain d'entente, je…

Que se passe-t-il quand un père et une mère ne trouvent pas de terrain d'entente ? J'imagine que l'enfant reste avec sa mère.

— J'aurais dû lui dire que j'avortais, fait-elle alors que les larmes montent à ses yeux. Ou ne rien lui dire et rompre.

— Quoi ? m'étonné-je.

— Je ne sais pas même si je l'aime vraiment, murmure-t-elle.

J'attrape ma chaise et me déplace pour être plus près d'elle.

— Mais j'aime déjà cet enfant, et je ne veux pas… je ne veux pas qu'il soit ballotté entre deux foyers. Matthew a raison sur ce point : il aura besoin de stabilité. Mais je crois que j'ai décidé que sa stabilité serait ici, à Toronto, avec sa mère. Et si Matthew n'est pas d'accord, ça m'est égal.

Je la serre dans mes bras. Je ne connais pas assez la législation sur ce type de situation pour savoir quoi lui dire ou quoi faire. Je sais juste que son cœur de femme est meurtri et qu'elle a besoin de soutien.

— Tu ne devrais pas traverser cette épreuve toute seule, Michelle. On est tous là pour toi, personne ne se moquera de toi et ils seront même chagrinés que tu n'aies rien dit plus tôt. Tu as déjà fait une écho ?

— La semaine prochaine, me dit-elle au milieu de ses larmes. C'est la semaine prochaine.

— Je pense que tout le monde aimerait être avec toi la semaine prochaine.

— Tout le monde ?

— Toute la colocation, lui assuré-je.

— Mais qu'est-ce qu'ils vont penser de moi ? Que j'évince Matthew ? Que je n'en fais qu'à ma tête ? Que je ne peux pas élever un enfant seule ? Et encore moins au sein d'une colocation. Il faudra que je me prenne un appartement, que…

— Chuuuut, chaque chose en son temps, OK ? D'abord, tu en parles à tout le monde. Ensuite, on va à cette écho, et après seulement on avisera.

— Je n'en ai même pas parlé à ma mère, m'avoue-t-elle.

— Il est encore temps de le faire si tu en as envie.

— Je ne sais pas.

— Je suis sûre qu'elle te soutiendrait aussi.

— Elle a toujours eu cette idée que je me marierais, que j'achèterais une maison et que seulement ensuite je ferais des enfants.

— Mais elle t'aime et elle aura envie d'être là pour toi, peu importe les attentes qu'elle pouvait avoir. C'est ta vie, Michelle. Pas la sienne. Pas celle qu'elle a rêvé pour toi.

— Je n'ai pas rêvé de ça. Je ne m'attendais pas à être enceinte. Bon sang, qu'est-ce que je vais faire ?

— Hey, tu n'es pas toute seule. On va tous être là et ça va très bien se passer, OK ?

Elle hoche finalement la tête et se réfugie dans mes bras. Je déglutis avec difficulté, me demandant si ma mère était dans cet état quand elle a compris qu'elle était enceinte. Est-ce qu'elle a eu peur ? Est-ce qu'elle s'est dit qu'elle allait m'abandonner à August ?

Mon téléphone vibre et je zieute l'écran tout en gardant Michelle dans mes bras. C'est un numéro non enregistré, mais je le connais par cœur. Tous les surnats du coin le connaissent par cœur.

Réunion urgente, lieu habituel, ce soir, 22 h

CHAPITRE 14

Je me faufile dans l'immense hangar en périphérie de Toronto. On y fabriquait des rails il y a fort longtemps, l'entreprise a fait faillite, le terrain est tombé aux mains de l'état, mais il n'a jamais été nettoyé ou remis en état pour être vendu.

— Je vous recommande pour commencer la plus grande prudence. Interdiction de se déplacer seul, fait une voix.

L'entrepôt est noir de monde, il y a au moins trois cents personnes, j'essaie de me faire toute petite pour qu'on ne remarque pas mon retard.

— Psst, fait la voix de Bruce dans un coin à ma droite.

Je m'empresse de le rejoindre. Je renifle et je sens tellement d'odeurs différentes de loups et de surnats que mes sens explosent. Je les ferme pour éviter de me noyer dans les odeurs.

— Qu'est-ce que j'ai raté ? murmuré-je.

Il se tient debout, adossé contre le mur de tôle du hangar. Quelques torches ont été allumées pour éclairer l'ensemble du bâtiment. L'électricité ne circule plus ici depuis belle lurette. Des spots à batteries ont également été installés près de l'estrade pour éclairer la silhouette de celui qui a le droit de vie ou de mort sur tous les surnats de la région.

— Hans a parlé de la fusillade, apparemment c'est un groupe organisé qui se nomme les Chiens de Dan.

— J'imagine que leur chef s'appelle Dan. Très original.

— Apparemment non, fait Bruce en haussant les épaules.

— Et alors, c'est quoi les consignes ?

— Hans est en train d'en parler.

— Je préfère ta version des faits.

Il grommelle que je suis incorrigible et me demande à quoi ça sert que je me pointe ici si c'est pour ne pas écouter un traître mot de ce que raconte Hans.

— Je ne fais pas confiance aux vampires, lui rappelé-je.

Ce qui lui fait lever les yeux au ciel.

— Tu as un problème avec l'autorité, c'est surtout ça.

Je jette un coup d'œil à Hans, qui continue de donner ses consignes depuis son estrade. Il n'a pas la peau pâle qu'on s'imagine que les vampires ont, car il passe son temps à se maquiller et à se mettre du fond de teint. Il a été élu chef des surnats du coin il y a déjà douze ans à ce qu'il paraît, quand une émeute a éclaté entre des loups et des magiciens. Il fallait quelqu'un pour régler le problème, les vampires ont joué les arbitres et Hans a récupéré toutes les gloires de cette histoire.

Depuis, les surnats ont commencé à s'organiser et à prendre exemple sur ce qu'il s'est passé à Toronto. Il y a maintenant des sortes de chefs de secteur, mais pas partout. Hans a décidé de jouer les boss dans le coin, mais comme il n'exerce son autorité qu'en cas de danger absolu, personne n'a de problème avec ça, pas même les loups.

Enfin, il n'y a que moi qui aie un problème avec l'autorité. Peut-être que Bruce a raison à ce sujet.

— Je vous recommande donc de monter des gardes autour de vos meutes respectives, ou de vos essaims respectifs, de jour comme de nuit. Les Chiens de Dan disposent d'informations internes, ce qui indique que soit quelqu'un nous suit, soit quelqu'un…

Hans ne termine pas sa phrase, le silence est total dans l'assemblée. L'idée que quelqu'un lâche des informations sur les surnats et mette en danger notre communauté est une aberration totale à mes yeux. Qui ferait une telle chose ? Ce serait nous précipiter au-devant d'ennuis, pour ne pas dire de catastrophes irréparables.

— Nous devons donc faire très attention à toutes nos interactions avec les humains, à nous comporter comme eux et à ne pas attirer l'attention sur nous.

Il fixe quelqu'un du regard dans l'assemblée et je découvre Kyle, vêtu d'une veste en cuir noir, d'un jean et entouré de sa meute. Tamara est juste à côté de lui, les bras croisés sur la poitrine et elle n'a pas l'air d'apprécier qu'on accuse ainsi ouvertement son chef. Kyle lui fait un geste d'apaisement de la main, pour lui indiquer de rester tranquille.

— Si quelqu'un entend parler de quoi que ce soit de suspect, qui pourrait indiquer que les surnats sont visés…

— Comme une certaine fan armée d'une seringue, lâche Bruce.

— … qu'il vienne m'en faire part au plus vite. Nous menons l'enquête et essayons de localiser ce réseau et d'identifier ses membres, mais ils peuvent être partout, alors faites attention à vous.

— Ça n'a rien à voir avec toute cette histoire, dis-je.

— Vraiment ? fait mon mentor. Elle savait que tu étais une surnat et elle cherchait visiblement à t'exposer au grand jour. En quoi est-ce différent de l'attaque qui a eu lieu chez Kyle ?

— Je ne sais pas. Il n'y avait pas d'armes à feu, par exemple.

— Oui, parce que c'est tellement simple de se balader avec une arme à feu dans le centre-ville, de la camoufler dans ses vêtements et de la tirer au grand jour dans une librairie.

— Je déteste le fait que tu aies toujours raison, indiqué-je.

— Au moins, tu le reconnais.

Je croise les bras et détourne le regard de Bruce. Oui, je devrais parler de Mélinda à Hans. Mais déjà, rien que l'idée d'aller lui taper la discute me hérisse les poils et me donne envie de me carapater sous forme animale, et en plus, il y a de grandes chances pour que Kyle ait déjà vendu la mèche. C'est d'abord à lui que je dois en parler, avant d'aller embêter le grand manitou pour savoir s'il a obtenu l'information.

— Nous allons avoir besoin de la vigilance de tout le monde, mais aussi de votre participation à l'enquête, ajoute Hans. Notre identité ne doit pas être dévoilée au grand jour, sinon… enfin, tout le monde a vu X-men, n'est-ce pas ?

Les gens hochent la tête de manière très sérieuse, comme si cette référence à la pop culture n'était pas du tout déplacée.

Elle ne l'est pas. C'est tout à fait ce qui pourrait nous arriver : la discrimination vis-à-vis de la différence n'est pas une chose nouvelle. Avoir peur de personnes qui ont des pouvoirs, c'est presque sain. Le souci c'est quand on a tellement peur qu'on se retrouve à vouloir les tuer alors qu'ils n'ont rien fait de mal.

— Je vais demander aux représentants de chaque délégation de collaborer étroitement entre eux. Pendant cette période, je réclame une trêve pour toutes les querelles qui pourraient être en cours. Cela ne suspend pas les enquêtes pour autant, mais je vous demande de ne pas aller chercher vengeance alors que nous avons besoin de nous entraider et de faire front commun.

— Il essaie quoi ? De se faire réélire ? On dirait un discours pour la présidence. Soyons tous heureux ensemble et blablabla.

— Les grands ennemis rassemblent, explique Bruce. De tout temps.

— Génial, maintenant, nos ennemis, ce sont les humains.

— Non, les Chiens de Dan.

— Et en plus, ils ont un nom grotesque.

— Tu vas arrêter de te plaindre ?

— Je ne sais pas pourquoi j'assiste à ces réunions.

— Moi non plus.

Il y a des magiciens, des loups, des changelings et des vampires un peu partout dans la salle. Il y a également d'autres races, mais elles sont plus difficiles à identifier.

— Tu ne vas pas voir tes congénères ? dis-je à Bruce.

— Je me porte très bien sans eux.

— Toujours dans ton délire de rester dans ton coin, sans parler à personne ?

— Tu es mal placée pour me faire ce type de remarques.

— Je n'ai pas ton âge, vieillard. J'ai peur qu'un jour tu crèves tout seul dans ton coin, que je ne m'en aperçoive pas tout de suite et que ton corps ait eu le temps de se putréfier avant que j'enfonce la porte de chez toi.

— Oh, September, tu mourras bien avant moi.

Je lève un sourcil dans sa direction. Bruce fait rarement allusion à son âge avancé, ou à ce petit miracle qui fait qu'il n'a pas pris une ride supplémentaire depuis que je le connais. Je me demande parfois s'il n'a pas quatre cents ans, ou quelque chose comme ça.

Les magiciens vivent selon le cycle des humains, avec une longévité légèrement accrue, mais rien de similaire à quatre cents ans. Je hausse les épaules.

— C'est parce que tu penses que je vais mourir déchiquetée par un loup ?

— À cause de ton esprit rebelle, certainement.

La réunion touche à sa fin, tout le monde se hâte dehors, je reste dans mon coin, avec Bruce, en attendant de voir défiler les membres de la meute de Kyle. Je me racle alors la gorge pour attirer l'attention, ce qui fait que toutes les têtes se tournent vers moi. Foutus surnats.

— September Jones, fait Kyle en avançant vers moi.

Sa meute reste en retrait, Tamara me fait un petit signe de la main.

— Kyle, probablement héritier de je-sais-pas-quoi vu qu'il paraît que tu es dans la ligne de succession pour devenir le chef des meutes d'Amérique du Nord.

Il plisse les yeux, mais ne commente pas. Je jette un coup d'œil autour de nous. Impossible d'avoir une discussion privée ici, les oreilles des surnats sont partout.

— Qu'est-ce que tu veux ? demande-t-il. Et que fait le grand Bruce Massali avec toi ?

Je tourne la tête vers Bruce. Il n'est pas grand, loin de là.

— Ça ne te regarde pas, rétorqué-je.

— Je peux encore répondre pour moi, gamine, lance Bruce juste après. J'assiste à la réunion, comme tout le monde. Il se trouve que je me suis pris d'affection pour cette idiote quand elle avait six ans et qu'elle est sous ma *protection*.

Il prononce le dernier mot en défiant Kyle du regard et je me demande s'il n'y a pas un échange télépathique entre eux. Non pas que les loups soient dotés de télépathie. Ou que Bruce en soit capable non plus. Mais vu la longueur du silence et la manière dont ils se fixent, j'ai presque l'impression qu'ils sont en train de décider à qui j'appartiens.

Ce qui m'énerve profondément.

Je n'appartiens qu'à moi-même. Oui, j'apprécie la protection de Bruce et il m'a tirée des emmerdes plus d'une fois, mais ça ne veut pas dire qu'il doit faire le paon devant Kyle pour lui dire « hey, c'est moi qui la protège, OK ? ». C'est quoi, ce combat de coqs ?

Kyle détourne le regard le premier, j'imagine donc que Bruce a gagné.

— Je ne me mettrai pas en travers de la route du grand Bruce Massali, à moins que j'aie des preuves de sa culpabilité.

— Ma culpabilité ? À quel sujet ?

Il ne répond pas. Je sais de quel sujet nous parlons, mais j'imagine encore que le mensonge me tirera de cette situation.

— Est-ce que tu as parlé de Mélinda au grand manitou ? lancé-je.

— Au grand manitou ?

— À Hans.

— Non.

— Bon, j'imagine que je vais devoir aller le faire.

Je soupire et m'élance vers l'estrade. Hans en est descendu et il discute avec quelques vampires. Kyle me rattrape et m'attrape par le bras, il me pousse gentiment contre le mur de tôles, à quelques pas de Bruce et colle ses lèvres contre mon oreille. Il n'y a rien de violent dans son geste, c'est plutôt sensuel, presque passionnel.

— Fais attention à ce que tu lui diras, murmure-t-il si doucement que je dois tendre mes sens pour l'entendre.

— C'est-à-dire ? dis-je sur le même ton.

Il recule un peu sa tête et je croise ses yeux verts. Il n'y a pas de jeu, pas de recherche de domination dans son regard. Il est très sérieux et pour qu'il baisse autant la voix, c'est qu'il ne veut pas que Hans nous entende.

— Je ne veux pas que ma meute soit impliquée d'une quelconque manière dans tes propos, ajoute-t-il.

— Oh, tu veux donc que je mente. Comment est-ce que je suis supposée expliquer la façon dont je m'en suis tirée ?

— Comme tu l'as expliqué à tes précieux amis humains, j'imagine.

— Pourquoi est-ce que tu veux que ta meute reste en dehors de ça ? Vous êtes déjà impliqués jusqu'au cou avec cette fusillade.

— Et je n'ai pas mentionné que tu étais présente. Et je veux que rien de ce que tu as entendu là-bas ne sorte de ta bouche. Ni ce que ma meute a pu te dire dans la maison ni les paroles que nous avons pu échanger dans la voiture.

Je scrute son regard. Quelle partie veut-il que je garde sous silence exactement ? Il essaie de noyer le poisson, que m'a-t-il dit qui pourrait se retourner contre lui ?

Néanmoins, il m'a bel et bien sauvée. Contre mon gré, certes. Mais il l'a fait. Je n'ai aucun intérêt à le mêler à tout ça, mon but est simplement de mettre Hans au courant de l'existence de Mélinda, pas de lui parler des liens que j'entretiens avec la meute de Kyle.

— Très bien, dis-je. Mais en échange, je ne veux plus entendre parler une seule fois de mon ex.

Ma langue claque contre mon palais.

— Je ne peux pas te promettre ça, rétorque-t-il. Tu es impliquée, d'une manière ou d'une autre. Le dernier lieu où il se trouvait, c'est chez toi. Personne n'a eu de signes de vie de sa part depuis. S'il s'est enfui pour devenir prime, c'est qu'il y a quelque chose que tu tais. Vous ne vous êtes pas simplement disputés. Ou alors tu l'as sacrément mis en colère.

— C'est amusant comme c'est toujours la faute des femelles et jamais celle des mâles.

— Ce n'est pas ce que je dis.

— C'est exactement ce que tu dis. Je pense que Hans sera ravi d'entendre la vérité. Et puis ce n'est pas si simple de mentir à un vampire, je ne voudrais pas risquer ma réputation ou la précarité de ma position juste pour couvrir tes arrières.

Kyle prend une inspiration. Il ne cédera pas sur l'affaire d'Edward, il en va de son honneur et les loups sont incapables de céder sur ce genre de choses. S'il a promis à Davis et sa meute de retrouver Edward, il le fera et ce n'est pas moi qui pourrais l'arrêter.

Il se penche et se remet à murmurer à mon oreille, ses lèvres sont si proches que je sens son souffle chaud, il a un bras passé devant moi, qui repose sur le mur et m'empêche de filer.

— Il n'est pas impossible que notre arrivée dans le coin ait précipité certains événements concernant les Chiens de Dan. J'aimerais autant que Hans ne soit pas au courant, car il cherche la moindre excuse pour nous virer de la région.

— Et pourquoi il voudrait faire une telle chose ? Vous avez l'air d'être les loups les plus polis du Canada.

Vous contrôlez vos émotions mieux que toutes les meutes que j'ai côtoyées.

— Parce qu'il a peur que je prenne sa place, lance Kyle.

Je cligne plusieurs fois des yeux. Hans est à ce poste depuis le début et je n'ai jamais envisagé que quelqu'un puisse prendre sa place. À chaque fois qu'il doit intervenir, il se plaint de toute façon, comme s'il n'avait qu'une envie : que quelqu'un le remplace.

— Et tu veux prendre sa place ? demandé-je.

— Non.

— Mais tu es dans la ligne de succession pour être chef des meutes d'Amérique du Nord.

— Oui, mais ça ne veut pas dire que je le veux.

— Pourquoi ?

— Ça me regarde.

— Donc Hans a peur que tu veuilles subitement diriger les trois cents surnats du coin.

— Ce qui ne m'intéresse absolument pas.

— OK, soufflé-je. Je ne dirai rien. Mais je veux être tenue au courant de ton enquête concernant Edward. Et je veux être traitée comme tu traiterais un loup mâle.

— Je te traite comme un loup mâle.

Une part de mon esprit s'insurge contre cette phrase. Vraiment ? Il ne voit pas en moi la femelle ? Il n'envisage rien ? Il me voit comme un sujet qu'il doit protéger ?

Tant mieux, c'est ce que je veux, non ?

— Alors continue, grogné-je en le poussant pour me dégager de sa prise.

— Tu ne diras rien ? insiste-t-il dans un murmure.

— Pas pour l'instant.

Je pars d'un pas vif vers Hans, me retournant pour jeter un coup d'œil à Bruce, qui a observé toute la scène sans intervenir. J'aurais deux mots à lui dire au sujet de sa protection tout à l'heure à lui aussi. Il rétorquera sûrement que c'est sa manière de s'assurer qu'il sera prévenu si jamais on décide de m'arrêter pour le meurtre d'Edward. Je sais qu'il a raison.

J'ai décidément un vrai problème psychologique avec les gens qui se sont mis en tête de me protéger. J'aimerais être capable de me débrouiller seule et j'ai l'impression que c'est le cas. Sauf qu'à chaque problème dans ma vie, je viens pleurer dans les jupons de Bruce. Et à chaque fois, il me tire des ennuis.

Non, cette fois, je ne lui dirai rien. Il fait de son mieux pour m'aider.

— Hans ? fais-je sur un ton timide factice pour l'interrompre pendant qu'il discute avec une partie de son essaim.

Il fait un signe de tête et les cinq vampires s'éloignent d'un pas gracieux. Je renifle le fond de teint de Hans, j'ai presque l'impression d'avaler du maquillage par les narines tellement il en a mis. Je savais que des vampires souffraient de ne pas accepter leur état de semi-mort, mais de là à se tartiner le visage pour avoir un teint hâlé, c'est quand même étrange. Peut-être que Hans devrait discuter avec un psychologue pour voir comment accepter sa situation.

— September Jones, fait Hans en tapant dans ses mains comme un enfant heureux de me retrouver. On ne te voit pas souvent.

— J'essaie d'éviter les réunions autant que possible, mais celle-là indiquait « urgent ».

— Je passerai le bonjour de ta part à ton père, il sera heureux de savoir que tu te portes bien.

— Mon père ? répété-je, un peu surprise.

— Oui, August. Je l'ai vu hier, il me demandait justement comment tu allais.

— Pardon ?

Je manque de m'étrangler.

— Il ne t'a pas dit ?

— Non, je ne pense pas que j'aurais pu rater cette information.

— Il m'a dit qu'il allait passer te voir.

Je pense à Michelle, Marvin, Brandon et Peter. J'en oublie même ce que je voulais dire à Hans.

— Tu lui as dit où j'habitais ?

— Il me semble que c'est dans cette ferme-là, en bordure de forêt non ? À la limite du territoire.

Je tourne les talons, je pars en courant sans même dire au revoir à Bruce.

Il y a urgence.

CHAPITRE 15

Je conduis tellement vite que je me dis que je vais mourir d'un accident de voiture. Après tout, pourquoi pas, c'est pour la bonne cause et ça me donnera l'occasion de tester ma théorie sur le royaume des chamans. Ma vieille Ford tousse presque quand je me gare devant la ferme, je zieute le pick-up qui est déjà devant la porte et mon sang se glace.

Que fout-il ici ?

Je prends une grande inspiration, il y a de la lumière à l'intérieur, j'entends des voix, des rires aux éclats, peut-être qu'il est en train de se comporter correctement.

Je pousse la porte, mes mains tremblent sur la poignée, je me retiens de partir en courant. Michelle est à l'intérieur, enceinte. Marvin, Peter et Brandon sont également à l'intérieur et je ne peux pas laisser tout ce beau monde uniquement avec mon merveilleux père, un loup-garou prime.

Je marche avec prudence jusqu'au salon, d'où proviennent les éclats de rire. Je m'attends presque à ce qu'il soit transformé, en train de déchiqueter les corps de mes amis, ce qui est impossible puisque je les entends rire. Mais la peur me tient l'estomac. Trop d'années à voir du monde souffrir autour de moi. Trop d'années à me demander quand est-ce qu'il partirait, quand est-ce qu'on le punirait. Cette batte de baseball qu'il m'a offerte, ce n'était pas pour me défendre contre les autres. Il me l'a donnée dans l'un de ses rares instants de lucidité, pour me dire de l'utiliser contre lui si jamais il dépassait les bornes un jour. August n'était pas toujours très clair avec ses idées, mais parfois, il avait conscience de ce qu'il devenait et de ce qui pouvait arriver. Le jour où la batte a glissé dans mes doigts, il m'a fait promettre de l'utiliser contre lui si j'estimais qu'il le fallait.

Je n'ai pas promis.

Même si August m'en a fait voir de toutes les couleurs quand j'étais gamine, même s'il m'a parfois rouée de coups, même s'il m'a menacée plus d'une fois de me laisser à la rue, il est mon père. Je n'ai pas pour lui l'attachement que j'ai pour Derek, mais je ne me vois pas lui mettre une torgnole dans la gueule, peu importe la situation. Il aurait pu ne pas m'accepter quand ma mère est morte, il aurait pu choisir de me placer. Il ne l'a pas fait. C'est peut-être que quelque part, au fond de son cœur de prime, il y avait encore des sentiments. C'est ce à quoi je me suis accrochée tout ce temps, jusqu'à ce qu'il dégage et nous laisse seuls, avec Derek. Sa part animale a fini par prendre le dessus et il est parti un soir, sous sa forme de loup, pour ne plus jamais revenir.

Jusqu'à aujourd'hui.

— Oh, September ! s'exclame Michelle en voyant que je viens d'arriver. Ton père nous a fait une visite surprise, je t'avoue que je pensais qu'il était mort. Tu ne parles jamais de lui.

Je souris avec difficulté. Je dis à tout le monde qu'August est mort, c'est bien plus simple que la vérité et ça fait moins mal. Si je devais leur expliquer qu'il m'a abandonnée quand j'avais douze ans, après m'avoir passée à tabac, et qu'il n'est jamais revenu, obligeant Bruce et Derek à s'occuper de moi, il y aurait des regards étranges, les gens ne sauraient pas comment réagir. Même s'ils sont mal à l'aise avec la mort, ils savent au moins l'attitude à avoir dans ce genre de circonstances et la mort d'un parent, ça fait partie de la vie.

En temps normal, je joue bien la comédie. En temps normal, je me serais rappelé les propos de Hans, indiquant qu'il ne faut pas faire de vagues, ne pas attirer l'attention sur soi.

Mais là, tout de suite, je vois rouge.

— Il est mort, confirmé-je. Il est parti quand j'avais douze ans et n'est jamais revenu. Alors oui, à mes yeux, il est mort.

Je fusille August du regard, je me revois encore, l'œil tuméfié, tandis que son long poil gris apparaissait sur ses bras et que des griffes venaient remplacer ses ongles. C'est à ce moment qu'il m'a balancé la dernière gifle de ma vie. Les traces sont restées sur mon visage pendant des semaines. Il a fallu deux mois avant que la cicatrice de la longue griffure qui a traversé ma joue ne s'efface et Bruce a dû utiliser un paquet d'onguents pour y parvenir. Il avait peur que je sois défigurée pour le restant de mes jours et il ne cessait de dire que les blessures de guerre étaient belles à porter quand on s'était réellement battu pour nos convictions. Mais que celles qu'on subissait sans raison ne méritaient pas de nous rappeler nos mauvais souvenirs pour l'éternité. Je me suis juré après ça que plus personne ne lèverait la main sur moi.

Et pourtant, devant lui, des années après, je tremble encore.

Il a vieilli, son visage est ridé, ses cheveux ont viré du brun au blanc et il a une petite barbe de trois jours.

Il porte un gros pull beige, sur un jean bleu délavé, avec des bottines. Il n'est pas aussi grand que dans mes souvenirs, mais j'ai grandi et ma perception des choses a changé.

— Hello, September, fait-il avec un grand sourire.

Il ouvre les bras comme si j'allais me précipiter dedans pour lui donner une étreinte. Je reste debout, paralysée, la bouche ouverte. Il y a mille choses que j'ai envie de lui dire, mais aucune n'est polie ou agréable à entendre.

— Tu ne dis pas bonjour ? lance Michelle en passant une main dans mon dos pour me pousser vers mon père.

Je me retrouve sans savoir trop comment dans les bras d'August, il me serre dans ses bras, tandis que les miens restent ballants le long de mon corps. Il passe la main dans mes cheveux, recule et m'observe.

— Tu es devenue une magnifique jeune femme, me dit-il. J'ai vu ta photo sur internet, mais je n'y croyais pas. En plus, tu es écrivain, c'est stupéfiant. Ma petite apprentie garagiste a pris son envol.

Où a-t-il glané toutes ces informations ? Où y a-t-il ma photo que je la retire et qu'il ne retombe jamais dessus ?

— September, ça va ? insiste Michelle à côté de moi.

Je lui fais un signe de la main pour lui dire que je survis. J'ai encore du mal à accepter de l'avoir en face de moi. Sur la table basse du salon, je vois des verres de bière déjà bien entamés, ainsi que les chips préférées de Brandon. Les trois garçons sont installés sur le canapé et Peter se lève quand je m'approche.

— Il y a un problème ? fait-il à mon oreille.

— Non, pas de problème, réponds-je.

Comment expliquer à mes colocataires humains que j'ai la peur au ventre qu'August perde le contrôle et massacre tout le monde ? Mais s'il est ici, sous forme humaine et qu'il est capable d'avoir des pensées cohérentes, c'est peut-être qu'il est dans une bonne période. Ses cheveux tombent sous son menton, mais ils ne sont pas en bataille, sa tenue est propre et son regard est vif. Rien n'indique qu'il s'apprête à perdre le contrôle. Il y a presque une lueur espiègle dans son regard noisette.

— Qu'est-ce qui t'amène ? demandé-je.

J'attrape la main de Michelle pour la tirer derrière moi et je m'assure de rester entre mes quatre colocataires et lui. Je ne suis pas une louve, mais j'ai été élevée comme telle.

— C'est la première question qui te vient à l'esprit ? demande Brandon. Il paraît que ça fait treize ans que tu ne l'as pas vu ! Il était en train de nous parler de son dernier voyage à Chicago, c'est dingue ce qu'il fait dans la vie, tu ne nous avais pas dit qu'il était chasseur de trésors.

Chasseur de trésors, vraiment ? August Jones, chasseur de trésors ? Il fait une petite grimace devant moi, comme s'il voulait s'excuser de ce terme.

— Je suis désolée, je n'ai pas pu m'empêcher de leur raconter, fait-il.

— Il a carrément été nez à nez avec la mafia ! renchérit Brandon derrière moi.

Je commence à taper du pied sur le sol.

— Et tu leur as dit quoi d'autre ?

Je lance ma phrase avec un immense sourire. Mes colocataires ne connaissent pas mon père et je peux comprendre qu'ils gobent tout ce qu'il dit, mais j'ai ma propre expérience du personnage et je sais qu'il ne faut pas croire un seul mot qui sort de sa bouche. Ce n'est pas parce qu'il est propre sur lui là tout de suite qu'il ne va pas se transformer en furie dans quelques minutes.

— Que j'ai écumé Toronto pour te trouver, j'étais même à ta séance de dédicaces samedi, je voulais te faire la surprise, mais on m'a dit que tu avais fait un malaise, est-ce que ça va mieux ?

— Je suis en pleine forme, lui assuré-je sur un ton sec.

— Tu n'es pas du genre à tomber malade, ajoute-t-il.

Je sais ce qu'il sous-entend : que les changelings sont dotés d'une constitution solide et qu'effectivement les rhumes, la grippe et les malaises ne font pas partie de notre quotidien.

— J'ai eu le temps de changer pendant que tu étais absent, cinglé-je.

— Je suis là maintenant, fait-il en écartant les bras.

— Et il a encore plein d'histoires à nous raconter ! ajoute Brandon.

Marvin est plus sensible au langage corporel et il se tait, comprenant bien qu'il y a quelque chose qui cloche. Peter est celui des trois qui me connaît le mieux et il a tout de suite saisi qu'il y avait un problème. Michelle, pour sa part, propose une nouvelle tournée de bière pour les garçons, tout en caressant son ventre. Elle boit de la tisane de son côté. Je ne sais pas si elle a mentionné l'affaire aux colocataires ou non. Elle voulait attendre que Peter et Marvin rentrent du travail, mais elle n'a rien dit du dîner et je n'ai pas voulu la pousser. Ensuite, j'ai filé à ma réunion. J'imagine qu'elle n'a pas encore lâché le morceau.

— J'aimerais que tu partes, maintenant, dis-je à August en rassemblant tout le courage dont je peux faire preuve.

— Je viens d'arriver, j'avais envie de rattraper le temps perdu, qu'on discute un peu.

Je n'ai aucune envie de discuter avec lui.

— S'il te plaît, insisté-je avec toute la politesse dont je suis capable de faire preuve.

— On peut au moins boire une bière et prendre le temps de discuter de ce qu'il se passe dans ta vie ? Que je te parle de mes dernières trouvailles ? Tu sais que le gouvernent m'emploie pour retrouver des artefacts de l'histoire canadienne ? Je suis réellement chasseur de trésors !

Je lève les yeux au ciel à cette mention. August est surtout un menteur de première catégorie. Si je gobais tout ce qu'il disait quand j'avais six ans, j'ai vite appris à faire le contraire et à remettre en question la moindre de ses paroles.

— Sors, maintenant, dis-je sur un ton plus autoritaire.

Je lui désigne le couloir qui mène à la porte d'entrée. Brandon élève la voix pour dire que c'est dommage, il vient d'arriver, mais Marvin et Peter le font taire.

August insiste encore, puis il hausse les épaules et je le suis tandis qu'il se dirige vers la sortie. Il fait un signe de main à mes colocataires, je gronde pour l'inciter à accélérer. J'ouvre la porte, lui fais signe de sortir et le suis. Quand nous sommes dehors, je lâche mes nerfs :

— C'est quoi ce délire ? Tu réapparais de nulle part, tu ne préviens pas ? Tu vas me dire quoi ? Que c'était plus simple de demander mon adresse à Hans plutôt que mon numéro de téléphone ? Qu'est-ce que tu fous vraiment ici, hein ?

Il me regarde avec un sourire et l'espace d'un instant, je me demande si je ne me suis pas trompée. Il s'est écoulé treize ans, je pourrais lui donner le bénéfice du doute, non ? Il a l'air d'avoir toute sa tête, peut-être qu'il a changé.

Puis son sourire disparaît, le masque tombe, un éclair jaune passe dans son regard et je comprends tout de suite qu'August n'a pas changé. Il a juste appris à mieux camoufler sa véritable nature et son caractère.

— Je cherche Derek, dit-il sur un ton qui n'a plus rien de joyeux et abordable.

Le gentil August qui a séduit Brandon a disparu, il a été remplacé par celui que je connais mieux, celui qui a une idée derrière la tête.

— Tu ne risques pas de le retrouver ici, lâché-je.

— Il a un objet à moi, que je lui ai confié il y a bien longtemps et que j'aimerais récupérer.

Je dresse rapidement dans ma tête l'inventaire des affaires que j'ai récupérées chez Derek juste après son envol vers le royaume des chamans. Qu'est-ce qui pourrait bien dater de l'époque où nous vivions avec August ? Rien ne pope à mon esprit.

— Comme je viens de te le dire, tu ne risques pas de le trouver.

Je reste droite, campée sur mes deux jambes. Je me suis mise devant la porte, bien décidée à ne pas le laisser entrer à nouveau.

— Il habite où ? Hans n'a pas su me renseigner.

— Derek est mort, lâché-je. Et je n'ai pas cherché à te prévenir parce que je ne m'attendais pas à te revoir un jour.

Il n'a même pas une seconde d'émotions, rien. Je m'attendais au moins à un petit clignement des yeux, quelque chose qui aurait indiqué que l'information l'aurait bouleversée. Mais non, que dalle. Je m'apprête à lui dire de dégager pour de bon quand une vieille Mustang se gare à côté de mon véhicule.

Bruce descend dans le calme et marche tranquillement jusqu'à nous, armé de sa canne.

— August, fait-il en saluant mon père de la tête.

Les deux hommes se confrontent du regard, puis Bruce vient se tenir debout à côté de moi, il fait un pas en avant pour se positionner entre mon père et ma silhouette. Je me dis qu'il a beau être un magicien, et pas un loup, il a quand même de sacrés réflexes de protection.

— Comment tu as su ? grommelé-je.

— Plus tard les explications, m'assène-t-il.

Il prend une inspiration et affiche un grand sourire.

— August, reprend-il. Qu'est-ce qui t'amène par ici ?

Il n'y a pas l'ombre d'un sarcasme dans son ton, sa voix est calme et parfaitement posée. C'est comme ça que je réalise que la mienne tremblotait et que je n'avais rien de la confiance que j'espérais afficher devant mon père.

August ne répond pas. Il n'a jamais vraiment apprécié Bruce. Il prenait ses voitures en réparation parce que ça faisait tourner l'atelier, mais il n'aimait pas que le vieux magicien reste sur la chaise, à attendre le diagnostic. Il avait l'impression d'être surveillé en permanence.

— Les affaires, répond mon père.

— Oh, tu as repris un garage ? Tu cherches à racheter la vieille Ford de September ?

— Non, pas ce genre d'affaires.

August est mal à l'aise, son regard se fait déviant, il a toujours été intimidé par Bruce.

— Il cherche un objet, expliqué-je. Qui appartenait à Derek.

— Qui m'appartient, corrige August.

— Et je viens de lui expliquer qu'il ne risque pas de retrouver quoi que ce soit, car Derek est mort.

Le dernier mot cingle hors de ma bouche, je ne l'aime pas et j'ai du mal à le prononcer. Derek n'est pas mort. Derek est quelque part, au royaume des chamans, et il attend que je vienne le récupérer. Il est peut-être prisonnier et il a besoin d'aide. Et moi, pendant ce temps, je me prélasse sur Terre. Je ferais mieux de passer chaque seconde de ma vie à trouver une solution pour le retrouver.

— Ses affaires ont bien été entassées quelque part, non ? poursuit August.

— J'ai…

Bruce lève la main pour m'interrompre.

— Si tu nous dis ce que tu cherches exactement, nous te répondrons honnêtement, lance le magicien.

August le fusille du regard. Il n'a pas envie de nous donner de détails sur l'artefact qu'il recherche, j'imagine. Il a trop peur qu'on s'y intéresse et qu'on ne veuille pas le lui donner.

— Je me débrouillerai, grommelle-t-il finalement.

Il s'éloigne d'un pas rapide, en se grattant la tête et en grognant. Je commence à reconnaître les premiers signes de sa transformation. Son bras droit se couvre de poils tandis qu'il se gratte la nuque, puis des griffes se dessinent sur ses ongles, avant de disparaître. Il ne contrôle même pas sa forme humaine. Des bribes de loups prennent vie, puis s'enfuient, et je n'ai pas l'impression qu'August se rende compte de quoi que ce soit.

Il monte dans son pick-up, démarre le moteur et part en trombe, sans nous jeter un regard. Quand il est à quelques mètres, nous entendons un hurlement de loup, mais il n'a pas pu se transformer totalement puisque la camionnette roule toujours.

— Difficile de faire la différence entre l'homme et l'animal, commente Bruce quand nous n'apercevons plus le véhicule au bout de la route.

— Comment tu as su ? dis-je.

— Le fait que tu partes en courant sans même me jeter un regard était un premier signe. Ensuite, j'ai juste demandé à Hans, nigaude.

Oh, il est vrai que j'ai planté Hans sans même lui parler de Mélinda.

— Qu'est-ce qu'il croit ? dis-je en serrant les poings. Qu'il peut revenir après treize ans comme si de rien n'était et réclamer les affaires de son fils dont il ne savait même pas qu'il était mort ?

— Il n'est pas vraiment lui-même, argumente Bruce. Je ne sais pas s'il l'a jamais été.

— Pourtant, il se tient droit, il est habillé et plus propre que dans mes souvenirs. Il a tellement bien joué les humains dans la maison que Brandon voulait entendre toutes ses histoires.

— Tes amis vont bien ?

— Oui. Mais je ne peux pas les laisser seuls maintenant qu'August sait où nous habitons. Il ne voudra pas s'arrêter tant qu'il n'aura pas mis la main sur… quoi que ce soit qu'il veuille.

— Tu as entreposé les affaires de Derek dans un endroit particulier ?

— Oui. Tu veux qu'on y aille maintenant ?

— Non, pas maintenant. August pourrait être planqué quelque part sur la route, avec l'espoir que ce soit notre prochaine destination. Il nous suivra et on le mènera directement à ce qu'il veut.

— Alors qu'est-ce qu'on fait ? demandé-je.

— On mène l'enquête. Discrètement, précise-t-il.

Il me jette un regard qui en dit long.

— Quoi ? lâché-je. Tu crois que je ne suis pas capable de discrétion ?

— Ce n'est clairement pas un mot qui te caractérise.

Je lève les yeux au ciel, la tension retombe un peu, mes épaules s'affaissent et ma respiration reprend un rythme plus normal. Je ne m'étais pas rendu compte à quel point la présence d'August m'avait mise sur les nerfs.

La porte d'entrée s'ouvre et Michelle passe la tête dans l'encadrement. Elle reconnaît Bruce, lui adresse un sourire et me demande :

— August est parti ?

— Oui.

— Tout va bien ?

— Oui.

Elle fait la moue. Mes réponses monosyllabiques sont généralement le signe que ça ne va pas. Mais je ne peux pas lui expliquer la situation.

— Rentre à l'intérieur, dis-je. Tu vas avoir froid. Bébé va avoir froid.

Bruce cligne plusieurs fois des yeux tandis que Michelle caresse son ventre.

— Félicitations, dit-il avec un grand sourire chaleureux.

— Merci.

Je sens qu'elle est tout de suite rassurée par les mots de mon mentor. Il a ce pouvoir d'apaiser les gens dès qu'il parle. Parfois, sa simple présence suffit. Il pose les deux mains sur sa canne en bois. J'observe les signes étranges tracés dessus, il n'a jamais voulu m'expliquer ce qu'ils signifiaient.

— Vous voulez entrer vous réchauffer ? fait Michelle.

Bruce me jette un coup d'œil pour me demander l'autorisation. Je hausse les épaules. Au stade où on en est, je ne vais pas le renvoyer chez lui maintenant. Michelle ouvre la bouche, sûrement pour argumenter qu'elle pourrait préparer un bon repas, même s'il est presque minuit, qu'il fait chaud à l'intérieur et que ce n'est pas une heure pour se taper la discute devant le porche.

Au moment où nous entrons, des bruits de pneus m'alertent, je mets tous mes sens en éveil, persuadée qu'August a fait demi-tour et qu'il revient pour en découdre.

Mais c'est un 4x4 noir brillant qui débarque et Kyle en descend comme si tout était absolument normal.

CHAPITRE 16

— Oh, c'est le type de la télé ! s'extasie Michelle.

Je lève les yeux au ciel. Je vais mettre ça sur le compte des hormones. Certes, Kyle est absolument sexy avec ses cheveux châtains, ses yeux verts et la manière dont son t-shirt moule ses abdominaux. La veste en cuir qu'il porte retombe parfaitement sur ses pectoraux et il a tout du beau gosse.

Mais quand même.

— J'espère que tu as une bonne raison de débarquer chez moi alors qu'il est presque minuit, grogné-je.

— Ce n'est rien, intervient Bruce. Elle n'est ni du matin ni du soir.

— C'est que tu as quitté la réunion un peu vite et que j'ai dû m'occuper de délivrer des informations capitales à ta place, argumente Kyle.

— Informations capitales, hein ? répété-je.

— Au sujet de Mélinda, précise-t-il.

— Je croyais que tu ne voulais pas que ton implication soit mentionnée, ajouté-je.

— Qui est Mélinda ? demande Michelle.

Je soupire. Notre discussion est trop liée au monde des surnats pour que nous puissions l'avoir devant une humaine.

— Rentre à l'intérieur, l'encouragé-je. Je te rejoins dans quelques minutes.

— Vous ne voulez pas poursuivre ça dans le salon ? Il fait froid.

Bruce n'est pas résistant aux températures glaciales comme Kyle et moi le sommes, mais il n'a pas l'air de se plaindre pour autant.

— Cinq minutes, réclamé-je.

— OK, OK, je prépare des verres et de quoi grignoter, j'imagine que vous n'avez pas mangé ? C'est vraiment fou de faire des réunions aussi tard le soir.

Elle rentre à l'intérieur et nous patientons quelques secondes qu'elle s'éloigne de la porte.

— J'ai justement évité au maximum de mentionner mon implication, ajoute Kyle. C'est pour ça que je suis venu pour qu'on s'assure que nos histoires sont au point et que si Hans t'interroge, tu pourras corroborer tout ce que j'ai raconté.

— Oh, donc maintenant c'est la mode de mentir à un vampire ? lâché-je.

— Je ne comptais pas garder l'information pour moi, si ça peut faire avancer l'enquête, il faut en parler. Mais il y a des éléments dont Hans n'a pas besoin et qu'il utilisera uniquement pour me nuire. Ma meute a assez d'ennuis comme ça pour que je fasse mon maximum pour ne pas en rajouter.

Je croise les bras sur ma poitrine et le fixe du regard. Il n'a qu'à déballer toute l'affaire et se barrer.

— Est-ce que tout le monde sait où j'habite maintenant ? Tous les surnats du coin ont mon adresse ?

— C'est moi qui lui ai donné, intervient Bruce. Au cas où on ait besoin d'aide.

Je cligne des yeux. Pourquoi aurions-nous eu besoin d'aide ?

— August est un prime, me rappelle Bruce. Et Kyle est un alpha dominant. Il aurait pu le maîtriser plus facilement que nous.

— Il est parti ? s'enquiert le loup.

— Tu lui as même raconté qu'August avait débarqué en ville ? gueulé-je.

Cette fois, c'est la goutte d'eau qui fait déborder le vase.

— Je suis heureuse que tu m'accordes ta protection, quoi que ça signifie, mais de là à divulguer des informations personnelles au premier quidam venu…

— … à un puissant loup qui pourrait hériter de la direction de toutes les meutes du continent, corrige Bruce.

— … C'est ma vie, Bruce ! Ma vie ! Les autres n'ont pas à intervenir dedans !

Mon mentor garde un sourire bienveillant pendant que je pique ma crise.

— Elle fait tout le temps ça ? demande Kyle.

— Parfois, répond Bruce comme si la situation était parfaitement normale.

— Cinq minutes, tranché-je. Tu as cinq minutes pour me mettre au jus. Et tu ne t'es pas dit que le téléphone existait ? Qu'est-ce que vous avez tous à vouloir vous pointer en chair et en os ?

Kyle me sourit, il n'a pas l'air énervé et Bruce a même l'air amusé, comme s'il savait quelque chose que j'ignore.

Le loup prend deux minutes pour m'expliquer en détail ce qu'il a dit à Hans. L'histoire est simple : il était là pour me recruter, Mélinda est arrivée, il m'a aidée, il m'a raccompagnée chez moi et il est rentré pour assister à la fusillade de sa propre maison.

— Et il n'a pas été étonné que tu la laisses rentrer tout en découvrant qu'elle n'avait pas de meute ? Les loups sont généralement très protecteurs, rappelle Bruce. Hans est au courant que September vit seule…

— … avec quatre colocataires ! tonné-je.

— … et il tolère cette situation tant qu'elle ne cause pas de problèmes. Mais j'imagine qu'en tant que nouvel arrivant dans la région, il ne s'attendait pas à autant de compréhension de ta part, termine Bruce.

— Non, en effet. Je lui ai donc précisé que nous allions travailler ensemble, explique Kyle.

— Pardon ? m'étranglé-je.

— Nous avons rendez-vous, non ? Ton assistante a pris rendez-vous avec moi.

Il tapote sur son smartphone tout en me parlant.

— Et tous les détails de ce rendez-vous viennent de te parvenir par texto. Disons que c'est ma manière de dire à Hans que je te surveille.

— Je n'ai pas besoin de surveillance, m'énervé-je. Pourquoi est-ce que je ne peux pas faire ma vie tranquille ?

— Hans te laisse faire ta vie tranquille, fait remarquer Bruce.

— Parce que tu lui as dit que tu te chargeais de me superviser, rappelé-je.

La protection de Bruce et l'assurance qu'il s'occupe de moi sont les seules raisons qui font que le vampire me laisse en paix. Je déteste devoir dépendre de quelqu'un d'autre, mais c'était ça ou intégrer une meute, chose dont je n'ai absolument pas envie.

— La plupart des loups dominants ne t'auraient même pas laissé repartir en comprenant que tu n'avais pas de meute, September, indique Kyle.

— Donc quoi ? Je dois te remercier d'être capable de garder tes instincts primaires sous contrôle ?

— Je venais juste te mettre au parfum.

La porte s'ouvre et Michelle sort encore la tête.

— Vous entrez ? demande-t-elle.

— Non, clamons-nous tous les trois ensemble.

Au moins un point sur lequel nous sommes d'accord. Elle referme la porte et s'enfuit aussi sec.

— Pourquoi est-ce que tu ne veux pas que Hans soit au courant ? Ça ne peut pas être que politique.

Kyle soupire.

— C'est politique, principalement, assure-t-il. L'autre point est qu'il pourrait nous remettre ce soulèvement des Chiens de Dan sur nos épaules, comme si nous en étions les responsables.

— Vous êtes les victimes de l'attaque, dis-je.

— Oui. Mais l'un des membres des Chiens de Dan n'est autre que cette fameuse ex qui n'en est pas une et dont je te parlais dans la voiture.

— Oh.

Le mot m'échappe, toute la colère en moi s'évapore et je me mets soudainement à rire.

— Tu trouves ça drôle ? rétorque-t-il.

— Je trouve ça hilarant. Tu es poursuivi par l'adoration d'une humaine, à travers le pays, qui apparemment est prête à intégrer des mouvements fanatiques pour te récupérer.

— Plutôt pour se venger et faire en sorte que la vérité éclate au grand jour, grommelle-t-il.

— Mais comment a-t-elle pu savoir en premier lieu que vous étiez des surnats ?

Il passe la main dans ses cheveux châtains.

— Elle me suivait partout, alors que je lui avais dit que je n'étais pas intéressé. Elle a commencé à installer une sorte de télésurveillance de notre maison, à deux cents mètres de chez nous. Elle venait régulièrement avec des jumelles aussi. Je l'ai surprise plusieurs fois. Et un jour, alors que ma garde avait baissé, que je ne l'avais pas vue depuis des jours et que je me disais qu'enfin nous étions tranquilles, elle a vu Trevor se transformer dans le jardin et partir dans les bois.

— Oh non, fais-je en retenant un sourire.

— Ne fais pas l'hypocrite.

— Des grands loups, tout dans le contrôle, qui ne font pas de vagues, ont réussi à se faire avoir par une humaine.

— Qui a ensuite fait des recherches et trouvé une milice qui était arrivée aux mêmes conclusions, ajoute-t-il.

— C'est pour ça ou pour le job que vous avez quitté votre ancien chez vous ? demandé-je.

— Un peu des deux, admet-il. Il y avait trop de risques.

— Et tu ne pensais pas que ces risques te suivraient jusqu'ici, ajoute Bruce.

— Non, avoue Kyle. Non, je ne le pensais pas. Et je ne cherchais pas à mettre toute la communauté d'ici en danger évidemment. Mais j'imagine que maintenant, c'est trop tard. Ils vont avoir les yeux et les oreilles grands ouverts à la recherche du moindre surnat.

— Pourquoi tu ne dis pas simplement la vérité à Hans ? demandé-je.

— Il me ferait dégager du coin.

— Et ce serait si dramatique que ça ? dis-je en papillonnant des yeux de manière hypocrite.

L'idée qu'il foute le camp, lui et son enquête sur Edward, est plutôt une idée soulageante.

— Ça ne ferait que déplacer le problème, indique Kyle. Je pensais que déménager changerait les choses, c'est pour ça que j'ai pris cette décision. Les meutes ne vivent pas bien de tels changements et nous faisons déjà de notre mieux pour nous adapter, je ne peux pas les rebouger tout de suite, je risquerais de briser notre équilibre. Et de toute façon, la milice nous suivrait quand même et il faudrait s'occuper de ce problème dans un autre état, voilà tout.

— Pourquoi tu n'expliques pas tout ça à Hans ? Il pourrait comprendre et t'aider.

Kyle grince des dents.

— Si Hans n'avait pas des idées de pouvoirs délirantes et ne souffrait pas d'une jalousie maladive, je le ferais. Mais mon statut… mon statut fait qu'il a peur de moi. Il s'accroche à son poste de chef de la région comme s'il représentait le Graal pour lui.

— Alors le plan, c'est quoi ? demandé-je.

— De mener l'enquête, de démanteler cette organisation et de faire tout ça dans la discrétion.

— La discrétion, répète Bruce comme si c'était un mot qu'il fallait dire deux fois pour que je le comprenne.

— Eh ben, bonne chance, lâché-je.

— C'est tout ? s'étonne le loup.

— Quoi ?

— Pas de compassion pour tes compatriotes ?

— Je ne suis pas…

Je me retiens de lui asséner que je ne suis pas une louve. Il peut bien croire ce qu'il veut, ça m'est égal.

— Ça ne me regarde pas, rétorqué-je. Je ne dirai rien. Mais je ne veux pas me mêler de vos affaires. Hans a bien précisé qu'il ne fallait pas faire de vagues en ce moment et j'ai assez à gérer de mon côté.

Je décide de clore la discussion. J'entre dans la maison, je claque la porte, Bruce me pardonnera, mais il est tard et ce n'est pas le moment de l'inviter. Je ferme à clef et je les entends à travers le bois pendant ce temps :

— Elle t'aidera, lâche Bruce.

Je lève les yeux au ciel.

— Elle ne pourra pas résister.

Foutu mentor qui me connaît par cœur.

CHAPITRE 17

J'ai réussi à esquiver les diverses questions des colocataires. Brandon a presque l'air de m'en vouloir d'avoir jeté mon père dehors, mais les autres vont se coucher sans faire de remous. Michelle remet à demain son annonce, il est trop tard et elle tombe de sommeil. Je lui promets qu'on trouvera un moment de calme et je m'excuse pour toute cette agitation tardive. Je prends une douche, je me faufile dans ma chambre et je m'allonge sur mon lit en observant les indices qui pourraient mener à mon frère.

S'il était là, il me dirait que rien de tout ça n'est dramatique. Je n'aurais pas besoin de Bruce en permanence pour maintenir mon statut de changeling sans meute dans la région, et je n'aurais pas eu peur d'August. Avec Derek, rien ne me faisait peur.

J'attrape la balle de baseball qui se trouve sur ma table de nuit et je la lance en l'air en réfléchissant à toutes les solutions que j'ai déjà passées en revue 100 fois, qui pourraient me mener au royaume des chamans.

Puis j'entends la porte de la chambre de Peter s'ouvrir, une seconde plus tard de faibles coups sont frappés à ma porte.

— September ? Tu dors ?

— Non, avoué-je.

J'arrête les mouvements de la balle et la pose sur mon lit. Je me faufile hors de la chambre sans laisser l'occasion à Peter d'apercevoir quoi que ce soit. J'ai déjà vérifié qu'on ne voyait rien depuis le couloir de mon mur d'investigation, ou de la partie du plafond que j'ai recouverte d'indices. Je ferme la porte doucement, même si nous sommes au bout de l'aile est et que les autres ne peuvent pas nous entendre.

— Qu'est-ce qu'il a ? demandé-je.

Peter est le seul qui n'a pas peur de frapper à ma porte à n'importe quelle heure du jour ou de la nuit. J'ai beau parler plus avec Michelle ou Marvin, c'est malgré tout avec Peter que je ressens le plus de complicité, comme si nous n'avions pas besoin de mots pour nous comprendre.

— Ce type, c'était vraiment ton père ? demande-t-il.

Nous nous asseyons dans le couloir, moi le dos collé au mur de ma chambre, et lui en face de moi, dans la même position.

— Oui, soufflé-je.

L'admettre me fait du mal. C'est comme si mes origines étaient souillées par l'attitude d'August.

— Et ta mère ? demande-t-il.

— Morte pendant l'accouchement, expliqué-je.

Les changelings ne sont pas très résistants quand il est question de reproduction, c'est pour ça que nous sommes aussi peu nombreux.

— Pourquoi tu nous as dit qu'il était mort ?

Je soupire. J'imagine que c'est à l'origine de toutes les discussions qu'ils ont eues pendant que j'étais dehors.

— Ce n'était pas dans l'idée de vous mentir, avoué-je. C'était par… facilité. Je ne savais pas trop s'il était vivant ou non. Il est parti quand j'avais douze ans et je n'ai pas de bons souvenirs de ma vie avec lui. J'imagine que c'était plus simple pour moi de vous dire qu'il était mort, plutôt que de vous expliquer pourquoi je n'ai pas de contact avec lui.

Il hoche la tête, comme s'il comprenait. Peter n'est pas très bavard quand il s'agit de sa famille non plus, il n'en parle jamais.

— Et ce type qui est venu pour Edward, Davis ? enchaîne-t-il.

— C'est son… colocataire. Ils vivent un peu comme nous dans une grande colocation.

De douze loups. Mais c'est un détail que Peter n'a pas besoin de connaître.

— C'est son meilleur ami, il n'a pas de nouvelles, alors il s'inquiète. J'imagine que c'est normal.

— Même les connards ont le droit d'avoir des amis, je suppose, rétorque Peter.

— Tu as entendu toute la dispute, ce soir-là ? demandé-je.

— Tes cris ont dû réveiller toute la maison. Tu avais l'air excédée.

— Désolée.

— Ce n'est pas grave. Je suis content que tu ne sois plus avec et qu'il ait disparu de ta vie. Il n'avait pas l'air… enfin, je ne comprends pas ce que tu lui trouvais.

— J'imagine que c'était plus un défi pour moi. Tu sais, comme ces filles qui veulent faire changer leur homme pour qu'il corresponde à leur idéal. Sauf que moi, j'appréciais de lui montrer qu'il ne me changerait pas, justement.

Et qu'il ne me soumettrait jamais.

— Ça ressemblait à une relation toxique, indique-t-il.

— Tu as raison. Je suis heureuse que ce soit fini aussi.

Il garde le silence quelques secondes et il n'y a que le bruit de nos respirations dans le couloir.

— Tu voulais me dire quelque chose ? demandé-je.

— Je crois que je ne voulais juste pas dormir, m'avoue-t-il.

Il me fait un maigre sourire et j'identifie tout de suite le problème.

— Encore tes cauchemars ?

— Oui, fait-il, penaud.

— Tu as tout essayé ?

— Les médicaments, la méditation, la musique, le psy, confirme-t-il.

J'inspire. Je ne sais pas quoi faire pour les cauchemars de Peter. Il ne veut pas me dire pourquoi il en fait, il ne veut pas m'expliquer les images qu'il voit et je ne suis même pas certaine qu'il s'en soit ouvert au psy qu'il a vu pendant plusieurs mois.

— Tu veux en parler ?

Je tente quand même, mais il fait non de la tête.

— Tu sais que si tu veux en parler un jour, je suis là, insisté-je.

— Oui.

Son ton est timide et je sens qu'il ne me dira jamais de quoi il rêve. Je me demande quel lourd secret il cache, ou quelle honte l'habite pour qu'il ne veuille pas s'ouvrir sur cette question.

— Qu'est-ce que je peux faire ?

— J'imagine qu'il n'y a rien à faire. Tu crois qu'on peut vivre sans sommeil ?

Il me pose la question sur un ton amusé, mais à l'envergure des cernes autour de ses yeux, je me demande combien d'heures de repos il prend par nuit.

— Qu'est-ce qui te rassurerait ? Qu'est-ce qui t'empêcherait de voir ces images la nuit ?

— J'ai tout essayé, September, vraiment.

Je le crois.

— J'ai essayé de m'épuiser toute la journée en espérant m'endormir sans voir d'images, et parfois ça marche. C'est pour ça que je fais tous ces travaux jusque tard le soir parfois, même quand je suis tellement KO que je ferais mieux de ne pas tenir un seul outil dans la main.

Je note dans un coin de ma tête d'aller travailler dans le grenier quand Peter s'y trouve, histoire d'être présente si un jour il se punaise un doigt par erreur. Je ne sais pas ce qu'il y fait, il ne veut rien nous dire ni qu'on y mette les pieds, mais je crois que je vais briser cette règle pour sa propre sécurité.

Bruce, Kyle et Hans ont beau dire que je suis une solitaire, une sorte de prime qui a le contrôle, je ne suis pas d'accord. J'ai une meute. Il se trouve simplement qu'elle n'a rien de surnaturel et qu'elle est composée d'humains que j'ai envie de protéger de manière féroce.

— Et si je dormais avec toi ? fais-je.

Il cligne deux fois des yeux.

— En tout bien tout honneur, Peter, le rassuré-je. Est-ce qu'avoir une présence, ça aiderait ?

— Je ne sais pas, avoue-t-il.

— Tu veux essayer ?

Il commence par faire non de la tête, je grommelle, me lève, l'attrape par le bras pour l'aider à se redresser et je lui fais signe d'ouvrir la porte de sa chambre. J'ai une telle peur qu'un jour mes colocataires envahissent ma vie privée en franchissant le seuil de la pièce où je dors, que je ne me permets pas d'ouvrir par moi-même la porte de chambre d'un seul de mes camarades. Il appuie sur la poignée et me fait signe d'entrer.

— OK, accepte-t-il finalement.

Dans le noir, éclairés par la Lune qu'on aperçoit par la fenêtre, nous nous installons dans son lit double. Je ne suis pas souvent entrée ici, mais la chambre est immaculée. Il n'y a pas un gramme de poussières, il n'y a pas de vêtements qui traînent sur le sol, pas d'objets sur une étagère qui n'auraient rien à faire là.

Peter pourrait tout à fait être un psychopathe, si on se basait uniquement sur la manière dont il range sa chambre.

Je m'allonge à côté de lui, tous les deux sur le dos, nous observons le plafond.

— Tu dois dormir, lui dis-je. Tu sais quoi ? Je reste éveillée et je veille sur toi. Donc tu peux dormir sur tes deux oreilles.

— Je ne suis pas sûr que ça suffise à me rassurer.

— Essayons.

Il ferme les yeux et dix minutes plus tard sa respiration est calme, les battements de son cœur ont ralenti et il dort.

J'en profite pour attraper mon smartphone, que je gardais dans la poche de mon pantalon de pyjama, qui n'est autre qu'un vieux jogging qui s'est détendu avec le temps et qui est trop grand pour moi maintenant. Je lis le message de Kyle qui contient les indications pour notre rendez-vous.

Kyle : *Pearl Éditions, 15 heures, jeudi*

Il a ajouté l'adresse, ainsi qu'une petite phrase juste pour m'agacer :

Kyle : *et ne te défile pas*

Oh, je le déteste.

September : *c'est moi qui devrais te dire ça, je vais tellement te ridiculiser en salle de réunion que tu regretteras de m'avoir fait venir dans tes locaux*

Je clique sur envoyer et je range le téléphone, mais il vibre à peine je le glisse sur la table de nuit, je le récupère aussitôt, par peur d'avoir réveillé Peter. Je le bascule en mode silencieux et je lis la réponse de Kyle.

Kyle : *bien sûr, il va falloir que tu fasses preuve de beaucoup de créativité pour démonter la proposition qu'on s'apprête à te faire, j'ai du mal à voir comment tu pourras dire non, en fait*

Oh, mais c'est qu'il continue de me chauffer, le bougre.

September : *tu devrais dormir et garder des forces, parce que ce sera un combat bien plus intense que tous ceux que tu as vécus, il paraît que je suis la personne la plus têtue de cette planète et c'est Bruce, un magicien sensé, qui le dit.*

Kyle : *oui, mais être têtu, ça ne veut pas dire faire le bon choix, j'ai bien peur que de la bave coule à la commissure de tes lèvres quand tu verras notre offre, et que des paillettes s'affichent dans tes yeux, peut-être même qu'il faudra te retenir de te transformer*

September : *une gamine armée d'une seringue et d'un produit spécial surnat n'a pas réussi à me pousser à la transformation et tu crois qu'un pauvre contrat de maison d'édition va changer la donne ?*

Je lève les yeux au ciel, même si je suis la seule à le savoir, parce que ce jeune homme m'agace tellement à être aussi sûr de lui, que j'ai envie d'aller jusqu'à son pavillon et de le provoquer en duel maintenant.

Bruce a raison. Mon tempérament me mènera à ma perte. Je ne vivrai probablement pas au-delà de mes trente ans avec des pulsions comme ça. C'est déjà un miracle que je sois arrivée jusqu'à vingt-cinq.

Je me demande tout à coup si nous ne devrions pas faire plus attention quand on écrit des messages. Est-ce que le gouvernement surveille nos échanges ? Est-ce qu'il y a un risque à mentionner l'existence des surnats dans nos textos ? Je me note mentalement de poser la question à Bruce.

Mon téléphone fait de la lumière, je me précipite dessus comme une adolescente et m'engueule mentalement. Je n'ai pas besoin de savoir ce que Kyle veut me dire, je le verrai dans deux jours, j'aurai tout le temps de lui mettre mon poing dans la figure pendant la réunion pour lui faire ravaler son égocentrisme de loup alpha.

Et puis je ne l'aiderai pas, NA. Bruce peut dire ce qu'il veut, il m'arrive, parfois, de ne pas foncer tête baissée dans la moindre aventure qui se présente à moi. Même si j'ai encore la rage qu'on ait tiré sur la maison de la meute, alors que j'y étais. Même si le fait que Kyle m'ait sauvée juste avant me donne l'impression que j'ai une dette envers lui. Et que je dois m'en acquitter en l'aidant dans son enquête.

Oh bordel de chiottes. Pourquoi est-ce qu'on m'a trimballée de meute en meute pendant mon adolescence, hein ? Pourquoi est-ce que Bruce a jugé bon de me caser au sein d'une communauté lycanthrope à chaque fois qu'il le pouvait ?

— C'est mieux pour toi, ce sont ceux qui te ressemblent le plus, tu as besoin d'apprendre d'eux et de voir qu'ils ne pas tous comme August, avait-il précisé.

Je sais qu'il l'a fait à chaque fois avec les meilleures intentions du monde.

Mais maintenant, à cause de lui, le foutu code d'honneur des loups s'est imprimé dans mon crâne comme une trace indélébile.

— Je vais l'aider, cet idiot, grommelé-je suffisamment bas pour ne pas réveiller Peter.

Qui dort toujours à côté de moi. Tant mieux, il a besoin de sommeil. Moi, j'ai trop le cerveau en ébullition pour dormir.

September : *je vais t'aider*

Kyle : *oh, Bruce avait deviné que tu finirais par dire oui, mais je ne pense pas qu'il imaginait que ça aille aussi vite*

September : et après ça, on est quittes

Kyle : *du fait que je t'ai sauvé la vie ? Et ta réputation ?*

September : n'en fais pas des caisses, ma réputation va très bien

Kyle : *oui parce que si tu t'étais transformée en louve devant tes fans, ta réputation n'en aurait pas du tout pris un coup*

September : *au contraire, le mythe serait devenu réalité et je suis certaine que les ventes de mes livres se seraient envolées, finalement je crois qu'à cause de toi j'ai raté une opportunité en or.*

Je pose le téléphone sur le côté et commence à faire tourner dans ma tête la scène de l'arrivée de Mélinda. Est-ce que j'ai raté quelque chose ? Kyle me parlait et je n'ai pas eu le temps d'étudier correctement la jeune fille. Mes sens n'étaient pas ouverts, j'aurais dû me rendre compte de ses intentions, j'ai un instinct pour ce genre de choses d'habitude.

Je vais mettre ça sur le compte de la présence de Kyle, qui m'avait suffisamment agacée à ce moment-là pour que j'en oublie les règles primaires de sécurité.

J'ai beau tourner et retourner la scène dans ma tête, je ne vois pas d'indices qui pourraient m'aider. Est-ce que le gérant de la librairie a des caméras à l'entrée ? Certainement. Il faudra que je passe le voir demain pour lui en toucher un mot. Peut-être que Mélinda trempe dans la même milice que celle qui a attaqué la meute de Kyle. Et il sera plus simple d'enquêter sur Mélinda que sur des types qui sont en prison. Si Kyle se mettait à renifler du côté de ses attaquants, nul doute que la police lui tomberait dessus pour lui demander de les laisser faire leur travail. Les humains ne font pas justice eux-mêmes.

Alors que chez les surnats, c'est une habitude, c'est même un art. Les loups ont carrément des règles strictes à ce sujet et si Hans ne s'était pas dressé comme chef de région il y a quelques années, il y aurait des combats toutes les semaines entre les meutes. Le rôle du vampire est d'apaiser la communauté et de régler les conflits… selon la voie humaine. Enfin, pas tout à fait. Il y a quand même souvent des têtes qui finissent par tomber, des exils forcés ou des duels à mort.

Des trucs banals de surnats, quoi.

Mon téléphone s'allume, mais j'entends tout à coup Peter parler dans son sommeil. Ma curiosité vis-à-vis de son problème est plus forte et je tends l'oreille pour essayer de déchiffrer ce qu'il dit.

— Non… non… laissez-moi… laissez-la…

Je ne sais pas s'il rêve d'une scène qu'il a vécue, mais ça n'a pas l'air joli-joli. Il commence à bouger, à trembler et avoir des gestes brusques. Il continue de murmurer :

— Non… non…

Je pose ma main sur son front et je caresse ses cheveux pour essayer de l'apaiser. Je m'attends à ce qu'il se réveille, mais il a l'air trop plongé dans son rêve pour sentir mon contact.

— Ne la tuez pas, je vous en supplie… laissez-la… elle n'a rien fait… la règle de la meute ne prévaut pas…

La meute ? De quoi parle Peter ?

— L'alpha…

Oh bon sang.

Il s'éveille tout à coup en hurlant et se met à respirer bruyamment comme si on l'avait empêché d'avaler de l'air dans son sommeil. Je passe ma main dans son dos pour le calmer et je le vois dans ses yeux quand il me regarde en maugréant une excuse.

Il sait.

Peter est au courant de l'existence des surnats. Il ne fait pas des cauchemars pour rien. Il fait des cauchemars parce qu'il a vu ce qu'un loup-garou peut faire dans certaines circonstances. Ses yeux sont écarquillés par la peur et je vois bien qu'il n'est pas encore certain d'être revenu dans la réalité.

— Ils sont là ? demande-t-il.

— Qui ?

Je joue les innocentes, comme s'il n'avait rien dit de suspect.

— Tu sais de qui je parle, September. Les loups, ils sont là ?

— Les loups ? m'étonné-je.

Je regarde autour de nous, comme si j'étais perdue par ses propos.

— Dis-moi juste qu'ils ne sont pas là. Dis-moi qu'ils sont partis.

Je lui caresse le dos avec plus de vigueur et je l'attire pour le prendre dans mes bras.

— Tout va bien, il n'y a que nous deux. Je ne sais pas ce que tu as vu ni pourquoi tu parles de loups, mais il n'y a que nous.

— Ils ne vont pas venir ?

— Il n'y a personne à part Marvin, Michelle et Brandon dans cette maison.

— Tu me le promets ?

Il se rallonge, il a une voix d'enfant traumatisé et j'ai encore plus mal pour lui tout à coup. De quoi a-t-il été témoin pour en garder de tels souvenirs, au point que son cerveau tourne en boucle dessus, incapable de traiter l'information et de la faire disparaître de ses cauchemars ?

Je murmure des paroles réconfortantes tandis qu'il se rallonge. Je lui promets que je suis là, que je veille et que je le protégerai, qu'il ne lui arrivera rien. Epuisé, il finit par retrouver le sommeil, mais juste avant de s'endormir, il murmure :

— Je sais que tu es comme eux. Tu te transformes. Tu deviens… un… animal…

CHAPITRE 18

J'ai disparu de la chambre de Peter au réveil. Ses révélations m'ont mis un sacré coup dans le crâne. L'information ne veut plus sortir. Je m'habille en espérant partir avant de le croiser. Je ne sais plus si je veux être à la maison, au cas où August déciderait de débarquer, ou si je veux être loin de là, pour éviter que Davis ou Kyle ne vienne faire un raid à la recherche du corps d'Edward.

Ou pour éviter de croiser Peter.

Peut-être qu'il ne se souvient pas de ce qu'il a dit avant de s'endormir ? Il n'a pas refait de cauchemars et sa mémoire a peut-être zappé cet instant de révélations.

Sait-il vraiment ?

Oui, il sait.

Depuis quand ? Comment ? Quelle erreur ai-je commise ? Et s'il a si peur des loups, pourquoi n'a-t-il pas peur de moi ?

J'attrape mon sac, mon ordinateur et je décide que je ne suis pas prête pour cette discussion. J'ouvre la porte de ma chambre, la referme à clef en sortant et j'entends celle de Peter qui s'ouvre alors que je suis de dos.

Je prends une grande inspiration.

— Tu as bien dormi, lui dis-je. Enfin une fois le premier cauchemar passé, tu t'en es très bien sorti.

Je lui fais un grand sourire, comme si de rien n'était. Il me regarde sans savoir quoi dire. Il est encore en pyjama, en retard pour son travail, mais je n'ai pas osé le réveiller plus tôt. Pour une fois qu'il dormait.

— Il faut qu'on parle, fait-il.

— Il faut surtout que j'y aille, lancé-je. Je n'ai pas écrit hier matin comme je le voulais, la soirée a été mouvementée et je n'aimerais pas prendre de retard sur mon planning.

Je glisse la clef de ma chambre dans mon sac.

— On se voit plus tard ?

Je lui fais un geste de la main et je pars presque en trottinant dans le couloir. Je balance un grand « hello » à Brandon, qui est déjà installé dans le canapé avec un paquet de céréales dans lequel il pioche à main nue. Il ne m'entend pas. Je file sans demander mon reste.

Carnage, ma voiture, démarre au quart de tour malgré ses dix-huit ans d'âge. S'il y a une chose que j'ai apprise auprès d'August, c'est comment m'occuper d'une bagnole. Carnage ne risque pas de me lâcher de sitôt, je l'aime d'amour cette voiture et elle a intérêt à me suivre jusque dans la mort. Soit dans moins de cinq ans si je continue mes conneries.

Je me gare près du café habituel, j'entre et salue le serveur, Igor. Il est arrivé il y a trois mois dans le pays, émigré depuis l'Ukraine et espère bien obtenir le précieux sésame lui permettant de s'installer définitivement dans le pays. Il n'a pas eu la vie simple de ce qu'il m'a raconté, mais c'est le serveur le plus souriant que je n'ai jamais connu. Il mesure presque deux mètres de haut et quand il se penche pour prendre ma commande, j'ai toujours l'impression qu'il risque de tomber de ses hautes jambes.

— Comme d'habitude ? me demande-t-il.

Je réfléchis de manière intense, ce qui a l'air de le faire rire. J'imagine que j'ai une sale tête quand je suis en pleine réflexion.

— Non, décidé-je. Un chocolat chaud. Avec toute la chantilly que tu as en stock.

Les situations exceptionnelles appellent des boissons exceptionnelles.

— Et le plus gros cookie que tu as, ajouté-je.

Je vais voir si la technique de Brandon, qui semble consister à manger pour se sentir mieux, fonctionne. Pendant qu'il prépare ma commande, je sors mes affaires, mon téléphone clignote toujours depuis hier soir. Je me suis complètement désintéressée de notre discussion avec Kyle quand Peter est sorti de son cauchemar.

Kyle : *on joue les mortes pour éviter de venir à la réunion demain ?*

September : *j'ai une vie, qui ne consiste pas à passer mon temps scotchée à mon téléphone portable pour te répondre*

Kyle : *et moi j'ai une enquête, qui consiste à te demander si tu as des nouvelles d'Edward depuis votre dispute, ce qu'il portait la dernière fois que tu l'as vu et si tu sais où il se dirigeait*

Igor revient avec ma commande, je le remercie, zieute la pâtisserie et avale un morceau de cookie gigantesque.

Note : la technique de Brandon ne fonctionne pas.

September : *j'ai déjà tout raconté à Davis et je n'apprécie pas ce ton suspect*

Kyle : *ton suspect ? Je t'écris. Quel ton tu imagines que j'ai ?*

September : *cette voix mi-rauque, mi-suave que tu utilises comme si être sexy allait te permettre de soutirer des informations*

Kyle : *je suis donc sexy*

September : *tous les loups sont sexy, c'est comme si c'était inscrit dans votre fiche d'identité*

Kyle : *ah, je ne suis donc qu'un loup sexy parmi d'autres*

September : *c'est ça*

Qu'il n'aille pas s'imaginer des choses non plus.

September : *il portait sûrement son horripilante chemise bleue, avec un pantalon noir, dont il était persuadé que l'ensemble lui donnait un air mystérieux et je ne sais pas où il allait quand il est parti, j'imagine qu'il retournait dans la meute*

Kyle : *il n'est jamais retourné à la meute, personne ne l'a vu depuis qu'il est parti de chez toi, en revanche on a retrouvé sa voiture*

Je pensais que ma vie ne pouvait pas être plus pourrie. Je pensais vraiment qu'à ce stade, j'avais atteint le fond du fond, celui dont on ne peut plus que remonter. Mais apparemment, le destin, ou plutôt Kyle, a encore des idées en réserve pour que je creuse ma tombe.

September : *ah bon ?*

Oh, bordel, heureusement qu'on est par écrit parce que s'il avait fallu que je mime la surprise en direct, ça aurait été complexe. J'avais amené la voiture d'Edward à la casse située à l'autre bout de la ville, après avoir pris soin de bousiller son GPS, mais aussi son pare-brise à coups de batte de baseball. Je m'étais servie de la voiture pour transporter son corps jusqu'à la forêt, avant de faire demi-tour. Il faisait nuit, il n'y avait personne, tant mieux parce que j'étais en partie couverte de sang et de terre. J'étais ensuite rentrée, pour me doucher et laver les traces de sang dans ma chambre.

Et j'avais prié pour que personne ne m'ait aperçue dans la maison. Je me demande maintenant si Peter a été dupe ou non. Si ses cauchemars avaient été récents, je me serais posé des questions, mais ça fait des mois et des mois qu'il en fait. D'aussi loin que je le connaisse, d'ailleurs.

Est-ce que j'ai laissé un indice dans la voiture ? J'ai changé la plaque d'immatriculation, j'ai lancé un petit incendie, rien de dramatique, et j'ai méticuleusement nettoyé mes traces. Normalement, les flammes et l'odeur de fumée ont couvert mes arrières.

Et peut-être même que Kyle n'a pas identifié le bon véhicule. J'ai remis la plaque d'immatriculation sur une voiture de la même marque, même modèle, même couleur, même s'il m'a fallu deux heures pour en trouver une dans une autre casse de la ville.

Je trouve que j'ai bien brouillé les pistes.

Kyle : *oui, dans la casse dans l'est de Toronto.*

Ou pas.

September : *étrange, que ferait sa voiture là-bas ? Quelqu'un l'a vu ? Il y a des caméras, quelque chose, un indice ?*

Kyle : *non, pas de caméras dans ce type de lieu malheureusement*

Ce qui me rappelle que je dois passer à la librairie pour récolter des indices sur Mélinda.

September : *quel dommage*

Kyle : *pas de caméra chez toi non plus, j'imagine ?*

September : *non, aucun intérêt*

Kyle : *toutes les meutes ont un système de surveillance*

September : *et comme ma meute est humaine et que nous faisons les choses de manière normale pour ce monde, nous n'avons pas de système de télésurveillance ultra pointu, parce que nous n'avons pas de raisons d'en avoir. On est au Canada, bon sang, pas à Chicago.*

Kyle : *je vais aller examiner la voiture, je te dis si j'en sais plus*

September : *je compte me mettre sur les traces de Mélinda dans l'après-midi, là je dois bosser*

Kyle : *bosser ?*

September : *contrairement à toi, qui apparemment n'a pas besoin de faire acte de présence chez Pearl Éditions pour conserver ton job, pour ma part, si je veux continuer d'être écrivain, je dois écrire.*

Je range mon téléphone portable dans mon sac, si je continue de le regarder, il va me répondre, je vais avoir envie de lui clouer le bec et cette histoire ne va jamais finir.

Je trempe ma petite cuillère dans le dôme de chantilly qu'Igor a généreusement mis par-dessus mon chocolat chaud. À ce stade, c'est de la chantilly au chocolat chaud. J'en avale une lampée, je savoure la texture aérienne contre mon palais et je me dis que finalement, Brandon n'a pas tort. La bouffe-réconfort, c'est agréable, surtout quand on n'est pas loin de vivre le dernier jour de sa vie. Si Kyle découvre que j'ai tué Edward, même la protection de Bruce ne suffira pas.

Bruce, qui franchit la porte pile au moment où son prénom clignote dans mon cerveau.

— Qu'est-ce que tu fais là ? demandé-je sans même lui dire bonjour.

— Tu n'étais pas chez toi, fait-il remarquer.

— Ça m'arrive de sortir.

— Je me suis dit que tu te trouverais ici.

— Et toi aussi, tu as oublié l'existence du téléphone portable ?

— Tu sais bien que je n'aime pas les utiliser.

Je soupire. Il refuse catégoriquement d'en utiliser un, c'est bien pour ça qu'un jour j'ai peur de franchir la porte de chez lui et de le découvrir mort, parce que je ne peux même pas me dire que s'il ne décroche pas, c'est qu'il lui est arrivé quelque chose. Non, il n'utilise pas de téléphone. Oh il en a un, mais il le fuit comme la peste. Le jour où il crèvera, je découvrirai son corps et j'aurai le souvenir marqué à tout jamais au fer blanc dans mon crâne.

Mais évidemment, je ne peux pas lui dire ça, il le prendrait mal. Il ne cesse de dire que c'est lui qui m'enterrera.

— Tu as lancé un sort pour protéger la maison en cas de retour d'August ? demandé-je.

— Qu'est-ce que je t'ai appris sur la magie ?

— Que c'est cool ?

— Non.

— Qu'on l'utilise quand sa protégée en a besoin ?

— Non.

— OK, OK, que tu as choisi de ne l'utiliser qu'en cas d'extrême nécessité, parce que toute magie a un coût. Si ça se trouve, c'est pour ça que tu vis éternellement : parce que tu n'utilises jamais ta magie, là où les autres magiciens consomment sans cesse leur énergie.

— Il doit y avoir de ça, confirme-t-il mystérieusement.

Sans me donner un seul indice sur son âge, évidemment. Il ne m'a même jamais donné sa date d'anniversaire, ce qui fait que de temps en temps, une fois par an, je décrète que c'est le bon jour, qu'il est temps et je lui choisis un âge au hasard, qui le fait toujours grincer des dents.

— Alors qu'est-ce que tu fais là ? demandé-je en soupirant.

— Tu as l'air tellement heureuse de me voir que mon cœur se réchauffe, rétorque-t-il de manière sarcastique.

— Je suis toujours contente de te voir.

— Je me suis dit que tu n'aimerais peut-être pas aller voir les affaires de Derek toute seule et que je pourrais te servir de soutien moral.

Je le regarde. Qu'est-ce que j'ai fait dans une autre vie pour hériter de quelqu'un d'aussi bon et doux que Bruce comme protecteur ?

— Tu as eu raison, confessé-je.

Je n'ai même pas songé à y aller aujourd'hui, j'ai repoussé l'idée quand elle s'est présentée à mon esprit déjà deux fois, parce que la simple pensée de retourner les affaires de mon frère me donne envie de pleurer.

Cet idiot de Derek a intérêt à avoir une bonne excuse pour ne pas se réincarner.

— Mais je dois quand même écrire. Je sais que tout le monde a l'air de penser que mon métier n'est qu'un passe-temps que je peux faire en dilettante, mais moi je le prends au sérieux et si je n'écris pas, mes romans ne sortent pas, l'argent ne rentre pas et j'aurai d'autres problèmes qui viendront s'ajouter à la pile des problèmes existants.

— Tu sais que je pourrais m'occuper de tes finances, indique Bruce.

— Et c'est une offre très généreuse, que tu m'as faite maintes fois et à laquelle je ne compte jamais donner suite de ma vie.

— Trop de fierté.

— Je te rappelle que c'est toi qui m'as balancée de meute en meute, s'il y a bien un endroit où j'ai appris la fierté, c'est chez les loups.

Et je reconnais que, trop souvent, elle se met en travers du bon sens. Mais c'est plus fort que moi.

Il me sourit avec bienveillance, sort un journal de sa sacoche, commande un café quand Igor se présente et se met à lire en silence. Je le remercie à demi-mot et me mets à tapoter sur mon clavier, essayant de me rappeler où j'en étais la dernière fois. Je me dis que quitte à être dans les ennuis jusqu'au cou, autant que mon héroïne y soit aussi, comme ça je pourrais coucher dans mon fichier de texte mes émotions qui partent dans tous les sens.

Deux heures plus tard, je n'ai pas vu le temps passer et c'est Bruce qui pose avec douceur sa main sur mon avant-bras pour me ramener à la réalité.

— Je crois que ta chantilly a fondu dans ton chocolat chaud, s'amuse-t-il.

Je n'imaginais même pas que ce soit possible. J'avale goulûment le breuvage maintenant presque crémeux, m'essuie les lèvres, engloutis le cookie et réalise qu'après ça, j'ai encore faim. L'animal à l'intérieur de moi semble faire des siennes pour que je me remplisse la panse, je le sens même me titiller pour me dire qu'il a besoin de se dégourdir les pattes.

Il n'en est pas question, pas par les temps qui courent, alors que la maison est peut-être surveillée par August, ou par Kyle ou par la meute de Davis, ou l'ensemble des trois, alors que Peter a l'air d'avoir de sérieux soupçons sur ma nature et qu'une milice semble traquer les surnats.

Je ferme la bride solidement, je sens ma part animale mécontente, mais pas le choix. Pour cette fois. Je me promets de lui donner du temps plus tard.

— OK, allons-y, dis-je.

J'attrape mon sac, me fais violence pour ne pas regarder le dernier message de Kyle et j'emmène Bruce jusqu'à ma voiture. Je le déposerai ici à notre retour pour qu'il récupère la sienne.

— Où est-ce que tu as planqué ses affaires ? demande-t-il.

— Pourquoi est-ce que je les aurais planquées ? À quel moment est-ce que j'étais supposée m'imaginer que quelqu'un allait partir à la recherche de ses affaires ?

— Parce que tu planques tout ce que tu trouves qui te paraît précieux, rétorque Bruce.

Le vieux magicien me connaît trop bien, beaucoup trop bien.

— Il faut dire qu'avec ta colocation humaine, tu ne peux pas te permettre de garder trop d'indices à la maison.

Je songe à tous les indices placardés dans ma chambre et je me dis que changer de sujet est une bonne idée.

— Pourquoi est-ce que tu ne me dis jamais rien sur toi ? demandé-je alors.

Le silence accueille ma question tandis que je démarre le moteur. Il grommelle dans sa barbe et me dit qu'il n'a rien à raconter.

— Je ne sais même pas si tu as une famille, lui fais-je remarquer. Ou comment ça s'est passé quand tu as découvert que tu étais magicien, avec qui tu as grandi, comment Kyle sait qui tu es et pourquoi il t'appelle le « grand Bruce », comme si tu avais un statut spécial ou je ne sais quoi.

— C'est parce que contrairement à toi, les gens savent qu'ils doivent le respect aux magiciens.

— Mouais, ça, c'est juste un truc que tu me racontes pour que j'arrête de répondre à tout-va à tes ordres.

— À mes conseils, précise-t-il. Et si tu les suivais, tu ne te retrouverais pas sans cesse dans des situations improbables.

— Au sujet de situations improbables…, commencé-je.

— Je sens que je n'ai pas envie d'entendre la suite.

Je tourne dans le centre-ville de Toronto pour me diriger vers le lieu où je planque la plupart de mes secrets et souvenirs, même si certains sont peut-être un tantinet illégaux pour le pays.

— Si on prend le cas de Mélinda, on est d'accord qu'elle a découvert, d'une manière ou d'une autre, l'existence des surnats, n'est-ce pas ?

— Oui… je ne vois pas où tu veux en venir.

— Laisse-moi aller au bout de mon raisonnement. Donc, à quel moment aurait-elle pu découvrir l'existence des surnats ?

— Par hasard ? propose Bruce. Dans les faits, il y a plein de personnes qui sont au courant de l'existence des surnats, même si nous faisons tous très attention. La technologie a évolué trop vite ces dernières années. Il suffit d'un drone de loisirs piloté par un enfant au-dessus d'une forêt pour que tout à coup une meute soit mise à jour. Avant, c'était si simple de passer inaperçu ou d'effacer les traces. Il n'y avait pas de preuves et les gens avaient tendance à qualifier de fous ceux qui parlaient de pouvoirs, de loups-garous ou de vampires.

— Mais depuis plusieurs années, il doit y avoir de plus en plus de personnes qui réalisent que nous existons, ajouté-je.

— C'est un fait. J'imagine que nous arrivons au point où nous ne pourrons bientôt plus reculer et l'existence de notre communauté explosera en plein jour. Je ne sais pas si nous révélerons l'existence des surnats dans leur ensemble, ou seulement des éléments les moins…

— … perturbateurs ? proposé-je.

— Oui, quelque chose comme ça. Il est important que nous ayons le monopole de cette communication et qu'elle ne se fasse pas à travers des humains, qui risqueraient de nous mettre en avant comme étant des menteurs, un risque pour eux, un véritable danger.

— Je ne doute pas que la peur révélera le meilleur d'eux-mêmes.

— Des discussions sont en cours au plus haut niveau de la hiérarchie de notre communauté sur ce sujet, précise Bruce. Mais c'est une communication qu'il va falloir coordonner à travers le monde, ce n'est pas une décision qu'on peut prendre en un claquement de doigts.

— J'imagine que c'est cette conscience que dévoiler notre secret n'impacte pas une seule personne, mais toute notre communauté, qui fait que personne, parmi les surnats, ne prend le risque de dévoiler son identité.

— Ça, et les représailles, confirme Bruce. Nous ne sommes pas connus pour faire preuve de sympathie envers ceux qui trahissent le secret. Généralement, tu le trahis une fois.

— Et ensuite, tu es mort, confirmé-je.

Je me gare sur un immense parking dans une zone commerciale et j'emmène Bruce avec moi vers un bâtiment à l'écart, qui sert de stockage aux particuliers et aux professionnels.

— Vraiment ? fait-il en découvrant le lieu où je cache toutes mes affaires.

— Vraiment, confirmé-je.

— Mais c'est tellement… banal.

— Tout à fait, c'est pour ça que personne ne se dit que je choisirais une telle solution. Mais c'est un lieu fait pour, il y a des caméras à l'intérieur, mais seulement à l'entrée des couloirs et je n'ai jamais croisé personne. C'est également sécurisé, il faut un badge pour entrer, tu peux mettre autant de cadenas que tu veux à ta planque et grosso modo, tout le monde est filmé à l'entrée et à la sortie.

— Admettons, fait Bruce.

Je présente mon badge à l'entrée et Bruce est obligé de signer son nom dans un cahier des visiteurs. Nous prenons un ascenseur qui nous emmène dans les sous-sols, je m'arrête au -3 et nous prenons à gauche.

— 313, dis-je. On y est.

J'attrape mon trousseau de clefs, vérifie qu'il n'y a personne dans le couloir et j'ouvre les trois cadenas de la chaîne que j'ai installée sur le volet roulant.

— Tu sais que ce type de cadenas se brise en un rien de temps avec une pince adaptée, n'est-ce pas ? lance Bruce.

— Je sais. Mais ça me rassure de les avoir mis en place.

Je soulève le volet et attrape une lampe torche posée à droite sur une étagère pour éclairer la pièce.

— Oh, je te reconnais bien là, soupire Bruce.

— Quoi ? grommelé-je.

— Il n'y a que toi, September Jones, pour mettre autant de bazar avec si peu d'affaires.

— J'ai fait de mon mieux.

— Pour ranger ?

— Non, pour être certaine de laisser du désordre, comme ça si quelqu'un entre à la recherche de quelque chose de précis, il ne risque pas de le trouver en deux claquements de doigts, car je n'étiquette pas tout ce que je possède, moi.

J'insiste sur le dernier mot et Bruce comprend très bien à quoi je fais référence : à sa collection d'ingrédients étranges, dans le sous-sol de sa maison, ainsi qu'à tous les artefacts qu'il entrepose, qu'il a pris le soin de mettre sous cloche et d'étiqueter à la Dymo, comme ça si un cambrioleur s'aventure chez lui à la recherche d'un objet précis, mais qu'il ne sait pas à quoi il ressemble, il pourra simplement lire l'étiquette et partir aussitôt avec. Ce sera le cambriolage le plus rapide de tous les temps.

Je commence à fouiller dans les cartons à moitié ouverts, ainsi que dans les caisses en plastique, tandis que Bruce reste appuyé sur sa canne et embrasse la pièce du regard. Il ne manque pas de noter que je dispose d'un paquet d'armes à feu sur l'une des étagères. C'est bien la seule chose qui est rangée dans mon bazar : mes armes. Les loups détestent les armes et c'est la raison pour laquelle j'ai décidé d'apprendre à les utiliser dès que j'ai pu : pour avoir un avantage sur eux. J'ai aussi un stock de balles en argent bien fourni, des fois qu'un jour je me retrouve avec une meute à mes trousses. Je pourrais presque tenir un siège dans cette planque, en fait. Il ne manque que de la nourriture.

— Où voulais-tu en venir avec cette histoire de Mélinda ? demande-t-il.

— Oh, je n'avais pas fini mon raisonnement. Du coup, il y a plein de situations où les humains peuvent se rendre compte de l'existence des surnats. Et qu'est-ce qu'on fait quand c'est le cas ? Là, la milice est très organisée, donc difficile de les anéantir sans attirer l'attention sur nous, mais un individu seul ? Avant, je sais qu'on l'aurait éliminé s'il représentait un danger, mais imaginons qu'il ne représente pas vraiment un danger, quel est le protocole ?

— De reporter l'information au chef de région, qui prendra la décision qui s'impose, probablement d'éliminer la personne en question à travers un accident, répond Bruce en haussant les épaules.

— Ce genre de trucs est encore en vigueur alors que nous avons de plus en plus de mal à contenir notre secret ? m'étonné-je en songeant qu'il n'est donc pas question que je mentionne la possibilité, pour ne pas dire la certitude, que Peter est au courant de notre existence.

— J'imagine que c'est même d'autant plus d'actualité. On n'a pas envie que quelqu'un tire la sonnette d'alarme.

— Comme les Chiens de Dan le font en ce moment même, compris-je.

— Si tu me lâchais la vérité derrière ton histoire ?

J'ai pour habitude de tout dire à Bruce. Mais là, j'ai trop peur qu'il suive son devoir et répète l'information à Hans, parce qu'il aura peur pour ma sécurité, peur que Peter se réveille un jour avec la peur au ventre et l'envie de me tuer.

S'il en avait eu envie, il aurait pu m'empoisonner il y a bien longtemps. Il faut que j'arrive à avoir une discussion à cœur ouvert avec lui pour démêler toute cette histoire, de préférence avant de livrer l'information à Bruce.

— Là ! dis-je en soulevant une pile de vêtements de Derek que j'ai entassés par terre la dernière fois que je suis venue.

Je retire la dernière chemise et un objet en dessous, qui ressemble fortement à un poignard, en plus fin, brille d'un bleu intense.

— Ce n'est pas un objet qu'un loup-garou devrait posséder, annonce Bruce.

Pour la première fois depuis que je le connais, l'expression de son visage est devenue curieuse et passionnée. Il s'approche à petits pas, les yeux fixés sur l'objet. La lame est fine, la garde également, on dirait un poignard pour enfants. Enfin, pour les enfants qui ont eu une drôle d'enfance en tout cas.

J'approche ma main de l'objet, mais un avertissement de mon mentor m'arrête dans mon geste :

— Ne le touche pas, m'assène-t-il.

J'obéis.

— Il n'avait pas cette couleur quand je l'ai récupéré. Je ne me souviens même pas que Derek avait ce type d'armes, ça ne lui ressemble pas.

— Il est possible qu'il ait eu une autre forme. Les objets magiques aiment se déguiser pour se protéger.

Je lève un sourcil.

— Tu as l'air de penser que cet objet a une conscience propre.

— Il s'est allumé en raison de ma présence, explique-t-il. Il m'appelle.

— Parce que tu es un magicien ?

— Oui.

— Tu veux le prendre ?

Il ouvre la main pour le saisir, je vois ses doigts avancer avec lenteur vers le poignard, prêts à en saisir la garde. Subitement, il recule son bras et fait deux pas en arrière.

— Il ne vaut mieux pas, dit-il alors.

— Pourquoi ? Tu dis que c'est un truc de magiciens, tu es un magicien, je ne fais pas partie de ta caste, c'est toi qui devrais le prendre, non ?

— Non.

Cette fois, sa voix est ferme et tranchée. Je suis surprise, mais je ne pose pas de questions. Bruce ne dit jamais rien par hasard, pas plus qu'il ne fait des choses par hasard. J'imagine qu'il y a de l'importance dans ce qu'il ne fait pas non plus.

— OK, dis-je. OK. Qu'est-ce que je fais ? Qu'est-ce que c'est ? On le laisse là ?

— Non, on ne peut pas le laisser là, c'est trop dangereux.

— Il était là tout ce temps, rappelé-je.

— Mais ma présence l'a éveillé. Tous les magiciens du coin vont venir ici pour mettre la main dessus.

Je me retourne vers Bruce et cesse de contempler l'objet.

— Mais pourquoi ? demandé-je. Qu'est-ce qu'il a de si spécial, cet objet, et pourquoi est-ce que Derek le possédait ?

— Pour ta dernière question, je ne sais pas, et j'aimerais bien savoir. De la même manière que je voudrais savoir pourquoi August le recherche, et comment il en connaît l'existence.

— Il savait que Derek l'avait, il lui a donné apparemment.

— Alors je veux savoir comment August a mis la main dessus.

— Et tu ne veux pas me dire ce que c'est ?

Il inspire, me tend un manteau qui traîne par terre et me conseille de ne pas toucher l'artefact, mais de l'enrouler dans le vêtement pour qu'on puisse l'emmener.

Il regarde alors le manteau roulé en boule que je tiens dans mes bras avec de la peur et de l'envie dans le regard.

— C'est un objet suffisamment puissant pour déclencher une guerre entre magiciens, m'annonce-t-il.

CHAPITRE 19

Le voyage de retour se passe en silence. J'ai balancé l'objet dans le coffre, hors de la vue de Bruce, et nous sommes en train de rouler vers la librairie, pour qu'il retrouve sa voiture. Le vieil homme est silencieux, beaucoup trop silencieux, et ce n'est pas le genre de silence qui indique qu'il est calme et serein, c'est plutôt le genre de silence où il y a un tourbillon d'énergies maléfiques qui rôde au-dessus de sa tête et donne l'impression qu'il broie du noir. Il se mord la lèvre régulièrement, chose que je ne l'ai jamais vu faire et il se gratte le bras.

J'ai presque l'impression de voir en lui les premiers symptômes d'un prime.

— Où est-ce que je le planque ? demandé-je. Si ma cache initiale ne convient pas, qu'est-ce que tu me conseilles ?

Il ne tourne pas la tête vers moi, je n'ai même pas l'impression qu'il m'a entendue.

— Bruce ?

Je détache une main du volant et je la pose sur son avant-bras pour le secouer. Il semble s'éveiller d'un rêve et paraît remarquer ma présence.

— Quoi ? demande-t-il.

— L'objet, le truc magique dans mon coffre, je le planque où ?

— Là où personne ne le cherchera et là où je n'irai pas, m'annonce-t-il avec gravité.

— Là où tu n'iras pas ?

— Il s'activera à chaque fois qu'un magicien s'approchera de lui.

— OK, OK. Je vois le genre. Je vais le mettre…

— Ne me le dis pas ! m'interrompt-il. Je ne dois pas savoir.

Je freine brusquement en plein trafic, lève la main pour m'excuser auprès de l'usager derrière moi et me gare à la va-vite sur le côté. Je mets le frein à main et me tourne alors vers Bruce.

— Je ne roule pas une seconde de plus sans que tu m'aies donné des explications. De véritables explications, insisté-je. Pas du « c'est un artefact magique ». Merci bien, j'avais saisi que c'en était un. Je veux savoir quels sont ses pouvoirs, pourquoi tu en as peur, pourquoi je dois le planquer, pourquoi ça peut déclencher une guerre entre magiciens et ce qui fait qu'August court après.

Je termine ma tirade en prenant une inspiration. Je ne suis pas du genre à sommer Bruce pour obtenir des réponses. J'ai toujours estimé que le jour où il voudrait me parler de sa vie, de sa famille, de ce qu'il faisait avant de me rencontrer, il le ferait. Ça ne m'a pas empêchée de poser des questions au fil des années, mais je n'ai jamais insisté. Et surtout, je n'ai jamais employé ce ton avec lui.

Il ferme brièvement les yeux, quand il les rouvre, il a l'air d'avoir retrouvé le contrôle sur lui-même. J'aperçois le Bruce que je connais dans ses yeux, même s'il a un ton plus sérieux que d'habitude et un visage beaucoup plus fermé.

— Je t'ai montré les artefacts que je possède, me dit-il.

— Oui les trucs dans ta cave, fais-je en balayant l'air de la main.

— Ils sont sous cloche pour une bonne raison. Ce n'est pas une paroi de verre classique, c'est une paroi que j'ai ensorcelée et qui protège leurs pouvoirs.

— Pourquoi est-ce qu'il faudrait protéger les pouvoirs d'un artefact ? Tu en parles comme si c'était des entités dotées d'une conscience.

— C'est comme s'ils en avaient une, confirme-t-il. Ils appellent à eux les plus grands magiciens, ceux qui peuvent les maîtriser et utiliser leur plein potentiel. Si tu ne planques pas très loin de moi cet objet le plus rapidement possible, tu vas te retrouver avec une armée de magiciens aux trousses, qui voudront tous mettre la main sur l'objet. Ils auront perdu tout contrôle sur eux-mêmes et ne reculeront devant rien pour obtenir cet artefact, parce que l'artefact lui-même les appelle et attise leur envie. Tu comprends ?

— Absolument pas, rétorqué-je. Tu essaies de me faire croire qu'un objet magique est capable de… t'appeler ?

— Il murmure mon nom à mon oreille en ce moment même, confirme-t-il.

— Et pourquoi est-ce qu'on ne l'amène pas chez toi et qu'on ne le met pas sous une cloche, comme les autres artefacts que tu possèdes ? Tu ensorcelles la cloche, hop, on le glisse en dessous et le tour est joué, non ?

— Je ne pense pas que ce sera suffisant. Je pense que je serai tenté de soulever la cloche et d'utiliser l'objet.

— OK, et à quoi il sert exactement cet artefact ? Tu as plein d'objets étranges chez toi et tu n'es pas tenté de les utiliser pour autant, rappelé-je.

Il prend une inspiration, détourne le regard comme s'il cherchait ses mots, puis il reprend :

— Ils m'appellent sans cesse, September. Et si je les garde chez moi, c'est justement pour continuer de m'exercer à résister à leur appel. Je ne dois pas les saisir.

— On dirait un junkie qui se torture en gardant une seringue d'héroïne chez lui.

Il tourne la tête vers moi et plonge dans mon regard.

— Tu as parfaitement compris, m'annonce-t-il.

J'en reste bouche bée, ce qui ne m'arrive pas souvent.

— Tu vas me faire croire que tu as été accro à tous ces trucs de magicien ?

— Aux objets de pouvoirs. À la magie d'une manière générale.

— Mais tu es un magicien, c'est ton job d'être accro à la magie.

— Non, ça ne l'est pas, pas au stade où j'en étais.

— Alors c'est pour ça que tu ne l'utilises plus ?

Il hoche la tête.

— Seulement avec parcimonie, seulement quand c'est nécessaire, confirme-t-il.

— OK, OK. Ça ne me dit pas à quoi ils servent.

— Chaque artefact a un but différent. Certains sont des amplificateurs, d'autres donnent accès à des pouvoirs spéciaux, que nul magicien ne possède.

— Et du coup, ce poignard, à quoi est-ce qu'il sert ?

Il a l'air d'hésiter à me répondre.

— En te confiant cette information, je fais de toi l'une des rares initiées non magiciennes à être au courant de l'existence de cet artefact.

— Je ne vais rien dire, Bruce. À qui veux-tu que j'aille raconter ça ?

— August pourrait très bien trouver un moyen de te torturer pour obtenir l'information.

— August sait déjà de quoi il s'agit, sinon il ne se serait pas mis en quête de l'objet. Et je vais devoir le planquer. C'est le genre d'informations capitales pour lesquelles on peut mourir. Alors, dis-moi à quoi ça sert, que j'aie vraiment envie de le protéger et que je ne le refile pas en me disant que ma vie vaut plus que cet objet.

Il soupire. Je vois bien qu'il ne veut pas, qu'en parler lui fait du mal, qu'il doit se contrôler. Je ne l'avais jamais vu comme ça et j'ai de la peine pour lui. Qui était-il avant que je le rencontre ?

— C'est l'un des trois artefacts originaux perdus, m'annonce-t-il comme si j'étais supposée savoir de quoi on parlait.

— Il n'est pas si perdu que ça, on vient de mettre la main dessus.

— Il y en a trois, September, et ce sont les trois plus puissants objets qu'un magicien peut posséder. Avec un seul, tu peux régner sur l'ensemble de ta caste, avec deux, tu pourrais tout à fait régner sur tous les surnats, avec trois tu peux mettre la totalité de la planète à tes pieds.

— Humains inclus ?

— Humains inclus, confirme-t-il. Et en un claquement de doigts.

— Pourquoi avoir créé de tels objets s'ils peuvent s'avérer aussi destructeurs ?

— Nous ne les avons pas créés, en tout cas, si quelqu'un les a créés, nous ne le savons pas. Ils existent d'aussi loin que les magiciens existent, ils étaient peut-être même dotés de magie avant que nous le soyons.

Potentiellement, c'est eux qui ont créé le premier magicien. Des théories disent que c'est un humain qui a découvert l'objet, qui l'a touché et qui s'est vu attribuer des pouvoirs. Les objets seraient à l'origine de notre caste.

— Et il en existe trois.

— Selon les livres, confirme-t-il.

— Où sont les deux autres ?

— Ils sont réputés perdus, m'explique-t-il. Nous ne savons pas où ils se trouvent. Certains magiciens passent leur vie à les chercher. J'ai moi-même dédié une partie de mon existence à cette quête.

— Et à quoi sert celui-ci ?

Il jette un coup d'œil vers le coffre, comme s'il pouvait voir l'artefact à travers la banquette arrière.

— Je pense que c'est un amplificateur, c'est-à-dire que si je le touche, mes pouvoirs seront décuplés. Mais les livres disent qu'il a permis au premier magicien qui l'a touché d'asséner des coups sans toucher son adversaire. Des traces qui ressemblaient étrangement aux blessures que l'objet pouvait faire se trouvaient alors sur le corps de l'autre, sans qu'il y ait eu un quelconque contact physique. C'est comme s'il octroyait le pouvoir de blesser par la pensée.

— C'est légèrement flippant.

En tant que changeling, j'aime les combats loyaux, où je me bats contre un adversaire de chair et d'os. Si je reçois des coups sans savoir d'où ils viennent, j'ai tendance à entrer dans une colère noire. Un changeling ne fait pas de magie, il ne peut pas se défendre contre une telle attaque, il ne peut que courir, mordre, se battre.

— Et si je venais à posséder cet artefact, ainsi qu'un autre, il y a de grandes chances que le pouvoir du premier s'amplifierait davantage, jusqu'à ce que je ne sois pas uniquement capable de blesser par la pensée, mais aussi de tuer.

— OK, et on est sûr de tout ça ? dis-je sur un ton nonchalant parce que je vois bien que Bruce est paniqué.

— Non. C'est une légende à présent. Personne n'a jamais mis la main sur ces artefacts. On m'a traité de fou un paquet de fois, indiquant que je cherchais des objets qui n'avaient jamais existé.

Je redémarre la voiture.

— Comment August est-il au courant de l'existence de cet artefact ? Comment est-il entré en possession de l'objet et pourquoi l'aurait-il refilé à Derek ?

— Je ne sais pas, confesse Bruce.

— OK, OK, chaque chose en son temps. Est-ce qu'on ne devrait pas essayer de le détruire ce truc, puisqu'il est aussi dangereux ?

— Je ne pense pas que quiconque puisse le détruire. Je dispose d'artefacts moins puissants que ça dans mon sous-sol et je n'ai jamais réussi à les détruire. Ce n'est pas pour rien que les magiciens pensent qu'ils ont été créés à partir de ces objets de pouvoir, c'est parce qu'ils nous sont en tous points supérieurs. Certains pensent que quand nous les utilisons, nous ne sommes pas en contrôle de nous-mêmes, que c'est l'objet qui nous contrôle.

— Et il existe combien d'artefacts ? Je veux dire, en dehors des trois trucs perdus là.

— Des centaines.

— Génial.

Je fais le tour du bloc où se situe la librairie et je tombe sur la vieille Mustang de Bruce. Je me gare en double file juste à côté.

— Ça va aller ? demandé-je comme il ne descend pas.

— August ne doit pas tomber dessus.

— Il ne tombera pas dessus. Je vais le planquer en sûreté.

— Sitôt que je me serai éloigné, il ne réagira plus à ma magie, il devrait reprendre une apparence banale. Tout le monde ne le voit pas de la même façon, alors peut-être que tu verras un objet et que quelqu'un d'autre en verra un autre.

— Personne ne le verra, lui assuré-je. Uniquement moi le temps de le planquer et ensuite je ne retournerai jamais à l'endroit où je l'ai planqué, OK ?

— Des magiciens pourraient venir, ils pourraient sentir l'aura de l'artefact sur toi.

— Non, les loups peuvent sentir ce genre de choses, mais pas les magiciens.

— La magie laisse une aura que nous pouvons percevoir, insiste-t-il.

— Bruce.

Je lui attrape les épaules.

— Je m'en occupe, OK ? Je te promets que je m'en occupe. Mais tant que tu restes dans ma voiture, je ne peux pas déguerpir et faire ce qu'il y a à faire. Tu dois y aller.

Je sens bien tout le contrôle qu'il exerce sur lui-même pour s'arracher à sa place dans mon véhicule. Il finit par sortir, je me penche pour tirer la porte et la refermer. Je n'attends pas qu'il s'installe dans sa voiture, je démarre et je file dans les rues.

J'ai l'impression d'avoir une bombe à retardement dans mon coffre.

CHAPITRE 20

Mon premier réflexe est d'aller à la ferme, alors que c'est le pire endroit où aller. Je n'ai pas de meute, pas au sens où Kyle l'entend, c'est-à-dire de personnes capables de m'aider à me défendre en cas de danger. En allant à la ferme, j'amène le danger là-bas.

Mais j'ai besoin de récupérer quelques affaires, de donner une excuse pour ma future disparition et de mettre au point un plan. Je ne peux pas rester à la ferme, c'est trop dangereux pour mes colocataires, mais je dois faire en sorte de m'assurer qu'August ne débarque pas. L'idée qu'il vienne pendant que je m'éloigne me débecte, Brandon serait capable de lui ouvrir toutes les portes.

Je me gare, je sors et je laisse l'objet et le manteau dans mon coffre. Je fronce les sourcils en voyant que la voiture de Peter est encore là. Il devrait être au travail à cette heure. La voiture de Brandon est également garée à côté, mais ça, ce n'est pas étonnant. Il a fait le choix de n'aller qu'aux cours obligatoires de son cursus, ce qui fait qu'il n'y a que neuf heures par semaine où il doit se rendre à la faculté.

J'entre, Brandon ne s'aperçoit même pas de ma présence, il est en train de se refaire toutes les saisons de

Friends sur Netflix dans le canapé. Il a toujours le même paquet de céréales dans les mains. Je file en trombe dans le couloir qui mène à ma chambre, je sors la clef, je la glisse dans la serrure et je fais une grimace quand j'entends Peter se lever de son lit, traverser sa propre chambre et ouvrir sa porte.

— Il faut qu'on parle, m'annonce-t-il.

— Pas maintenant, rétorqué-je.

Non, vraiment pas maintenant.

— September, on ne peut pas fuir indéfiniment cette conversation. Je sais. Tu sais que je sais. Il faut qu'on en parle.

Je me tourne vers lui, la clef encore dans la serrure.

— Peter, dis-je. Je t'assure que je veux en parler. Mais là, j'ai un truc sur le feu qui nécessite toute mon attention.

— Quel genre de truc ?

— Je… un roman, OK ? Un roman hyper urgent à sortir. Je n'avais pas regardé mon planning et…

— Ne me sors pas des salades, September. Tu fais ce que tu veux de ton planning et tu n'as de comptes à rendre à personne.

Il croise les bras sur son torse et je vois bien, à son air sérieux, qu'il compte rester là jusqu'à ce que j'accepte d'ouvrir le dialogue sur la question.

— Tu ne devrais pas être au travail ? dis-je.

— J'ai pris un jour maladie.

— Tu ne te sens pas bien ?

— Est-ce que je devrais me sentir bien ?

— Ce n'était pas ma question.

— Je fais ce que je peux jour après jour et je ne t'en veux pas et je n'en veux pas aux tiens, et j'ai envie d'aller de l'avant, September, j'en ai envie, mais je n'y arrive pas. Les images sont coincées dans ma tête depuis des années et… et…

Sous mes yeux stupéfaits, alors que je m'attendais à ce que Peter m'engueule, me dispute d'avoir gardé un tel secret aussi longtemps, il fond en larmes. Je sens toutes ses émotions, il tombe à genoux et je me précipite pour le retenir.

— Je suis là, lui dis-je. Il ne va rien t'arriver, d'accord ? Je suis là.

— Je ne peux plus revoir ces images, September. Je préfère mourir plutôt que les revoir encore une fois.

Il pleure à chaudes larmes, le bruit de la télévision couvre celui de ses sanglots et Brandon n'entend rien.

— Qu'est-ce que je peux faire, Peter ? Dis-moi ce que je peux faire.

Je suis mal de le voir dans cet état, j'ai l'impression que c'est de ma faute. J'ai conscience que c'est plus probablement celle d'autres membres de la communauté des surnats, mais je fais partie des surnats et je ne peux pas m'empêcher de culpabiliser. Est-ce que j'aurais dû m'apercevoir plus tôt que son mal-être était lié à nous ?

— Viens, on va dans ta chambre.

Pour la première fois, je pousse la porte sans attendre son autorisation, je le soulève et je l'emmène jusqu'à son lit, où il s'assoit et prend sa tête entre ses mains en sanglotant. Je trouve une boîte de mouchoirs sur sa table de nuit, lui tend et il souffle dedans sans cesser de pleurer. Je vais chercher sa poubelle de chambre et je murmure un :

— Voilà, tu es équipé, tu peux pleurer autant que tu veux.

Ça le fait rire, je ris nerveusement aussi, mais il m'a tiré les larmes aux yeux ce bougre. Je n'aime pas le voir dans cet état.

— Raconte-moi, l'encouragé-je. Dis-moi d'où viennent ces cauchemars.

Je n'ose pas encore prononcer les mots fatidiques : loups, meute, surnats, parce que j'ai besoin de m'assurer que je n'ai pas rêvé ce qu'il a dit cette nuit. J'ai besoin d'être sûre que nous parlons de la même chose. Et je ne dois pas être celle qui prononce ces mots la première, sinon cela reviendrait à trahir le secret de la communauté et me mettrait dans une situation réellement délicate.

Enfin, pas plus délicate que celle d'avoir tué Edward.

— Je… je…

Il lève les yeux vers moi, ils sont remplis de larmes et je vois toute la fatigue sur son visage. C'est comme s'il portait un trop lourd secret et qu'il n'avait jamais voulu le partager. Je réalise que peut-être que lui aussi se dit qu'il se trompe, que je ne suis pas celle qu'il pense que je suis et qu'il va se ridiculiser devant moi. Est-ce pour ça qu'il n'a rien dit tout ce temps ?

— C'était il y a quatre ans, m'annonce-t-il.

Les mots sont difficiles à sortir, mais Peter me raconte tout, dans les moindres détails. Comment il a rencontré sa copine, une louve, même s'il ne le savait pas à l'époque. Ils se sont connus quand ils avaient dix-huit ans et ils s'aimaient profondément. Elle était le rayon de soleil de sa vie. Ils ont passé trois années formidables tous les deux, jusqu'à ce que Peter ose lui demander d'emménager avec lui. Enthousiaste, elle lui a sauté dans les bras et lui a dit oui.

— Mais… ensuite… même si elle avait dit oui, elle rechignait à ramener ses affaires, elle dormait avec moi seulement une nuit par semaine. J'ai senti qu'il y avait un problème, je lui ai même demandé si elle avait changé d'avis, jusqu'à la confronter. J'ai osé lui demander si elle me trompait.

Il prend une grande inspiration.

— C'est là qu'elle m'a tout dit.

Elle s'appelait Jocelyne et elle ne supportait pas l'idée que Peter pense qu'elle le trompe, alors elle a choisi de tout lui raconter. Absolument tout.

— Elle m'a parlé des loups, des meutes, des surnats. Elle m'a dit que je ne devais le répéter à personne, sous peine de mort. Elle m'a expliqué qu'elle faisait son possible, de son côté, pour essayer d'emménager avec moi, mais qu'elle ne pouvait pas dire à sa meute qu'elle sortait avec un humain, parce qu'ils n'accepteraient pas une telle union. Elle essayait d'obtenir le droit d'emménager seule, en dehors de la meute, mais ce n'était pas très bien accepté par son alpha. Elle m'a expliqué que ce n'était pas monnaie courante de vivre en dehors de son cercle proche, que c'était autorisé pour certains mâles, mais qu'elle était une femelle et qu'on la considérait donc comme faible. Ce qui signifiait qu'elle devait rester avec la meute en permanence. Elle m'a dit qu'au cours de ces trois dernières années, elle a dû redoubler de prudence à chaque fois pour venir, parce que les loups se déplacent rarement seuls, et encore moins les femelles. Je… Je ne l'ai pas cru. Pas tout de suite.

Je hoche la tête. Je ne lui dis pas que je peux comprendre, j'ai vécu au milieu des surnats une grande partie de ma vie, alors je n'ai jamais ressenti cette difficulté à imaginer qu'ils existaient.

— Puis elle m'a emmené jusqu'aux bois et là, elle s'est transformée sous mes yeux. Elle était magnifique, avec sa fourrure blanche, presque argentée. Je ne pensais pas que je pouvais l'aimer plus, mais en me confiant ce lourd secret, j'ai eu l'impression qu'elle et moi on se rapprochait encore et je l'ai aimé davantage. Elle m'a dit que je ne devais rien dire et je n'ai rien dit. Même après sa mort, j'ai tenu parole, jusqu'à… jusqu'à maintenant.

— Qu'est-ce qu'il s'est passé ?

Je me suis assise en tailleur en face de lui, il est toujours sur le lit, un mouchoir dans la main.

— Sa meute a découvert toute l'affaire. Ils ont remonté la piste, ils ont trouvé mon appartement, ils ont débarqué dans la nuit, elle s'est tout de suite réveillée, affolée, elle m'a dit qu'ils arrivaient et que je devais partir. Je n'ai pas voulu.

Je connais le sort réservé à ceux qui ont trahi le secret. En revanche, je suis étonnée que Peter soit encore en vie pour en témoigner.

— Les loups…

Sa voix s'étrangle, il se racle la gorge et se mouche avant de reprendre, tandis que les larmes continuent d'abonder sur ses joues.

— Les loups ont le droit à un dernier vœu avant de mourir. Et ce vœu, s'il est réalisable, est supposé être accordé par le chef de meute. C'est ce que j'ai compris.

— Oui, c'est le cas, confirmé-je.

Je me mords la lèvre, en acquiesçant de la sorte, je lui donne confirmation que je suis au courant de l'existence des surnats. Mais je ne veux pas le laisser dans cet état.

— Ils l'ont condamnée à mort et ils l'ont tuée devant moi, dans mon appartement. Ils lui ont tranché la tête.

Je prends une grande inspiration, j'essaie d'imaginer ce qu'a vécu Peter et je comprends qu'il fasse encore des cauchemars aujourd'hui.

— Juste avant de mourir, alors qu'on lui avait déjà annoncé sa sentence, on lui a demandé si elle avait un dernier souhait.

Je hoche la tête pour l'encourager à poursuivre.

— Elle a demandé à ce que je vive. Que je ne meures pas pour ce que je sais.

Il prend une inspiration.

— Quand sa tête a roulé à mes pieds, celui qui me paraissait être le chef s'est avancé vers moi, il m'a regardé droit dans les yeux et il m'a dit : « Tu ne diras jamais rien et tu ne révéleras jamais notre existence. Elle aurait pu faire n'importe quel autre vœu, elle a choisi de te laisser la vie sauve, par amour. Alors, fais en sorte que son sacrifice n'ait pas été inutile. ». Ils ont ramassé sa tête, son corps, ils ont emballé le tout dans des sacs poubelles et ils sont partis en me laissant au milieu d'une mare de sang, tremblant.

— Je suis désolée, Peter, je suis tellement désolée.

— Je revois les images toutes les nuits, September. Je revis la scène comme si j'y étais, je vois sa tête rouler à mes pieds, ses yeux bleus encore ouverts, je vois le sang qui macule le tapis, je vois tous les détails, absolument tous.

— Tu ne pouvais rien faire, lui assuré-je.

— J'ai tourné et retourné cette histoire dans ma tête à l'infini et je sais qu'il n'y avait rien à faire. Je sais que je n'aurais pas pu m'empêcher de l'aimer, même si j'avais su plus tôt les risques que nous encourions. Je sais que je ne pouvais pas faire face à autant de loups. Je sais tout ça, j'ai raisonné sur le sujet, j'ai essayé de me convaincre que je ne pouvais rien faire et de toute façon, je n'ai rien fait. J'étais debout, tremblant, je me suis pissé dessus, ils se sont moqués, ils sont repartis aussi vite qu'ils sont arrivés, sauf qu'ils ont emmené le corps décapité de Jocelyne avec eux.

Il inspire lentement, ses larmes se sont taries et il commence à mieux respirer.

— J'aimerais tellement revenir en arrière et lui dire de ne pas prendre de tels risques pour nous, ajoute-t-il.

— Elle a choisi, lui dis-je. Elle savait ce qu'elle faisait, elle avait conscience du danger. C'était son choix. Je pense que tu lui as donné le courage de défier sa meute et que sans toi, elle aurait vécu une vie soumise, privée de libertés. D'une certaine manière, tu l'as aidée à être elle-même.

J'essaie de lui apporter un peu de réconfort.

— Edward est un loup-garou, ajoute-t-il. J'ai vu l'éclair jaune passer dans ses yeux, comme je l'ai vu dans le regard de l'alpha de Jocelyne.

Il ne me pose pas de questions, mais je me sens obligée d'acquiescer.

— Oui, confirmé-je.

Je ne lui dis pas qu'il est mort et que je l'ai tué à deux mètres de sa chambre, il n'a pas besoin de rajouter des détails morbides à ses cauchemars actuels.

— Mais tu n'en es pas une, ajoute-t-il. Tu es autre chose. Jocelyn ne m'a pas parlé de… de choses comme toi. Mais je t'ai suivi une fois jusqu'à la forêt et je t'ai vu te transformer. Tu es magnifique sous ta forme animale.

Je lui souris.

— Il y a peu de gens comme moi, c'est probablement pour ça que Jocelyn ne t'a pas parlé de nous, ajouté-je.

Je me maudis en même temps pour ma non-prudence. Je n'ai jamais envisagé qu'un membre de la colocation pourrait me suivre, de nuit, alors que je m'apprêtais à me transformer. Je faisais attention, au début, mais j'ai pris confiance petit à petit, me transformant de plus en plus près de la maison, cessant de prendre des mesures de précaution.

— Est-ce que ça t'a fait du bien d'en parler ? demandé-je.

Il hausse les épaules, il a l'air perdu.

— Tu ne veux pas… tu ne veux pas m'en dire plus ? demande-t-il. Je me demande si en savoir plus ne m'aidera pas.

— Je ne crois pas que ce soit une bonne idée, Peter. De la même manière que Jocelyne n'aurait rien dû te dire, je suis supposée garder le secret également.

— Ton père est un loup-garou, affirme-t-il.

— Oui.

— Mais tu n'es pas comme eux.

— Non.

— Pourquoi ?

— Ma mère n'était pas une louve et j'ai hérité d'elle, plutôt que de mon père. Mais mon frère a hérité de lui et de sa propre mère.

— Ton frère ? Derek ? Comment va-t-il ?

Je ne leur ai pas dit ce qu'il est arrivé à Derek.

— Je crois que Derek est mort, soufflé-je.

Il écarquille les yeux, oublie immédiatement son propre chagrin et se concentre complètement sur moi. Je l'observe mettre sa peine de côté juste pour s'occuper de la mienne et je me dis que j'ai mille fois raison : je n'ai pas besoin de meute. J'ai mes amis, mes colocataires et je sais que même si ce ne sont pas des surnats, ils sont là pour moi quoiqu'il arrive.

— Enfin, ce n'est pas une supposition, il est bel et bien mort. C'est juste que je m'accroche à l'espoir qu'il ait hérité de sa propre mère, je suis persuadée qu'il est parti vers le royaume des chamans, j'ai vu cette lumière quand il a rendu son dernier souffle et maintenant… je ne sais même pas si je ne l'ai pas rêvé, cette lumière, peut-être que je voulais tellement croire qu'il aurait une deuxième chance que je l'ai hallucinée, ou rajoutée dans mes souvenirs après-coup.

— Chamans ? fait Peter.

— Des gens capables de se réincarner, expliqué-je. Et si Derek en est un, il aurait déjà dû se réincarner et revenir parmi nous.

— C'était un loup-garou et un chaman ?

— J'imagine, j'espère. Je n'ai jamais entendu parler de loups-garous chamans alors… je suppose que je devrais arrêter d'avoir des espoirs. Mais je m'y accroche comme une forcenée, c'est terrible.

— Mais qu'est-ce qu'il s'est passé ?

— Je ne sais pas, avoué-je. Je continue d'essayer de démêler les fils de ce qui est arrivé, mais je n'ai pas assez d'indices pour comprendre. Je suis arrivée chez lui un jour et il gisait au milieu de son salon, il était criblé de mille blessures et c'est tellement étrange, parce que Derek est un loup et il peut se défendre. Mais il était blessé de partout, ça ne guérissait pas, comme si tout avait été fait à l'argent et il se vidait de son sang dans le salon. On aurait dit qu'il avait été lacéré avec un fouet. Quand je suis arrivée, j'ai l'impression qu'il avait tenu juste pour moi, juste pour me voir une dernière fois. Il a rendu son dernier souffle, j'ai vu la lumière dorée et son cœur s'est arrêté.

Je me remémore les blessures sur son corps. Je l'ai enterré dans la forêt, derrière la ferme également. Bientôt, je pourrais y ajouter des croix et créer un cimetière à force d'y déposer des corps. Je ne voulais pas que quelqu'un d'autre le trouve ou qu'on le mette dans un cercueil.

— Tu n'as aucune idée de qui a fait ça ? s'étonne Peter.

— Aucune. Derek n'avait pas d'ennemis, il ne vivait pas en meute, il faisait sa vie sans rien demander à personne.

— C'était il y a combien de temps ?

Je déglutis.

— Il y a huit mois, avoué-je.

Lui en avoir parlé me soulage d'un poids immense.

— Je crois que je devrais commencer à faire mon deuil plutôt que d'espérer le voir réapparaître.

Et cesser d'enquêter sur sa mort pour tomber dans des culs-de-sac à chaque fois.

— September ?

C'est la voix de Brandon dans le couloir.

— Tu es là ? demande-t-il.

Je l'entends toquer à ma porte, mais je ne m'inquiète pas, jusqu'à ce que j'entende la clef tourner dans la serrure. Je fouille sur moi : je ne l'ai plus, je l'ai laissée sur ma porte. Je me précipite dans le couloir, mais il est trop tard : Brandon a ouvert la porte.

CHAPITRE 21

Il a fait un pas à l'intérieur et comme lui, je suis ébahie. Mais pas pour les mêmes raisons. J'ai l'habitude d'avoir du bordel dans ma chambre, mais pas à ce point. Tout est sens dessus dessous, mon matelas a été retourné et perforé, une partie de mes coupures de journaux ont été arrachées des murs et volent dans la pièce, car la fenêtre est ouverte.

— Je… je ne te pensais pas aussi bordélique, indique Brandon.

— Pourquoi est-ce que tu as ouvert ? demandé-je.

— Parce que j'ai vu une silhouette partir depuis ta fenêtre.

— Tu as vu quelqu'un ?

Notre maison est en U et depuis le salon on peut contempler la fenêtre de ma chambre. Je suis étonnée que Brandon ait réussi à s'arracher à son écran, vu qu'il ne m'a même pas entendue rentrer.

— Il y a longtemps ?

— Quelques secondes, le temps que j'arrive. J'ai cru à un cambrioleur. C'est pour ça, le bordel ? C'est quoi ces trucs au plafond ?

Peter est silencieux, je lui jette un regard, il me fait un signe d'approbation, j'attrape ma batte de baseball et je m'élance par la fenêtre en courant.

— Qu'est-ce qu'elle a ?

Je n'entends pas les derniers mots de Brandon, je suis trop prise par le feu de l'action. Je m'en veux de ne pas avoir entendu ce qu'il se passait, j'étais concentrée sur Peter tandis qu'un individu était en train de retourner ma chambre à la recherche de…

Je le vois. Mes nerfs vrillent immédiatement. Il se dirige vers le bois, il a trop d'avance pour que je le rattrape et je me dis que ma seule solution est de me transformer. Je m'arrête, je lâche la batte et je fais appel à ma part animale, je lui donne les rênes, elle a l'opportunité de prendre le dessus, je lui laisse le contrôle.

Et elle ne réagit pas.

Oh bordel, c'est bien la première fois que ça m'arrive. Elle boude ? Elle est agacée que je ne l'aie pas laissé sortir depuis un moment ? Merde quoi ! Elle peut enfin se dégourdir les pattes et elle me fait un caprice ? J'écoute un peu plus mon corps et je la sens pourtant frapper à la porte pour essayer de sortir, sans succès.

Est-ce que Mélinda m'a injecté un truc dont les effets sont plus graves que ce que j'imaginais ?

Je me remets à courir, j'arrive à l'orée du bois et je crie le nom de mon cambrioleur :

— August ! Si tu remets les pieds chez moi sans y être invité, je te jure que je trouverai le moyen de t'égorger et de faire brûler ton corps.

Mais il est déjà loin, il s'est peut-être transformé pour rejoindre sa voiture. Je bénis mon idée d'avoir laissé l'artefact magique dans le coffre. Je me retourne en serrant les dents, je récupère la batte de baseball que mon père m'a offerte et je marche d'un pas actif jusqu'à la ferme. Je repasse par la fenêtre où Peter essaie de faire en sorte que Brandon disparaisse de ma chambre, mais il est trop tard pour changer quoi que ce soit.

— Qu'est-ce qu'il s'est passé ? me demande-t-il. Tu l'as rattrapé ? Qu'est-ce que tu fais avec une batte de baseball ?

Ses cheveux blonds se secouent de gauche à droite tandis qu'il tourne la tête pour essayer de garder en mémoire chaque détail de ma chambre. Mon matelas est la partie la plus impressionnante : il a été perforé au couteau en de multiples points et vidé de sa mousse. August croit vraiment que je suis du genre à tailler mon matelas et à le recoudre pour y cacher quelque chose ?

— Qui était-ce ? me demande Peter.

Je sens bien qu'il a la boule au ventre à l'idée que ce soit un loup, malheureusement pour lui, c'est le cas.

— Mon père, dis-je. August. Il cherche quelque chose. Quelque chose qui se trouve dans mon coffre et que je dois aller planquer.

Brandon ne comprend rien, il a l'air ahuri, il saisit des coupures de journaux qui n'ont pas de sens pour lui, ainsi que des notes que j'ai prises à la main qui mentionnent mon frère.

— Pourquoi est-ce que tu mentionnes Derek partout ?

Je ne réponds pas. Mon cœur bat à mille à l'heure, au moment où Peter s'apprête à ouvrir la bouche sûrement pour détourner Brandon des indices dissimulés dans cette pièce, mon téléphone portable sonne. Je le saisis, ne regarde même pas le numéro et décroche.

— Ils arrivent, fait la voix à l'autre bout.

— Bruce ? m'étonné-je.

— Ils arrivent. Tu dois le cacher et partir, September. Maintenant.

— Je…

Il raccroche. J'observe mon téléphone, l'air consterné. Bruce ne m'a jamais appelée, pas une seule fois. L'heure est vraiment grave pour qu'il se décide à utiliser un outil technologique.

Je songe à ma part animale, qui n'a pas répondu à mon appel pour la première fois de ma vie et je réalise que je suis en danger. Si je ne peux pas me transformer, mes moyens de défense sont limités. Je pousse une étagère dans ma chambre, ouvre une trappe dans le sol, August n'a pas l'air de l'avoir ratée, je vois bien que la poussière a disparu sur la poignée qui permet de la tirer, mais je pense qu'il n'a rien pris. Je plonge le bras dans la cache, attrape mon Glock, des balles, mon holster, et les glisse à leur emplacement.

Brandon est bouche bée. Peter se contient encore.

— Il va falloir partir, dis-je en refermant la fenêtre. Prenez vos affaires, vous avez cinq minutes. Ensuite, vous disparaissez. Brandon, ta tante habite toujours dans le coin ?

— Je… je…

— Brandon, répété-je.

Je m'approche, je l'attrape par les épaules. Il a des miettes de céréales sur son torse.

— Brandon, j'ai besoin que tu prépares des affaires, juste l'essentiel. Peter va venir avec toi. Vous appellerez ta tante dans la voiture et vous irez là-bas directement. Ensuite, contactez Michelle et Marvin. Ils ne doivent pas remettre les pieds ici, c'est clair ? Ils partent du travail et ils vont directement chez ta tante aussi, ou un autre lieu, loin d'ici.

— Mais que… qu'est-ce que tu racontes ?

Je croise le regard de Peter, je n'ai pas le temps de tout lui expliquer, mais il connaît les loups, il connaît le danger qui rôde auprès des surnats, il sait aussi que si j'en dis plus à Brandon, je l'expose à de graves problèmes.

— Je ne peux pas t'expliquer en détail, ajouté-je. Mais tu dois m'écouter. Personne ne remet les pieds dans cette maison tant que je ne donne pas mon feu vert, c'est clair ?

Il observe une photo en noir et blanc de Derek, qui date de sa dernière année du lycée. Je la récupère et je la pose sur une pile de vêtements.

— Tu m'entends Brandon ?

— Je vais me charger de lui, annonce Peter en prenant notre ami par le bras.

— Tu as tout compris ? ajouté-je.

— Des affaires en cinq minutes, on prend la voiture, on va chez sa tante, on prévient les autres, on ne remet pas les pieds ici sans ton feu vert.

Le soulagement m'envahit.

— Merci.

Il tire Brandon, tandis que j'attrape moi-même un sac et que j'y fourre des affaires, au cas où. Je suis plus à même de me défendre qu'eux, mais je préfère être loin d'ici si je ne peux pas me transformer et que des magiciens s'apprêtent à nous tomber dessus. J'attrape une poignée de balles en argent, je me maudis de ne pas avoir pris un stock à la planque, mais je ne pensais pas me retrouver dans les emmerdes jusqu'au cou.

Enfin, encore plus que précédemment.

Je prends ma batte de baseball, elle m'a déjà sauvée la mise plus d'une fois, peut-être qu'elle réitérera cet exploit. Mon ordinateur est encore dans la voiture, j'embrasse la pièce du regard : je n'ai besoin de rien d'autre. Mon cœur se serre en voyant ma chambre dans un désordre monstre. Certes, je n'ai jamais été la reine du rangement, mais les coupures de journaux, les indices qui auraient pu m'expliquer ce qui est arrivé à Derek, étaient tous soigneusement alignés sur les murs, reliés entre eux. August n'a même pas eu une once de remords, il n'a pas réfléchi, tout ce qu'il veut, c'est l'artefact. C'est même la seule raison pour laquelle il a retrouvé ma trace. Il ne trouvait pas celle de Derek, il est donc venu à moi.

Je passe dans la chambre d'en face, plus besoin de fermer ma porte maintenant. Peter a presque fini son sac, il y plonge son chargeur de téléphone, le zippe et se retourne.

— Je suis prêt, m'annonce-t-il.

— Je reste tant que vous n'êtes pas partis.

Il hoche la tête.

— Pas un mot de tout ce qu'il vient de se passer. Brandon ne peut pas avoir de soupçons et vous ne devez dire à personne où vous allez. Je ne peux pas vous protéger là-bas.

— Et qui te protège, toi ?

Je ne sais pas encore. Je compte sur Bruce, mais je ne peux pas débarquer chez lui avec l'artefact, il me l'a bien fait comprendre.

— Je suis à même de me protéger, lui dis-je.

Pris d'un élan d'affection, il lâche son sac et me prend dans ses bras.

— Fais attention à toi. Tiens-moi au courant. Et si je peux faire quoi que ce soit, dis-moi.

— Protège mon secret, lui réclamé-je. Les autres ne peuvent pas être mis en danger par ma faute. Je vais redresser la situation et je vous préviens quand nous pourrons revenir en sécurité ici.

Il me lâche, prend son sac et file en direction de l'aile ouest. Je le suis, m'arrête à la cuisine, attrape des vivres, et fais de mon mieux pour contenir mon agacement.

Je rappelle le numéro de Bruce sur mon portable, trois fois d'affilée, sans qu'il réponde. Je crois que je n'ai jamais autant détesté son aversion pour la technologie.

Peter passe devant moi, il tire Brandon par le bras, me fait un signe de tête et disparaît par la porte d'entrée. Quand j'entends les pneus de la voiture de Peter crisser sur les cailloux devant la maison, je m'élance à mon tour. J'ouvre le coffre de ma Ford, jette mon sac dedans, tire sur le manteau de Derek pour vérifier que l'artefact s'y trouve toujours. J'ai l'impression qu'il a disparu, puis je découvre un canif tout ce qu'il y a de plus banal au milieu du vêtement. Je fouille une deuxième fois, me demandant si je n'ai pas eu la berlue, mais non.

— Pourquoi tu te transformes en canif, hein ?

Je ne touche pas l'objet pour autant, le glisse à nouveau dans le manteau et me mets au volant. J'avais prévu d'enterrer l'artefact dans mon cimetière fraîchement créé, après tout, un corps ou un artefact de plus, qu'est-ce que ça change ? Mais maintenant que je sais qu'August rôde, je ne peux pas me le permettre, et puis c'est trop proche de la maison. Si je veux pouvoir refaire de la ferme un havre de paix, je ne peux pas planquer à deux cents mètres de là un objet magique que tous les magiciens du coin veulent s'arracher.

Je démarre et au moment où je rejoins la route principale, deux voitures tournent en direction de la ferme. Je dévisage les conducteurs. L'un des deux me dit quelque chose, j'ai dû le voir à une réunion de la communauté des surnats, l'autre ne m'inspire rien. Néanmoins, la route est privée et ne mène qu'à la ferme, ce qui ne peut vouloir dire qu'une chose : ce sont des magiciens qui suivent mon aura et cherchent l'artefact.

Je m'engage sur la départementale comme si de rien n'était, sans jouer les affolées. Je conduis normalement, jusqu'à ce que je les aperçoive dans mon rétroviseur : ils ont fait demi-tour.

— Ce truc est supposé être un canif maintenant, grommelé-je.

Mais je réalise que non, il s'active quand des magiciens sont à proximité, ce qui veut sûrement dire qu'ils savent que je trimballe l'artefact avec moi.

— Oh merde. Merde, merde, merde.

J'attrape mon téléphone portable d'une main, je lance un appel vers le numéro de Bruce, qui ne répond toujours pas. Est-ce qu'il n'aurait pas pu me laisser un mode d'emploi sur comment se défaire d'ennemis magiciens quand on n'est même pas capable de se transformer ?

— OK, OK, on ne panique pas. Que ferait Bruce ?

Mais rien ne vient à mon esprit, mon mentor n'était pas dans son meilleur état ces dernières heures, je ne vois pas ce qu'il aurait fait pour se tirer de ce mauvais pas.

— Et que ferait Kyle ?

Je ne sais pas pourquoi je pense à lui, peut-être parce qu'il représente le modèle idéal d'une meute, dans le sens où tout le monde a l'air d'être dans le contrôle, équilibré et qu'il a en plus un job humain.

— Allez, il a l'air sûr de lui à chaque coup, il sait exactement ce qu'il fait, qu'est-ce qu'il ferait là, hein ? Qu'est-ce qu'il ferait ?

La solution apparaît à mes yeux, je tape sur le volant de soulagement, j'accélère en voyant que les deux autres se sont rapprochés et je mets carrément le pied au plancher en m'engageant sur la voie rapide. Ma Ford est peut-être vieille, mais elle a encore fière allure et surtout son moteur n'est pas d'origine, je l'ai remplacé et trafiqué. Ce n'est pas dit que toute la carlingue tienne à la vitesse où je vais, mais avec la Chevrolet du type dont la mine me dit quelque chose qui me colle au cul, je me dis que je n'ai pas le choix.

Je fonce sur la voie de gauche, m'engouffre en direction de Toronto centre-ville, rétrograde quand une voiture me barre le chemin, la double par la droite et accélère de plus belle.

— Tiens bon, Carnage, tiens bon, je t'en supplie s'il y a un jour où tu dois faire tes preuves, c'est aujourd'hui.

Je ralentis, débarque en ville et jette un coup d'œil à mon rétro. Je ne vois plus mes poursuivants, mais ils ne sont probablement pas loin et pire : ils peuvent apparemment sniffer la magie.

Le public humain, il me faut du public humain. Personne n'osera jamais faire quoi que ce soit au milieu des humains, ils tiennent trop à leur secret.

Je me gare en une seconde, à l'arrache, près de la place centrale de la ville. Je sors de la voiture, attrape un torchon qui me sert d'habitude à nettoyer la carrosserie, je prends le canif avec, qui s'est transformé en poignard fin à nouveau, qui scintille de bleu, et je le glisse dans la poche de ma veste. Je cours jusqu'aux premiers bars et restaurants et reste en plein milieu du trottoir, guettant les magiciens qui se pointeront.

— Ils n'oseront rien, ils n'oseront rien.

Je me répète ce mantra en boucle. Hans a bien dit de ne pas faire de vagues et même s'il ne l'avait pas dit, personne dans la communauté des surnaturels ne tenterait une attaque en plein centre-ville, alors qu'il y a des humains partout aux fenêtres et quelques-uns sur les terrasses chauffées.

Je vois le premier qui s'approche, ma respiration s'emballe. Le fait que je ne puisse pas me transformer me donne une impression de faiblesse, mais si je suis venue ici c'est aussi pour ça : parce qu'ici ils ne peuvent pas utiliser la magie sous peine d'être repérés, ce qui nous met sur un pied d'égalité puisque je ne peux pas laisser ma part animale prendre le dessus.

Je vérifie que mon Glock est bien planqué sous ma veste et que personne ne peut le voir. Il sera mon moyen de défense en cas de dernier recours. Le magicien s'approche, il est grand, il a la peau pâle, on dirait un mélange d'Igor et d'un vampire. Je prends alors ma décision et je franchis la porte du restaurant le plus proche de moi.

— Une table, n'importe laquelle, je suis seule, lancé-je au serveur qui s'approche.

Le magicien s'engouffre après moi, il veut m'attraper le bras, mais je ne lui laisse pas le temps, le serveur m'installe à une table et je fixe mon poursuivant du regard.

Je sens l'artefact chauffer dans ma poche, mais je n'ose pas le toucher. Si Bruce m'a mise en garde, c'est pour une bonne raison. Le magicien fait un pas en avant et écarte le serveur.

Il n'osera pas. Il n'osera pas. Nous sommes en public, il ne peut pas tenter quoi que ce soit.

Je prends une grande inspiration, j'essaie de relâcher mes trapèzes qui sont à leur tension maximale. Je n'ai aucune raison de stresser, aucun surnaturel ne m'attaquera en plein milieu d'un restaurant presque bondé. Des humains, pourquoi pas, Mélinda a bien prouvé qu'elle s'en fichait, mais pas un surnat. Il a trop peur des conséquences.

Et pourtant, il s'assoit en face de moi, sans attendre une quelconque autorisation. Il a le regard vitreux, ses mains tremblent comme un junkie et il ne semble pas en contrôle de lui-même.

— Donne-le-moi, réclame-t-il.

— Quoi donc ? rétorqué-je. Le menu ? Tiens.

Je lui tends un carton plastifié recto verso, il le balaie du revers de la main et le menu s'envole jusqu'à atterrir au sol. Un autre serveur qui passait par là, très poli, le ramasse et me le tend.

— Tout va bien ? demande-t-il.

— Très bien, répond le magicien.

— Un coca, lancé-je. Avec du citron s'il vous plaît.

C'est l'assurance que quelqu'un va revenir à ma table d'ici quelques minutes.

— Et pour vous, Monsieur ? demande le serveur.

— Rien.

Il ne lui a pas jeté un regard, il ne fait que me fixer. Est-ce qu'il cherche à quel endroit j'aurais pu planquer l'artefact ? Je n'ai même pas pris mon sac, j'ai glissé mes clefs et mon portefeuille dans les poches de mon jean. Je tiens ma veste fermée et je la tire vers le bas pour m'assurer que personne ne verra mon Glock. J'ai fait basculer ma ceinture en un holster d'épaules avant de l'enfiler, mais si je dois me servir de mon arme, il faudra que j'ouvre ma veste et ce sont de précieuses secondes qui peuvent faire la différence entre la vie et la mort.

— Je le veux.

— Quoi donc ? Je t'ai donné le menu, mais ça n'avait pas l'air d'être ça. Tu veux le sel ? Le ketchup ?

Je lui désigne tour à tour les condiments sur la table. C'est plus fort que moi, je ne sais pas faire autrement que d'être désagréable avec les gens qui m'agacent.

Il tend finalement la main, comme si j'allais lui refiler un artefact précieux, soi-disant perdu et puissant en plus.

La bonne blague.

— Je suis désolée, je ne comprends pas ce qu'il te faut, dis-je en papillonnant des yeux.

Le serveur me ramène un coca, je le supplie du regard de rester à notre table, il nous demande si nous avons choisi, je lui demande de m'apporter l'entrée qui est la plus rapide à préparer, il est surpris, mais me parle d'une salade et décampe. J'espère très fort qu'il va revenir dans moins de deux minutes.

Ma batte de baseball me manque beaucoup tout à coup.

— Il fait chaud pour cette période de l'année, tu ne trouves pas ?

Nous sommes début novembre et il fait un froid de canard, en fait. Mais pour ce qui sera bientôt un hiver canadien, nous sommes encore au-dessus des normes saisonnières.

Il gratte son crâne, ses cheveux sont pelliculés, bruns, et des grains blancs sont tombés sur son manteau noir qu'il n'a pas daigné enlever en entrant, alors qu'il fait une chaleur extraordinaire à l'intérieur. Je ne risque pas de lui faire la remarque, je ne compte pas enlever ma veste, sous peine de dévoiler que je suis armée à l'ensemble des clients et du personnel.

La porte du restaurant s'ouvre à nouveau et le deuxième magicien entre. Cette fois, mes trapèzes sont au bord de l'implosion. Ils sont tellement contractés que je me demande si je peux m'autocréer un torticolis rien qu'avec le stress.

— J'aimerais tellement, pour une fois, passer une soirée tranquille, siroter mon verre de coca, rentrer chez moi mater Netflix, me coucher de bonne heure et passer une nuit sans faire de rêves, déclaré-je.

Le second magicien est plus âgé que celui déjà en face de moi, il a les cheveux poivre et sel, la peau ridée, mais il n'a pas de canne, au contraire de Bruce. Je pensais que la canne était un outil à la mode pour leur caste, mais apparemment il n'y a que Bruce qui s'amuse à en trimballer une n'importe où, alors qu'il n'en a pas du tout besoin pour marcher.

Il s'avance jusqu'à notre table, enfin ma table à laquelle le sosie d'Igor s'est invité.

— Qu'est-ce que je peux faire pour toi ? lui dis-je avec mon plus grand sourire.

Et jusque-là, j'imaginais que j'allais pouvoir m'en sortir. J'imaginais vraiment que je pourrais rester à cette table indéfiniment, ne pas sortir du restaurant et que personne n'allait tenter quoi que ce soit, à cause des humains.

J'avais tort.

Le vieux magicien saisit la table, la soulève avec une force digne d'un loup-garou et la balance contre le mur. J'ai eu le réflexe de reculer dans ma banquette, de sauter à pieds joints et de me mettre en arrière. Le sosie d'Igor, en revanche, a pris un coin de table de plein fouet dans le crâne, il saigne et a l'air sonné. Il secoue la tête pour reprendre ses esprits.

Les clients autour de nous sont effarés, j'entends le barman à l'arrière de la salle saisir le téléphone quand un serveur lui dit d'appeler les flics. Trois membres du personnel se dirigent vers nous, des clients ont déjà quitté le restaurant. J'hésite à sortir mon arme.

— Je vais vous demander de sortir, fait le premier serveur qui m'a accueillie. Est-ce que tout va bien, Mademoiselle ?

Difficile de répondre oui.

— Disons que ça pourrait aller mieux, fais-je. Je ne suis pas blessée. Je crois que le type en face de moi l'est.

— Vous ne le connaissez pas ?

— Non.

Il se gratte la tête d'un air fatigué, j'ai l'impression qu'il n'en est pas à sa première bagarre. Autour de nous, des gens se sont levés et paraissent prêts à en découdre. Dehors, le ciel s'est assombri, la nuit est tombée, l'happy hour se transformera bientôt en dîner et je réalise qu'il était un peu tôt pour commander ma salade.

Le vieux magicien est resté calme pendant une minute, ce qui me donne de l'espoir, puis il tend le bras vers mon cou, le saisit et se met à serrer. Le serveur essaie de s'interposer, il appelle ses collègues, je me sens propulsée contre le mur, mes pieds quittent la banquette et tombent dans le vide, ma gorge se comprime contre les doigts du magicien qui m'observe en penchant la tête. Ses yeux sont également vitreux, d'un bleu presque transparent. Qu'ont les magiciens à péter un plomb en présence d'un artefact magique ? Bordel, on dirait des loups devant un steak.

Je lève le pied avant de ne plus avoir de souffle, j'atteins ses parties intimes, il me lâche, je lui envoie mon poing dans la figure, je lève mon genou, l'attrape par les épaules et essaie de l'atteindre à la tête une seconde fois, mais il recule à temps et je le rate.

Le sosie d'Igor se jette alors sur moi et les choses dérapent sérieusement.

Enfin encore plus sérieusement que quelques secondes auparavant.

Je me prends un uppercut, puis un coup droit dans l'œil, je ne vois plus qu'avec ma pupille droite, je fais de mon mieux pour discerner par où arrivera le prochain coup, je m'aplatis finalement au sol, lui attrape la cheville et tire dessus de toutes mes forces. Mon Glock me rentre dans les côtes, mais je ne le sors pas. Je peux encore m'en tirer sans arme à feu.

Les deux magiciens me sautent dessus, je roule sur le côté pour les éviter. Autour de nous, les gens crient, les serveurs se sont planqués, les clients sont massés devant la porte pour sortir du restaurant. Les flics ne vont pas tarder et je ne peux pas être ici quand ils arriveront. Oh, passer un séjour en prison serait une bonne solution pour être hors d'atteinte, mais ils me retireraient le canif et ça, pas question. Je ne leur fais pas confiance pour veiller dessus.

— Je crois que je vais devoir m'esquiver, grommelé-je en me relevant.

Ils m'attaquent tous les deux ensemble, je me baisse pour éviter les poings, un pied me fauche, je tombe au sol, me relève en un rien de temps et recule, jusqu'à me retrouver collée au mur.

— Vous savez que techniquement, vous êtes adversaires ? dis-je. Vous voulez tous les deux la même chose.

Ils s'observent et se jaugent, puis ils se jettent malgré tout sur moi. Je balance mes deux pieds en avant en poussant sur le mur pour prendre de l'élan, les renverse et leur marche dessus pour filer en courant. Je glisse la main dans la poche de ma veste, le bout de tissu s'y trouve toujours et à l'intérieur, je sens la forme du poignard.

Je ne peux pas rester ici.

Je bouscule les clients, pars en courant dans les rues de Toronto tandis que j'entends au loin les gyrophares de la police. Les deux magiciens sont sur mes talons et ils ne sont dotés d'aucune raison, d'aucun contrôle, sinon ils ne feraient pas en sorte d'attirer l'attention sur nous en plein centre-ville. La nuit est complètement tombée, les lampadaires éclairent les rues et je vais si vite que je me demande si je ne vais pas trébucher, me vautrer et me faire avoir bêtement comme ça.

J'atteins ma voiture, plonge dedans et démarre le moteur alors qu'un de mes adversaires commence à tambouriner sur mon capot et que l'autre tape contre ma portière pour chercher à l'ouvrir. S'ils font une rayure à Carnage ou s'ils plient sa carrosserie, je jure que je les retrouverai et ferai en sorte qu'ils réparent les dégâts.

Je démarre, ils sont toujours accrochés à la voiture, mais ça m'est égal, si je dois leur rouler dessus pour sortir de ma place, je le ferai. Ils finissent par s'écarter en voyant que je ne rigole pas, le magicien qui s'occupe de ma portière réussit à briser ma fenêtre malgré tout, il passe le bras à l'intérieur, m'attrape les cheveux et tire dessus. J'ouvre ma portière en un geste brusque, il est percuté, lâche prise, je referme et je fonce.

J'attrape mon téléphone, j'ai douze appels en absence, tous de mes colocataires et une cinquantaine de textos ainsi que plus de deux cents messages dans la conversation Whatsapp de notre colocation. J'aimerais leur expliquer ce qu'il se passe, mais ce n'est pas possible. J'essaie de joindre à nouveau Bruce, sans succès ; de rage, je jette mon téléphone sur le siège passager. Je prends la direction du nord-est pour m'éloigner de la ferme moi aussi.

Je me demande si je dois prévenir Hans, mais j'ai peur qu'il ne comprenne pas l'ampleur du danger, ou qu'il veuille s'approprier l'objet. Avec ce que Kyle m'a décrit du personnage, je me méfie.

Kyle.

— Il va me détester.

Je n'ai rien pour mettre sur mon œil tuméfié, je peux maintenant l'ouvrir, mais je vois flou, et je préfère le fermer pour continuer le trajet en voiture. Je roule vite, beaucoup trop vite, surtout pour l'état de ma vision, mais j'ai trop peur de me retrouver dans les bouchons et que les deux magiciens me tombent dessus. Je prends les petites routes, je ne me souviens pas du trajet que nous avons emprunté à l'aller, j'étais trop dans les vapes, mais je me rappelle le nom du bled et je vois où il se situe, ce n'est pas si grand, je vois où est la zone pavillonnaire et ils ont donné plusieurs fois le nom du quartier aux informations.

J'identifie la maison aux 4x4 qui sont garés devant, à croire qu'ils en ont acheté pour chaque membre de la meute. Il y a de la lumière dans le pavillon, c'est l'heure de dîner et j'ai subitement peur de les interrompre.

Pour la première fois de ma vie, j'ai besoin de réclamer la protection d'une meute. Je déteste à la fois Bruce, Derek et August de m'avoir mise dans cette situation. Si Derek n'était pas mort, je n'en serais pas là, si August ne s'était pas pointé, je ne serais pas allée vérifier les objets dans la planque et si Bruce n'avait pas été avec moi, jamais ce truc ne se serait allumé et aurait retenu mon attention. Je l'aurais laissé sagement à sa place, j'aurais continué de l'ignorer et personne n'aurait senti une quelconque aura de magie sur moi.

Je me gare, mais je reste au volant de longues minutes. Mon smartphone ne cesse de faire de la lumière, j'en profite pour passer en revue les messages de la coloc.

Michelle : *c'est quoi cette affaire ? t'es où ?*

Marvin : *September ! réponds-moi ! C'est quoi ce délire ?*

Je ne sais même pas ce que Peter leur a servi comme excuse. J'imagine qu'avec ce que Brandon a vu, c'était difficile de leur dire « fuite de gaz ». Il m'a envoyé un simple message, en me disant que personne n'était retourné à la ferme et qu'il attendait mes prochaines instructions.

Je crois que j'ai de la chance, d'une certaine manière, qu'il soit au courant de l'existence des surnaturels.

Je réponds vaguement dans la conversation de groupe, indiquant que je les tiens au courant, qu'ils peuvent continuer de faire leur vie, mais qu'ils ne doivent surtout pas approcher la ferme, sous peine de mort. Je ne donne pas plus d'explications, je mets la conversation en sourdine et je recule dans mon siège.

Peut-être que je peux rester ici, dormir dans la voiture, passer la nuit et ne pas réclamer la protection de la meute ? Parce que si je la réclame, je connais la suite : ils ne me laisseront plus en sortir, ils vont m'intégrer, je vais devenir une de ces femelles qui ne pourra plus se déplacer sans un loup.

Mais je ne peux pas me transformer, la dernière heure m'a prouvé que je ne pouvais pas défendre correctement l'artefact, je ne sais plus où le planquer et je ne peux pas prendre le risque de le laisser hors de ma surveillance maintenant. Je réalise à quel point ça aurait été stupide de l'enterrer dans les bois. Si je dispose d'une quelconque aura magique, quelqu'un l'aurait reniflé et aurait retrouvé l'emplacement où creuser.

Et les corps d'Edward et de Derek au passage.

— Oh, ma vie est foutue. Complètement foutue.

Mon téléphone sonne, je décroche en voyant qu'il s'agit du numéro de Kyle.

— Quoi ? dis-je, énervée.

— Tu comptes dormir dans ta voiture ou entrer ? demande-t-il.

Évidemment, il a senti ma présence, il n'est pas déconcentré en permanence, lui.

— J'hésite encore, grommelé-je.

— Je te laisse hésiter ou je viens te chercher ? lâche-t-il.

— Je…

Mon hésitation n'est pas liée à ma fierté cette fois. Oui bien sûr, je ne veux pas me retrouver sous le joug d'une meute, mais je préfère l'être et protéger l'artefact. Bruce m'a rarement donné des missions et je sens bien que celle-ci doit être assurée, pour le bien de l'humanité. Mais si j'entre dans cette maison, s'ils me prennent sous leur protection, il faut qu'ils sachent le danger que j'amène avec moi. Je ne peux pas les précipiter dans ma propre merde sans les prévenir.

— Qu'est-ce qu'il y a ? demande Kyle au téléphone.

Je jette un coup d'œil vers le pavillon et je crois l'apercevoir à la fenêtre du salon, en train de regarder vers ma voiture, mais avec un seul œil, je ne suis pas certaine de savoir si c'est lui ou quelqu'un d'autre ; ce n'est jamais qu'une silhouette qui se découpe dans la lumière.

— Je ne sais pas si j'ai le droit de vous demander ça, soufflé-je.

— Demander quoi ?

— Kyle, je…

Je ne le connais que depuis cinq jours, il m'a déjà sauvé la vie une fois et voilà que je lui redemande de le faire.

— J'ai besoin d'aide, dis-je. J'ai des magiciens à mes trousses, je ne sais pas si j'ai réussi à les semer, je ne sais pas s'ils viendront ici ou non, s'ils peuvent vraiment me suivre à la trace ou si je suis tranquille pour la nuit, mais je ne peux pas prendre le risque. Je ne peux pas retourner chez moi, c'est trop dangereux.

— Qu'est-ce qu'ils te veulent ?

Son ton est sérieux, je sens le chef de meute derrière cette voix. Il veut des détails, il veut comprendre, il veut tout savoir pour pouvoir tout anticiper.

— J'ai sur moi un artefact magique, du genre puissant, du genre tout le monde veut mettre la main dessus.

— Bruce ne peut pas t'aider ?

— Bruce refuse de rester près de l'artefact, de peur de perdre le contrôle sur lui-même apparemment.

— À ce point ?

Il ne me demande pas pourquoi Bruce pourrait perdre le contrôle, ce qui me donne l'impression qu'il en sait plus que moi sur le personnage.

— À ce point, confirmé-je.

— Pourquoi tu n'appelles pas Hans ?

Il ne demande plus si je compte entrer ou non, j'imagine qu'il n'a pas envie de mettre sa meute en danger et je le comprends, je ne peux pas lui en vouloir. Je me voyais mal aller réclamer de l'aide à la meute d'Edward néanmoins.

— Parce que Hans est à même de protéger l'artefact la nuit, pas le jour, parce que Hans a l'air d'être un homme politique comme tu dis et que ce type d'objet peut rapidement devenir un instrument politique.

— Ou de puissance.

— Je ne sais pas si quelqu'un d'autre qu'un magicien peut l'utiliser, mais Bruce m'a déconseillé de le toucher.

— Tu l'as avec toi, c'est ça ?

— Oui, et j'ai besoin qu'il reste sous surveillance. J'avais une idée de planque, mais maintenant que le bidule s'est allumé une fois, j'ai l'impression que les magiciens peuvent me suivre à la trace. Potentiellement, ils savent déjà que je suis ici et que je vous mets tous en danger. Mais tant que je ne rentre pas et que tu ne me prends pas sous ta protection, ils ne s'en prendront pas à vous. Ils me chercheront, moi et l'objet.

Il ne me répond pas tout de suite. Je n'ai pas officiellement demandé sa protection, mais j'ai lancé le sujet malgré tout.

— Tu m'as tout dit ? demande-t-il finalement. J'ai tous les détails de tous les dangers qui pourraient nous tomber dessus si tu mets un pied ici ?

Je fais l'inventaire des emmerdes dans lesquelles je vis en ce moment et je réalise que non, il n'a pas la vue d'ensemble.

— August, mon père, cherche également l'objet. Il le connaît puisque c'est lui qui l'a légué à Derek de ce que je comprends. Il est venu à la ferme et a retourné ma chambre pour le trouver, j'ai voulu le poursuivre, mais il s'est enfui.

— Tu n'as pas réussi à le rattraper ? Même sous forme animale ?

— Non. Je… je n'ai pas réussi à me transformer, expliqué-je. Mais il avait trop d'avance.

— Tu ne peux pas te transformer ?

— J'ai essayé, mais je crois que le produit que Mélinda m'a injecté a des effets secondaires plus importants que ce que je pensais.

Il marque un temps de pause.

— Autre chose ? demande-t-il.

— Des fans en délire peuvent m'apercevoir et décider de frapper à la porte pour obtenir un autographe, rétorqué-je.

— Oui bien sûr, c'est ce qui pourrait arriver si tu étais publiée chez Pearl Éditions, à ton petit niveau là, je ne pense pas qu'on court un quelconque risque à ce sujet.

— C'était de l'humour, Monsieur-j'affiche-ma-supériorité-car-je-suis-dans-l'édition-traditionnelle.

— Madame-je-pense-que-ma-solution-est-la-meilleure-alors-que-je-n'ai-même-pas-écouté-la-proposition-encore.

Je me renfrogne. Il n'a pas tort. Je déteste quand je n'ai pas raison, c'est fou.

— S'il y a autre chose, je pense que tu es déjà au courant, dis-je.

— Comme l'attaque de Mélinda ?

— Comme l'attaque de Mélinda, confirmé-je.

— Comme les soupçons de Davis sur le fait que tu as fait quelque chose à Edward ? Que tu l'as menacé pour qu'il parte ?

— Comme les soupçons non fondés de Davis.

— Donne-moi une minute, dit-il.

Puis il raccroche. Qui raccroche sans dire au revoir franchement ? Il s'est cru dans un film à la James Bond ?

Je tapote mon œil tuméfié en attendant, il aurait déjà dû commencer à guérir, mais j'ai l'impression que ça empire plus qu'autre chose, je tourne le rétroviseur central pour observer l'ampleur des dégâts. Effectivement, j'ai l'arcade de la joue ouverte, mon œil a déjà pris une teinte bleu-vert-noir des plus sexy et ma paupière a triplé de volume.

J'imagine que si je ne peux pas me transformer, je n'ai pas non plus accès aux merveilleux pouvoirs réparateurs de mon animal.

Kyle finit par sortir de la maison, il s'approche de mon véhicule et j'attends qu'il frappe à la vitre pour la descendre.

— Tu as pris des affaires ? demande-t-il. Parce que je sens que tu vas rester un moment.

— J'ai ce qu'il faut, confirmé-je.

— Viens, on est en train de dîner.

J'ouvre la portière, mal à l'aise à l'idée de me retrouver au milieu d'une meute soudée comme la leur et de devoir réclamer leur protection. Mais j'ai promis à Bruce et je ne peux pas me défaire de cette promesse.

— Je peux encore trouver une autre solution, lui dis-je en ouvrant le coffre.

Il m'attrape alors par le menton et tourne mon visage pour observer mon œil.

— Ça ne guérit pas ? demande-t-il.

— Pas aussi vite que d'habitude, rétorqué-je en me libérant de sa poigne.

— Qui t'a fait ça ?

— Des magiciens.

— Quand ?

— Il y a une heure, dans le centre-ville de Toronto.

— En plein centre-ville ? s'étonne-t-il en me prenant mon sac des mains comme si je n'étais pas capable de le porter moi-même.

— Oui, je pensais que j'y serais à l'abri et qu'ils ne tenteraient rien. Visiblement, j'avais tort.

— Ils ont utilisé la magie ?

— Non, heureusement.

J'ouvre ma veste, je retire mon arme et mon holster, que je glisse dans mon sac. Kyle n'est pas surpris, mais il approuve d'un hochement de tête. Entrer dans la maison de la meute qui m'accueille, ouvertement armée, n'est pas très poli.

— Qu'ils viennent, décrète-t-il. Je crois que les gars ont besoin de se dégourdir les jambes.

Je le regarde, pour vérifier s'il est sérieux.

Il l'est.

CHAPITRE 22

Tamara est la première à se précipiter quand je franchis le seuil de la porte d'entrée. Kyle demande à ce qu'on rajoute un couvert à table, j'entends des bruits de chaises qu'on tire, des couverts qu'on sort et je sens une odeur de poulet rôti qui ravit mes narines.

— C'est un sale coup, fait remarquer l'infirmière en chef de la meute.

— J'ai essayé d'esquiver, mais celui-là n'a pas raté sa cible, réponds-je.

— Il va falloir qu'on désinfecte, il est un peu tard pour mettre de la glace, mais bon ça ne peut pas faire de mal. Il n'y a rien d'autre à faire qu'attendre ensuite.

— Au moins, ça fera peur à mes collègues demain, rétorque Kyle.

J'avais déjà oublié ce foutu rendez-vous.

— Il n'est pas question d'y aller maintenant, dis-je.

— Et pourquoi donc ?

— Parce que j'ai un artefact à protéger. Je ne vais pas me pointer en plein centre-ville une deuxième fois après les attaques que je viens de subir, même en plein jour.

— Déjà, tu seras avec moi, ce qui devrait dissuader un paquet d'ennemis.

— Tu ne les as pas vus. Ils ont saccagé un restaurant bondé juste pour essayer de récupérer l'objet magique. Ils n'ont plus le contrôle. Je ne pense pas que ta présence changera quoi que ce soit, ils attaqueront quand même. Tu veux que des magiciens débarquent aux locaux de Pearl Éditions ?

— Alors on laissera l'artefact ici, tranche-t-il.

— Quoi ? Non, si l'artefact reste ici, je reste ici. J'ai promis de le planquer, de le protéger, de le surveiller. Je ne dérogerai pas à cette promesse.

— Il sera en sécurité ici, il y a toujours quelqu'un dans la maison, répond Kyle. Et si tu es venue jusqu'ici c'est que tu nous fais confiance pour te défendre et défendre l'artefact.

— Je…

Je n'ai pas d'arguments à opposer.

— La vie doit suivre son cours, rappelle Kyle. Si à chaque fois qu'un drame surnaturel débarque on met tout en branle et on stoppe nos vies humaines, à quoi bon s'y accrocher dans ce cas ?

— J'aimerais bien savoir comment tu gères ces deux aspects de ta vie, parce que tu cumules beaucoup trop de jobs à mon goût pour pouvoir tout caser dans une seule journée.

— Je ne procrastine pas, rétorque-t-il.

— Parce que tu penses que je suis du genre à procrastiner ?

— Je n'ai pas dit ça.

Tamara revient dans l'entrée, je n'ose pas avancer jusqu'au salon-salle à manger. Elle désinfecte ma plaie, file dans la cuisine, revient avec un sac de glace que je colle contre la blessure en grimaçant.

— Oh, ça va, c'est juste un œil, lance Kyle.

— Juste un œil, grommelé-je. Figure-toi que je ne suis pas de votre trempe et que je ne fais pas semblant de ne pas souffrir d'un iota quand je me prends un coup, moi. Si j'ai mal, je le montre, et basta. C'est l'apanage des gens qui se sont pris un coup de grimacer et de se plaindre qu'ils souffrent. Si je ne peux même pas faire la gueule parce que j'ai écopé d'un œil au beurre noir, à quoi est-ce que ça sert d'en avoir un ?

— Eh bien, tu aurais pu mieux te battre et éviter de te prendre un coup, annonce-t-il en croisant les bras sur son torse.

Son sourire est taquin, mais ses yeux sont inquiets, je le vois bien. Comme tous les loups, il n'aime pas voir une femelle souffrir.

Nous entrons dans le salon et je retiens mon souffle. L'immense table de la salle à manger, où je me suis retrouvée allongée il n'y a pas si longtemps, est garnie d'assiettes et toute la meute est installée. Je découvre qu'ils sont quatorze en tout et que Tamara est bel et bien la seule femelle du groupe. Ils me regardent tous avec de grands yeux, j'en vois deux-trois qui ont l'air mécontent de me voir, mais dans l'ensemble, les regards sont plutôt bienveillants, ce qui est un soulagement.

— Il y a vraiment autant de chambres que ça dans cette maison ? dis-je en voyant le monde.

Ils sourient et Tamara répond pour l'ensemble :

— Il y a dix chambres, dit-elle. Elles sont petites, mais ça fait l'affaire. La plupart des garçons dorment à deux ou plus dans une chambre.

— Sur des lits superposés ? m'étonné-je.

Elle hoche la tête.

Ce n'est pas une maison, c'est une villa. C'était effectivement spacieux dans mes souvenirs, mais je réalise que le salon à lui tout seul doit faire plus de cent mètres carrés, ce qui n'est pas si impressionnant que ça quand on voit le nombre de personnes qui vit ici.

— Tout le monde ne vit pas ici, ajoute Kyle comme s'il lisait dans mes pensées. Certains ont des maisons ou des appartements autour. Mais nous prenons le repas du soir tous ensemble, c'est un rituel.

On m'a réservé une place en face de Kyle, probablement pour que je ne me sente pas seule. Il est certain que ça n'a aucune importance dans la hiérarchie de la meute, parce que sinon, j'aurais entendu des grognements au moment où je me suis assise. Tamara est d'ailleurs au milieu de la longue table, elle rit avec Trevor et d'autres mâles dont j'ignore le nom.

— C'est… étrange, dis-je.

— Étrange ? répète Kyle.

On me tend une assiette de poulet gigantesque, je la saisis et la dépose devant moi.

— Je ne m'attendais pas à ce type d'ambiance.

— Quelle ambiance imaginais-tu ?

— L'ambiance que j'ai connue dans les autres meutes, rétorqué-je.

— Du genre ?

Je jette un œil aux autres personnes à table, me demandant si discuter ouvertement de la manière dont ça se passe ailleurs est une bonne idée, mais Kyle fait un signe de la tête pour m'encourager.

— Eh bien, c'est très basé sur la hiérarchie de la meute, dis-je. Même aux repas, les gens s'assoient en fonction de leur statut dans la meute, ce n'est pas envisageable qu'une femelle se retrouve en face du chef, ou au milieu de la table. Sans vouloir être méchante.

Tamara dit qu'elle ne le prend pas mal.

— Nous connaissons notre place dans la meute, m'explique Kyle. Mais nous n'avons pas besoin de matérialiser cette place par des emplacements à table au moment des repas. Nous changeons de place tous les soirs d'ailleurs. Il y a trop de monde pour qu'on puisse tous se parler en un repas.

— Qu'est-ce qui t'amène jusqu'à nous ? demande le loup à ma gauche. Tu sens un truc bizarre.

— La magie, rétorqué-je. Probablement la magie.

Je n'ai pas enlevé ma veste en entrant pour conserver l'artefact dans ma poche. Je jette un coup d'œil à Kyle pour savoir si je peux m'exprimer librement, s'il a déjà donné les informations à la meute ou non. Je me déteste de me sentir obligée de lui demander l'autorisation, j'ai l'impression d'avoir retrouvé des réflexes de soumise qu'on a essayé de m'inculquer pendant des années.

— Des magiciens essaient de me voler un artefact plutôt puissant, expliqué-je. Enfin, ce n'est pas tout à fait mon artefact, il appartenait à mon frère, mais j'imagine que comme il est mort et que j'ai récupéré ses affaires, il m'appartient à présent. Ce que je sais, c'est qu'aucun magicien ne doit mettre la main dessus.

Kyle tique quand je dis que mon frère est mort et c'est à mon tour de hausser les épaules à sa question silencieuse. Au moins, il aura compris que je n'ai pas prévu de trouver un moyen non suicidaire de mourir dans les heures à venir. Je suis en train de me faire une raison sur la mort de Derek, même si ça me fend le cœur. Il me sourit avec bienveillance et je vois bien qu'il essaie de me dire que c'est une bonne chose, mais c'est encore trop lourd à accepter. Derek et moi avons traversé tellement d'épreuves ensemble, je pensais que le pire était derrière nous et que la vie allait maintenant nous sourire.

— Ce n'est pas toi qui es suspecte dans l'enquête que nous menons sur la disparition d'Edward ? reprend le loup à ma gauche.

Il a l'air d'avoir des origines hispaniques, ses cheveux sont bruns et coupés court, ses yeux sont noisette et il porte un t-shirt gris avec un col en V.

— C'est bien moi, dis-je.

— J'imagine que si tu viens te jeter dans la gueule du loup, c'est que tu sais que tu es innocente, ajoute-t-il.

Je ne rigole pas à sa blague, je fais de mon mieux pour que les battements de mon cœur ne me trahissent pas, mais je sais qu'il a raison dans le fond : je me suis jetée dans la gueule du loup.

Le pied de Kyle vient trouver le mien, comme pour me ramener à la réalité et je me sens aussitôt apaisée. Il reste en contact, sa chaussure collée à mes baskets, sans que ce soit outrageant pour autant. Je n'ai pas l'impression qu'il flirte, et puis il ne flirterait probablement pas avec quelqu'un en dehors de sa meute. Certes, il n'y a que Tamara, mais d'autres femmes peuvent rejoindre son clan. Je crois qu'il essaie simplement de se montrer amical et protecteur.

Je suis tellement lasse et fatiguée que je le laisse faire. Je mets mon indépendance de côté et je savoure le poulet qu'on a mis dans mon assiette. Ma part animale se ravit d'avoir enfin quelque chose de consistant dans l'estomac. Je songe que de la chantilly au chocolat chaud et un cookie géant, c'est tout à fait consistant, mais elle n'est pas d'accord.

— On en est où de l'investigation concernant les Chiens de Dan ? demande Trevor au centre de la table.

Il a l'air parfaitement remis de sa blessure.

— La police n'en est nulle part, répond un autre loup. Ils les interrogent un à un, mais évidemment, personne ne veut parler. Ils sont allés perquisitionner les domiciles de chacun, sans trouver d'indices sur un quartier général.

— Il n'y a rien sur les réseaux sociaux ? demande quelqu'un d'autre.

— J'ai fouillé, répond Tamara. Rien de probant.

— J'ai fait la liste des bâtiments abandonnés du coin qui pourraient servir de QG, ajoute quelqu'un d'autre.

— Et j'ai suivi à la trace ton ex, Kyle. Elle est bien en ville, ajoute le loup à ma gauche.

— Ce n'est pas mon ex, Connor, répond Kyle.

— Mais il y a de fortes chances qu'elle soit derrière tout, poursuit Connor.

— Et ce ne sera toujours pas mon ex même si on arrive à l'incriminer, insiste Kyle.

— C'est une humaine qui vous cause tout ce tort ? dis-je.

— Oh, ce n'est pas qu'une humaine, rétorque Connor.

— C'est la pire humaine qui soit, ajoute Trevor.

— C'est une stalkeuse, décrète Tamara.

— Mais pourquoi vous ne l'avez tout simplement pas éliminée quand vous le pouviez ? dis-je.

Un silence accueille ma question.

— On ne fait pas ce genre de choses dans cette meute, explique Kyle. Pas si on peut l'éviter.

J'ai l'impression d'avoir touché un sujet sensible. Je mange en silence mon poulet pendant quelques instants en les écoutant.

— Hans nous surveille, ajoute quelqu'un d'autre. Il a sûrement déployé des vampires autour de la maison maintenant que la nuit est tombée. Il saura rapidement que nous avons accueilli une prime, décrète quelqu'un à l'autre bout de la table.

Je tique au terme prime, mais j'essaie de ne pas le montrer. Je n'ai rien de ces loups qui perdent le contrôle.

— Il faudra lui servir une bonne excuse, qui n'a rien à voir avec la vérité, ajoute Kyle. Des idées ?

— Elle en a marre d'être seule ?

— Elle a besoin de protection ?

— Elle est tombée follement amoureuse de l'un d'entre nous et veut rejoindre la meute ?

Je souris à cette dernière affirmation, mais j'interviens, car je ne peux pas les laisser mentir pour moi.

— J'ai dû quitter le lieu où je vis, mon père a déjà vu Hans et je pense qu'ils pourraient se revoir, enfin il y a un risque, et il le mettra alors au courant de quelque chose. Mentir est inutile, Hans aura les informations tôt ou tard et ça nuira à la réputation de votre meute. Mieux vaut en dire le moins possible.

Je continue de manger, Tamara relance la discussion sur d'autres sujets, beaucoup moins graves et ils se mettent à discuter de tout et de rien, de la prochaine émission de télé-réalité qui sera diffusée vendredi soir, de leurs jobs respectifs, de la prochaine course qu'ils comptent organiser entre eux.

C'est surréaliste de les voir s'entendre aussi bien, de ne pas voir d'animosité, d'envie ou de défi. Je n'ai jamais connu une telle entente dans une meute.

— Surprise ? demande Kyle.

— Un peu, confirmé-je.

— Il n'y a pas que des loups conservateurs qui cherchent à écraser ceux qu'ils soumettent, ajoute-t-il.

— Je sais. Enfin, je sais que ça existe. Je suppose que tu es la preuve que ça existe. Mais je n'ai pas connu ça jusque-là.

— C'est pour ça que tu n'es pas restée dans une meute et que tu préfères être seule ?

— Mon caractère n'est pas compatible avec la hiérarchie, dis-je. Et je ne peux pas rester dans une meute, je suis généralement une invitée, je ne suis pas un membre, je ne peux pas en être un.

— Pourquoi ça ?

— Parce que je ne suis pas une louve, dis-je simplement.

Il me regarde, penche la tête sur le côté et essaie de comprendre.

— Je suis une changeling, dis-je.

— Pourquoi est-ce qu'on a essayé de te mettre dans une meute dans ce cas ?

— Parce que mon demi-frère, Derek, était un loup. Parce que mon père en est un, même si je n'ai pas hérité de ses gènes et parce qu'on ne savait pas quoi faire de moi. J'ai suivi mon frère, qui lui-même essayait de se conformer aux règles des meutes et refusait de se séparer de moi, jusqu'à ce que nous acceptions que nous ne soyons pas faits pour vivre dans une meute. Nous sommes alors devenus des primes, même si aucun de nous n'a jamais perdu le contrôle et que nous ne sommes des primes que par notre exclusion. Il n'y a pas de clans de changelings dans l'Ontario, nous ne sommes pas assez nombreux. Il aurait fallu que je parte pour un autre état et je n'avais pas envie, Derek était ici, notre vie était ici. Nous sommes restés ici.

— Alors tu n'as jamais grandi avec d'autres changelings ? Ils ne t'ont pas enseigné ce que tu dois savoir ? s'étonne Kyle.

— Non, mais Bruce avait beaucoup de connaissances et j'ai pu en bénéficier. Ensuite, les loups et les changelings sont suffisamment proches pour que j'ai pu saisir l'essentiel. Le reste, je l'ai appris sur le tas.

Il me regarde avec étrangeté.

— Quoi ? dis-je.

— Rien, je crois que je suis admiratif, c'est tout.

— Admiratif ? toussé-je, car le mot a du mal à franchir mes lèvres.

— Oui. Tu t'es construite seule, mais tu n'as pas perdu le contrôle. Un loup qui se construit seul est voué à devenir prime. Nous avons besoin de la symbiose de la meute pour nous équilibrer émotionnellement.

— J'imagine que les changelings en ont moins besoin, dis-je en haussant les épaules.

— Ce n'est pas ce que j'ai entendu dire.

Le temps passe, le repas est agréable et pour la première fois de la journée, je me sens effectivement en sécurité. Pas de traces de magiciens, personne pour venir tirer sur la maison, dont les vitres abîmées ont déjà été remplacées. C'est un repas tout ce qu'il y a de plus normal.

Les cinq minutes suivantes démontrent qu'effectivement, la vie peut être calme parfois.

Les trois heures qui suivent nous rappellent que les surnaturels n'ont pas le droit au même repos que les humains.

CHAPITRE 23

On frappe à la porte alors que nous n'avons rien entendu venir. Que je n'aie rien entendu venir me paraît presque normal, vu comment mon état se dégrade, je ne suis même plus capable de me transformer. Mais Kyle m'a entendue me garer devant chez lui, et s'il n'a pas entendu quelqu'un marcher jusqu'à sa porte, ça ne peut vouloir dire qu'une chose.

— Vampire, annonce Connor en se levant de sa chaise à côté de moi.

D'autres loups font pareil, Kyle prend son temps, marche jusqu'à la porte et nous restons tous dans le salon, même si on sent bien que les mâles n'apprécient pas de laisser leur chef ouvrir la porte seul, alors qu'il fait nuit et qu'un vampire est de l'autre côté.

Mais les vampires ne peuvent pas entrer s'ils ne sont pas invités, il ne risque donc rien.

Du moins, c'est ce que j'essaie de me dire.

Et les vampires ne sont pas nos ennemis.

Ça aussi, je me le répète un paquet de fois.

— Des magiciens arrivent, annonce la voix du vampire qu'on entend depuis l'entrée. Je ne sais pas ce qu'ils vous veulent, j'imagine que ça a à voir avec la fille que vous avez recueillie, mais ils sont plusieurs et ils ont l'air prêts à en découdre. Hans aimerait qu'il n'y ait pas d'esclandre, alors trouvez un moyen de résoudre ça de manière passive.

Kyle prend une poignée de secondes pour réfléchir et rétorque :

— Le seul moyen que j'ai de résoudre ça passivement, c'est de me barricader, d'appeler les flics et de les laisser gérer les magiciens. Je ne suis pas sûr que ce soit une solution qui plaise à Hans.

J'imagine le vampire grimacer.

— Non, confirme-t-il.

— Alors peut-être que vous devriez nous prêter main-forte.

— Peut-être qu'il faudrait nous expliquer la nature du conflit. Nous n'allons pas nous jeter dans une bataille dont nous ignorons les tenants et les aboutissants.

— Peut-être que Hans est déjà au courant de ce qu'il se passe et qu'il aurait dû prendre des dispositions pour éviter que ça arrive.

— Je ne pense pas, vu la situation, que Hans laisserait quoi que ce soit dégénérer au point d'en arriver à une bataille ouverte dans un quartier résidentiel en banlieue de Toronto, alors que les Chiens de Dan nous ont tous dans le collimateur et qu'on risque de se retrouver avec des vidéos live de l'événement diffusés sur internet.

J'apprécie le raisonnement de l'interlocuteur de Kyle et j'espère qu'il a raison et que Hans n'est pas du genre à laisser les choses dégénérer à ce point.

— Je n'ai pas le temps de discuter plus longuement, j'ai bien peur d'avoir une défense à organiser, déclare le chef de meute.

Et il ferme la porte sans laisser le temps au vampire de répondre. Il revient dans le salon d'un pas tranquille, son air calme contraste avec l'urgence de la situation.

— Trevor, Connor, on barricade les fenêtres et la porte d'entrée. Tamara, je veux un poste d'infirmerie au sous-sol au cas où ils disposeraient d'armes pouvant nous blesser durablement. On ne blesse personne, on ne quitte pas la maison sauf si nous y sommes obligés. S'ils entrent, j'appelle les flics. Sinon, espérons que Hans deviendra raisonnable et interviendra avant que je ne doive faire revenir les flics ici. Parce que cette fois, ils ne tomberont pas sur une milice et je ne vois pas comment nous expliquerons cette attaque. Ce sera de la publicité, de la vraie, et pas de la bonne.

— Et moi ? demandé-je.

— Tu restes avec moi, tu ne quittes pas ton artefact et si je te le demande, tu vas au sous-sol avec Tamara, sans discuter. Sinon, tu aides les blessés à y descendre. Ce n'est pas une position de faiblesse, je ne te mets pas là parce que tu es une femelle, s'empresse-t-il d'ajouter. Mais tu ne connais pas notre fonctionnement, tu n'es pas entraînée à travailler en équipe avec nous et tu risquerais de nous gêner.

Il fait bien d'ajouter ces derniers mots, parce que j'aurais été capable de laisser mon ego se mettre en travers du chemin. Il a réussi l'exploit d'apaiser ma fierté et de faire en sorte que je lui obéisse, malgré mon aversion pour l'autorité.

C'est un bon chef.

Tout le monde part à son poste dans le calme, je me demande s'il y a une armurerie planquée quelque part, je reste collée à Kyle, pour ne pas lui causer d'ennuis et il me tire dans les escaliers, vers l'étage. Là-haut, c'est un défilé de couloirs et de chambres, il se positionne au-dessus de la porte d'entrée.

— Si les choses dérapent, tu descends au sous-sol par l'escalier au bout de ce couloir, pas par celui qu'on vient d'emprunter, me dit-il. Celui au bout du couloir mène directement au sous-sol, sans repasser par le rez-de-chaussée. Je l'ai fait ajouter quand nous sommes arrivés.

— Il y a des passages secrets aussi ? dis-je.

— Peut-être que tu seras initiée aux passages secrets un jour, s'amuse-t-il.

Nous nous postons en haut, lui à droite de la vitre qui donne sur la rue, moi à gauche, et la longue attente commence. Il jette régulièrement des coups d'œil à l'extérieur. Une première voiture débarque, je sens mon estomac se nouer. C'est moi qui ai amené les ennuis jusqu'ici.

— Ce n'est pas de ta faute, dit-il. Et j'ai accepté le danger au moment où j'ai accepté de te faire entrer. Et en toute connaissance de cause.

— Tu lis dans les pensées ? fais-je en plissant les yeux.

Il me regarde et je vois la surprise dans son regard, qui change du tout au tout, comme s'il réalisait quelque chose.

— Non, dit-il. Disons que j'ai des intuitions.

Mais il n'a pas l'air si sûr de lui et mes sens ont beau être amoindris par ce foutu poison, j'entends son cœur accélérer.

— Les voisins doivent en avoir marre de vous, ajouté-je pour changer de sujet.

— J'imagine que le prix de l'immobilier va baisser dans le coin. Tant mieux, on rachètera moins cher et on pourra désencombrer la maison. L'ego de Trevor et de Connor serait bien mieux à l'extérieur de ces murs.

— Oh, on critique sa propre meute ? dis-je.

— Je taquine ma propre meute, c'est différent.

J'observe les premières silhouettes qui s'avancent sur la pelouse. Ils sont trois et ils sont arrivés en trois véhicules séparés. J'aimerais qu'une fois dans sa vie, Bruce décroche quand je l'appelle, ne serait-ce que pour m'indiquer combien il y a de magiciens dans la région, histoire que je sache à combien d'ennemis on pourrait potentiellement avoir affaire.

— Qu'est-ce qu'on fait s'ils utilisent la magie ? dis-je.

— On tient bon, répond Kyle.

— Les règles des meutes, ce n'est pas de se transformer à l'approche du danger ?

— Non, la règle c'est de faire le moins de victimes possible, histoire de ne pas se réveiller toutes les nuits en faisant des cauchemars.

— C'est une bonne règle, dis-je. Elle devrait être appliquée plus souvent.

— Elle est supposée l'être, m'assure-t-il.

— Hmm, c'est trop beau pour être vrai. Toutes les meutes suivent encore les préceptes anciens.

— Qui convenaient aux temps anciens, ajoute Kyle.

— Essaie de les faire entrer dans le 21ème siècle, rétorqué-je.

— J'aimerais bien, mais pour ça…

— … il faudrait que tu acceptes de devenir le prochain chef des meutes d'Amérique du Nord.

Mes yeux s'ouvrent en comprenant l'enjeu qu'il y a derrière. Je n'ai pas passé beaucoup de temps dans la meute de Kyle, mais je vois bien qu'ici, le fonctionnement est sain. Tamara n'a pas l'air d'être une femelle soumise qui n'a pas son mot à dire, personne ne se tape dessus, il n'écrase pas ses loups avec son autorité et il fait tout son possible pour éviter les effusions de sang. Rien que ce dernier point est déjà mille fois plus civilisé que toutes les meutes que j'ai connues.

— Et tu ne veux pas, ajouté-je.

— Non.

— Trop de responsabilités ?

— La tâche est d'une ampleur considérable. Et je pense que les surnats vont devoir sortir au grand jour dans peu de temps. Je vais avoir assez affaire pour protéger ma meute, je n'ai pas envie d'avoir toutes les meutes dans les pattes.

— Bruce pense aussi que le temps du secret est révolu.

— Quand on voit que les Chiens de Dan sont prêts à dévoiler au grand jour notre existence…

— Et que des Mélindas n'hésitent pas à s'approcher pour planter une seringue dans la cuisse d'un changeling… Il faudrait que je trouve le temps de remonter sa piste. Je voulais aller chez le libraire voir s'il disposait de caméras de surveillance.

— On y passera demain, décide-t-il.

Puis le premier coup part et je tressaute. C'est un coup de feu clair, tonitruant, qui fait vriller mes oreilles.

— Je déteste ne pas pouvoir me transformer, grommelé-je.

— C'est bien pour ça qu'il faut retrouver Mélinda. Il faut découvrir ce qu'elle t'a injecté, s'assurer qu'elle ne dispose pas d'autres doses et trouver un antidote. J'espère que c'est réversible.

Je n'ai même pas envisagé que ça ne le soit pas. Nous entendons une vitre se briser au rez-de-chaussée, mais Kyle ne panique pas.

— Tu me stresses à rester calme, dis-je.

Il me fixe du regard pendant que les tirs reprennent.

— Je te stresse à être calme ? répète-t-il.

Il doit crier un peu pour couvrir le bruit des balles.

— Ce n'est pas le moment où tu dois appeler les flics ?

— Ils nous tirent dessus, September. Je n'ai pas besoin d'appeler les flics. Tout le voisinage va le faire et moi, j'aurai tenu parole auprès de Hans de ne pas le faire.

— Oh, c'est qu'il est malin en plus.

— J'espère surtout que les vampires vont intervenir, leurs moyens d'action sont plus discrets que les nôtres. Si je lâche les loups maintenant, on fera la une de tous les journaux télévisés dans quelques heures.

— Probablement, confirmé-je. Les gens ont la curiosité malsaine de nos jours, il y en a sûrement qui filment depuis leur terrasse. Et qui n'appelleront les flics qu'après.

Je ne sais pas comment il fait pour ne pas stresser avec toute cette agitation. J'ai les nerfs en pelote, envie de me jeter dans le feu de l'action et je sais que la plupart des loups ressentent la même excitation quand un combat se déclenche. Sa meute dispose d'un contrôle hors du commun.

Puis une pierre percute notre fenêtre sans la briser, une deuxième suit sa trajectoire et enfin une troisième qui, cette fois, fait voler en éclats le verre. Je recule et me colle au mur, Kyle m'imite et tout à coup ce n'est pas une pierre qui traverse l'ouverture, mais quelque chose qui ressemble fortement à une bombe.

Ce n'en est pas une, elle s'ouvre et libère du gaz et je commence à me demander si les magiciens ne se sont pas inspirés de l'attaque des Chiens de Dan. Le coup du gaz, on nous l'a déjà fait. D'un autre côté, pour mettre à plat des loups sous forme humaine, c'est idéal.

Je me bouche le nez, Kyle m'attrape le poignet et me tire vers une chambre, dont il ferme la porte derrière nous pour empêcher le gaz de rentrer en grandes volutes. Nous sommes dans une pièce avec quatre lits, deux superposés à gauche de la chambre et deux à droite. Kyle fouille dans une armoire, attrape deux écharpes, m'en tend une de couleur bordeaux et en cale une noire contre son nez.

— Tu descends au sous-sol, décide-t-il alors.

J'ai envie de dire non, parce que me planquer n'est pas dans mes habitudes, mais je ne veux pas non plus être un poids mort pour qui il prend des risques. Je hoche simplement la tête pour acquiescer, il me désigne la direction dans laquelle aller avant d'ouvrir la porte, puis il ouvre.

Et un autre projectile passe par la fenêtre et cette fois c'est une boule de feu qui prend immédiatement sur la moquette du couloir. Je ne vois pas comment on va justifier tout ça si c'est filmé. Qui, dans le monde humain, balance une boule de feu par une fenêtre en pleine nuit, hein ?

Kyle court à la salle de bains en face, attrape un seau sous le lavabo, le remplit et le jette sur les flammes.

Qui s'éteignent momentanément puis… reprennent de plus belle.

Foutues flammes magiques. Le feu se répand et je ne peux plus traverser le couloir pour aller jusqu'aux escaliers. Je reste près de Kyle, qui me fait reculer, il y a d'autres loups à l'étage, dont nous sommes séparés. Le chef de meute fait quelques signes, donne des ordres. Je l'entends crier que quelqu'un doit aller récupérer Tamara pour qu'elle ne soit pas bloquée au sous-sol si jamais toute la maison brûle.

Et je l'entends prononcer l'évacuation avec droit de se transformer.

— On se retrouve au point de rendez-vous si les choses dérapent trop, ajoute-t-il.

Je ne connais pas le point de rendez-vous et je ne vois pas comment les choses pourraient déraper encore plus. Entre le gaz, les flammes et les magiciens qui continuent de tirer sur la maison, j'ai très envie de me rouler en boule sous un lit et d'attendre que l'orage passe.

— Viens, me fait Kyle.

Il me prend la main, m'entraîne vers une chambre à l'arrière de la maison, où deux loups ont déjà ouvert la fenêtre et s'apprêtent à sauter. Nous ne sommes pas haut, il y a tout au plus trois mètres qui nous séparent du sol.

— Transformez-vous en bas et filez directement au point de rendez-vous, ajoute Kyle. On ne se bat pas, l'affrontement est inutile.

Je me rends compte qu'en venant jusqu'ici, j'ai presque ordonné la destruction de leur maison. Est-ce que j'ai manqué de jugeote ?

— Tu as fait ce que tu devais, m'assure Kyle alors que je n'ai pas prononcé un seul mot.

Il m'aide à enjamber la fenêtre, il saute le premier et je me réceptionne juste à côté de lui. Je glisse la main dans la poche, l'artefact s'y trouve toujours. Bizarrement, j'ai surtout peur pour Carnage. Si ma voiture subit des dégâts, je pense entrer dans une rage folle digne d'un prime.

— On y va ? me fait-il.

Je ne comprends pas tout de suite, puis je vois quatre loups massifs devant nous, qui partent en courant à travers le jardin et entre les maisons non clôturées.

J'imagine qu'ils ont un point de ralliement dans une forêt dans les alentours.

— Je ne peux pas me transformer, rappelé-je.

— Même en essayant très fort ?

Je ferme les yeux, retente d'appeler ma part animale, mais rien n'y fait. C'est comme si elle tambourinait à une porte fermée à double tour dont ni elle ni moi n'avons la clef.

— Non.

— OK, fait Kyle avec une patience digne d'un moine bouddhiste. On passe au plan B alors.

Il me reprend la main et me tire le long de la façade arrière de la maison, se baissant aux fenêtres, courant quand il faut passer une série de baies vitrées.

— Il y avait un plan A ? dis-je en serrant les dents.

— Le plan A, c'était que Hans n'allait pas faire sa poule mouillée, rétorque-t-il en me plaquant contre le crépi quand une boule de feu traverse une vitre brisée et échoue dans l'herbe.

— Tu pensais sincèrement qu'il allait prendre le risque d'impliquer des vampires alors que nous sommes dans un voisinage humain ? Et puis pourquoi tu ne paniques pas, bon sang ?

Non, y a pas à dire, ça m'énerve.

— Paniquer ? Pourquoi ? Il y a une raison de paniquer ? s'amuse-t-il.

Il est presque collé à moi, épaule contre épaule, il plonge sur le côté pour apercevoir le champ de bataille devant la maison, puis roule en sens inverse pour revenir à l'abri.

— Il y a six magiciens, pas l'ombre d'un vampire, et je n'entends pas les sirènes de la police. Peut-être qu'il y a une raison de paniquer, confirme-t-il.

— C'était bien ce que je me disais.

Au même instant, je sens mon téléphone vibrer, je le sors de ma poche prise d'une soudaine intuition.

— Bruce ! dis-je en décrochant. Je te jure que je vais péter ta canne en deux quand je te retrouverai !

— J'avais le nez dans les livres, rétorque-t-il. Pour savoir comment désactiver l'objet.

— Et alors ? Comment on le désactive ? Parce que ce serait le moment idéal pour le faire, là.

— Je n'ai pas trouvé.

— Oh, tu m'appelles pour me dire que tu as cherché une solution sans succès, c'est ça ?

Une explosion retentit sur la pelouse juste à côté de nous et Kyle me plaque au sol pour me protéger. J'en lâche mon téléphone, je me retrouve avec tout son poids sur moi et son visage à deux centimètres du mien.

— Des bombes ? fais-je. Ils ont des bombes ?

— Probablement un sort, rétorque-t-il.

— Ça va être la déposition pour plainte au commissariat la plus longue de ta vie, lui fais-je alors remarquer.

Il sourit malgré la situation.

— Il y a des chances, oui.

Je sens son souffle chaud sur ma peau, il reste quelques secondes de plus que ce qu'il devrait. Quand il me libère, il me pousse à nouveau contre le mur. Je rattrape mon téléphone à mes pieds, Bruce crie à l'autre bout du fil.

— September ! September ?

— Oui, grommelé-je en retour.

— C'est quoi ce vacarme ? Qu'est-ce qu'il se passe ?

— Il se passe que ton artefact perdu a attiré tous les magiciens du coin.

— Je t'avais prévenue.

— Et ils sont devenus un tantinet fous.

— Tu es où ?

— Chez Kyle.

— Bonne idée.

— Merci, ce n'est pas grâce à toi. Dans les situations d'urgence, il serait bien que tu décroches ton téléphone quand on t'appelle.

— J'ai essayé de trouver une solution, mais il n'y a pas assez de documents dans ma bibliothèque sur cet artefact pour que je puisse t'aider.

— J'ai compris.

— Je suis désolé, Amber.

— Ne m'appelle pas comme ça.

— Je continue de chercher.

— Ne me rappelle pas si c'est pour me dire que tu n'as rien trouvé, je suis légèrement occupée là.

Je raccroche, sans formule de politesse, pas que je me prenne pour une star de cinéma, mais je suis quand même au milieu d'une attaque magique en règle. J'ai autre chose à faire que de murmurer un « OK, on se voit demain et on se racontera tous les petits potins sur ma formidable soirée, surtout le moment où je risquais ma vie avec des magiciens en état de furie qui voulaient me piquer l'artefact que tu m'as dit de planquer ».

— Y a un plan C ? dis-je à Kyle en glissant mon téléphone dans ma poche.

— On n'a même pas encore mis en œuvre le plan B, rétorque-t-il.

— Je ne veux pas paraître désagréable, mais il n'y a pas l'air d'y avoir de plan B.

— Le plan B, c'était de foncer dans le tas, m'avoue-t-il.

— J'aime ce genre de plan.

— Mais je ne m'attendais pas à ce qu'il soit six. Trois, c'était OK. Six, ça commence à faire beaucoup pour moi. Et je ne peux pas me transformer et te laisser ici.

— Ah bon ?

— J'ai promis de te protéger.

— Je peux me tenir à carreau. Je pense plutôt que six ennemis, c'est trop pour toi.

— Je ne veux pas te perdre de vue.

— Pourquoi donc ?

Il arrête de zieuter nos ennemis à répétition et me fixe du regard.

— Je ne sais pas, fait-il.

— Vous, les loups, vous êtes franchement bizarres avec vos idées au sujet de la protection des femelles, vos instincts primaires et tout ce ramassis de conneries qui font que la plupart des meutes sont encore à l'âge préhistorique.

— Et pourtant tu es venue réclamer notre aide.

Il marque un point.

— Je vais y aller sous forme humaine, décide-t-il.

Je grommelle et tire mon Glock de mon pantalon, que j'ai pris le soin d'attraper en montant les escaliers avec lui.

— Je viens, déclaré-je.

— Tu ferais mieux de courir et de protéger l'artefact, fait-il remarquer.

— L'union fait la force. Tes loups ont tous décampé ?

— Il en manque deux.

— Ils partent ?

— Ils sont sur le départ.

— Alors y a plus que nous, on n'a pas à se soucier de qui que ce soit d'autre et on peut foncer dans le tas.

Je devrais me trouver une batte de baseball magique qui peut se miniaturiser et tenir dans la poche et à laquelle on peut rendre sa forme originelle quand on en a besoin.

— Si tu te prends un seul coup, je t'évacue, décide-t-il.

— J'ai déjà un œil tuméfié, tu ne veux pas que je fasse en sorte de me prendre un coup de l'autre côté au moins pour uniformiser l'ensemble ?

Je papillonne d'un œil. L'autre me fait un mal de chien.

— Non, décide-t-il.

— Même pas drôle.

Il compte jusqu'à trois, je brandis mon Glock tandis que la fumée commence sérieusement à envahir mes narines, et on se jette dans la mêlée. Il court sur la droite, je le couvre avec mon arme, je n'ai pas beaucoup de balles alors je vise directement les magiciens, une épaule, une jambe, quelque chose qui ne va pas les handicaper trop fortement, mais qui devrait les ralentir, voire les calmer.

Kyle rentre dans le premier adversaire, le couche au sol, s'assoit sur lui et lui assène un bon coup de poing dans la mâchoire qui le met KO. Il se relève, on lui tire dessus, j'essaie de faire diversion, mais ô surprise, on me tire dessus aussi. Je roule au sol, je me relève, arme tendue, et je vise.

Je rate mon coup.

Je savais qu'il fallait que je reprenne les entraînements au tir, je savais que ça me serait utile un jour.

Plus que dix-sept balles dans mon Glock. Heureusement que je n'ai pas glissé celles en argent dans le chargeur, sinon je serais non seulement en train de gâcher des balles d'une sacrée valeur, mais en plus je mettrais la vie de Kyle en danger. Pas que je ne sache pas viser. Quoique mon dernier coup me fait me poser la question.

Il y a trop de magiciens pour nous deux, trop d'armes à feu aussi, mais je me demande si Kyle n'a pas bel et bien prévu son coup parce que les sirènes de la police retentissent, elles vont finir par connaître l'adresse par cœur, et s'arrêtent au milieu de la rue vingt-huit secondes plus tard alors que Kyle a reculé et qu'on essaie de se mettre à couvert derrière un arbre du jardin, sans beaucoup de succès. Il me plaque contre le tronc, j'essaie de m'extirper pour tirer un coup, il baisse mon arme, car les policiers sont sortis et j'ai peur que les magiciens perdent tellement le contrôle qu'ils tirent sur les forces armées du pays.

Pitié, pas ça.

Mais par un miracle incroyable, ils parviennent à maîtriser les magiciens, je me dis qu'enfin on s'en est sortis. Jusqu'à ce qu'ils nous passent les menottes et que je réalise que cette histoire ne raconte pas comment j'ai réussi à protéger un artefact probablement millénaire.

Non, cette histoire raconte la façon dont j'ai fini en prison.

CHAPITRE 24

Enfin, peut-être que le terme est un peu fort, personne ne nous a mis derrière les barreaux, nous restons au poste de police en garde à vue, le temps que les avocats de Kyle, qui ont l'air fort brillants, et aussi forts chers, se mettent à l'œuvre. Ils débarquent à peine dix minutes après notre arrivée au poste, alors que Kyle n'a passé aucun coup de fil, mais j'imagine que le reste de la meute s'en est chargé dès qu'ils ont compris ce qu'il se passait.

Du coup, personne ne me confisque mes effets personnels, à mon plus grand soulagement, parce que si je devais sortir un poignard magique qui brille, du fait de la proximité des magiciens qui, eux, ont été arrêtés et mis sous barreaux, je me demande bien ce que je donnerais comme explication.

— C'est un jouet pour enfants, j'ai pas retiré la batterie.

En revanche, on m'a confisqué mon arme. Mais bon, ça, on pouvait s'y attendre. J'ai un permis tout ce qu'il y a de plus légal, je m'en suis servie pour me défendre, Kyle me dit que je ne devrais pas avoir d'ennuis. J'espère récupérer mon Glock en partant d'ici.

On nous sépare pour nous interroger, Kyle m'a bien expliqué de ne répondre à aucune question concernant l'incident, que les avocats se chargeraient de nous faire sortir en un rien de temps. C'est donc avec une nonchalance à la limite du respect que je discute avec mon interrogateur en plein milieu des bureaux du poste de police.

— Que faisiez-vous là-bas ? Vos papiers indiquent que vous ne vivez pas là-bas.

— Elle est vraiment marrante votre moustache, vous l'entretenez vous-même ?

L'officier Veran porte effectivement une moustache digne des Dupond et Dupont, il est en poste pour la nuit ce qui fait qu'il s'abreuve de café pour tenir le coup. À voir les cernes sous ses yeux, même avec du café, il va s'endormir sur son bureau avant la fin de la nuit avec, en prime, la moustache pleine de mousse. Je ne peux détacher mes yeux des gouttes de boisson qui traînent dans ses poils.

C'est fascinant.

— Pourquoi détenez-vous une arme ?

— Elle s'appelle Calamity.

— Qui donc ?

— Mon arme. Ma voiture s'appelle Carnage et mon arme s'appelle Calamity. J'essaie de trouver des noms en C, pour qu'ils comprennent qu'on forme une grande famille soudée. Vous la taillez régulièrement, votre moustache ?

Il prend une grande inspiration pour masquer son exaspération. J'ai un don divin pour exaspérer les gens. Bruce dit que c'est de naissance, mais comment pourrait-il savoir ? Il ne me connaît que depuis mes six ans. Moi je pense que c'est à force d'avoir côtoyé August. Enfin, si je peux remettre tous les malheurs de ma vie sur la tête de mon père, je n'hésite pas.

Il se frotte la moustache, peut-être parce qu'il doit se dire qu'elle est frisée ou je ne sais pas quoi, peut-être parce que c'est la deuxième fois que je l'évoque. Il ne fait qu'étaler un peu plus la mousse entre ses poils et je me demande tout à coup s'il a une femme. Pas de photo sur son bureau en tout cas. Non, parce que s'il a une femme, j'espère qu'elle lui réclame tous les jours de raser cette moustache trop longue, trop duveteuse et qui doit avaler tous les microbes et les acariens du coin. Il y a des gens qui portent bien la moustache et qui ont une très bonne hygiène, mais j'ai peur que l'officier Veran n'en fasse pas partie.

— Est-ce que vous connaissez les gens qui ont attaqué le pavillon ?

— Vous buvez beaucoup de café ?

— Est-ce que vous les avez déjà vus auparavant ? Est-ce que vous savez pourquoi ils vous ont attaqué ? Qu'est-ce qu'ils voulaient ?

— Vous savez, vous devriez calmer un peu votre consommation, j'ai lu que ce n'était pas bon pour la santé et surtout que plus on en prend, moins ça fait effet. Si vous voulez un bon coup de boost, mieux vaut ne pas être accoutumé.

Il serre le poing et froisse la feuille sur laquelle il prenait des notes. Enfin, il écrivait ses questions, parce que je ne lui ai pas donné une seule bonne raison de noter quoi que ce soit. Il a un ordinateur à côté de lui, qui a l'air de dater de l'âge préhistorique, avant les années 2000 en tout cas, ce qui correspond à l'âge préhistorique quand on parle d'informatique. L'écran est noir et je me demande s'il fonctionne encore. Probablement pas, sinon l'officier Veran tapoterait sur le clavier. À moins que l'ordinateur soit tellement lent que ça aille plus vite d'écrire à la main. De toute façon pour le peu d'informations que je compte lui donner, mieux vaut qu'il ne se donne pas la peine d'allumer l'engin.

— Je prendrais bien un chaï tea latte. Vous vous faites livrer depuis le centre-ville de Toronto ? Parce que je ne bois que celui de mon café préféré.

Je me demande si ses nerfs vont vriller, mais non, il tient bon, avale une nouvelle gorgée de son café, en remet une couche dans sa moustache et me regarde avec tout le sérieux du monde.

— Pour la dernière fois, expliquez-moi ce qu'il s'est passé. J'essaie de vous aider, vous allez bien porter plainte non ? Vous voulez voir les gens traduits en justice pour s'en être pris à vous ?

— Eh bien, je ne crois pas non.

Je cherche Kyle des yeux dans l'open space, il est à l'autre bout, mais il entend sûrement tout ce que je dis. Il se tourne vers moi en même temps et je lui fais un regard qui veut dire combien-de-temps-cette-mascarade-va-durer-encore. Il me répond avec un tout petit mouvement d'épaules que j'interprète comme tais-toi-ne-lui-dis-rien-et-sois-patiente.

Pas que la patience soit ma première qualité, mais bon.

C'est quand Hans entre dans le poste, avec sa peau pâle camouflée sous une tonne de maquillage, que je me dis qu'on est tombés au plus bas. Il fait comme s'il ne nous connaissait pas, mais il nous a vus, je n'en doute pas. Il s'approche d'un policier à l'accueil et je tends mes oreilles au maximum pour essayer de capter ce qu'il se dit. Le son est ténu, je dois forcer sur mes sens pour entendre ce qu'ils se disent.

— Je suis l'avocat principal des six hommes qui ont été placés en garde à vue.

Oh, il aura bien du mal à les faire sortir de prison après ce qu'il s'est passé. Il jette un regard discret à Kyle, m'ignore totalement, et je fais de mon mieux pour ne pas tourner la tête dans sa direction. L'officier Veran est prêt à saisir n'importe quel signe de ma part pour écrire quelque chose sur son rapport, je n'aimerais pas qu'il indique « est attirée par les grands maigrichons trop maquillés ».

— Madame Jones, vous ne voulez pas m'aider un tout petit peu ?

— C'est que vous avez l'air à bout, confirmé-je.

— Exactement, et si vous pouviez juste me donner un coup de pouce, n'importe quoi qui me permettrait d'aiguiller l'enquête et de comprendre ce qu'il s'est passé. Comment avez-vous eu cet œil au beurre noir ? Qui vous l'a fait ?

— Je pense que vous devriez essayer le yoga, c'est revigorant à ce qu'il paraît.

Il soupire, recule dans sa chaise, pose sa tête contre le dossier, abaisse ses paupières et l'espace de quatorze secondes, j'ai l'impression qu'il s'endort. Mais il secoue le crâne, ouvre les yeux et avale une nouvelle gorgée de café.

— Vous êtes sûrs qu'il y a de la caféine là-dedans ? J'ai l'impression qu'il y a de la mousse de lait et qu'ils ont oublié de vous mettre un excitant. Votre métier est tellement difficile, vous pourriez au moins avoir un barista compétent.

— C'est le café de la machine.

— C'est bien ce que je dis.

Au moment où je m'apprête à en rajouter une couche, prête à sortir mes connaissances acquises lors d'une névrose pour un roman au sujet de la théobromine que contient le café, un homme en costume s'approche de moi, pose la main sur mon épaule et m'annonce :

— On va y aller, Mademoiselle Jones.

— Merci, monsieur l'avocat, réponds-je, car j'ignore son nom.

— Officier, salue-t-il.

Mais le policier Veran est au désespoir et prêt à se noyer dans son café. J'ai bien peur de l'avoir encore plus épuisé le pauvre. L'avocat m'escorte jusqu'à l'armurerie, où on me rend mon Glock, puis nous sortons ensemble. Kyle est déjà dehors, entouré de deux autres hommes en costume. Il fait nuit noire, je suis épuisée, mon œil me titille de douleur, j'ai envie de me pelotonner dans mon lit, sous ma couette, et d'oublier que cette journée a fait partie de ma vie.

Mais chez moi, mon matelas est troué, vidé, et si j'y remets les pieds, je risque de tomber sur August.

Pendant que le chef de meute règle les derniers détails avec ses avocats, qui vont bosser dur pendant les prochains jours pour servir des salades aux policiers, je m'assois sur les marches devant le poste. Nous ne porterons pas plainte, je le sais. Et les magiciens ne porteront pas plainte non plus, ce serait un comble. Les policiers vont juste se retrouver avec une histoire sens dessus dessous, qu'ils ne pourront jamais élucider.

— September ? fait Kyle quand les avocats repartent.

Je lève la tête vers lui, lasse. Est-ce que nous prenons un risque en étant ici ? Est-ce que des magiciens vont venir nous attaquer devant le poste de police ? Ou est-ce qu'on a une chance d'être tranquilles ?

— Je suis désolée pour ta maison, dis-je d'une petite voix. Je n'imaginais pas… je ne m'attendais pas…

Il s'assoit sur les marches humides à côté de moi.

— J'ai accepté, September. Ne porte pas la responsabilité sur tes épaules. J'ai accepté, je savais dans quoi je m'embarquais.

— Mais ta maison… où est-ce que vous allez dormir, tous ?

— On a une résidence de secours.

— Une résidence de secours ? m'amusé-je. Quel genre de personne richissime es-tu pour avoir une résidence de secours ?

— Le genre qui pense à tout, qui a songé que ce type de situation pouvait se produire un jour et qui a pris des dispositions dès qu'il est arrivé dans la région.

— Tu ne pouvais pas imaginer que tu me rencontrerais et que les choses déraperaient à ce point, dis-je.

— Non, mais où qu'un surnat aille, les choses finissent toujours par déraper, s'amuse-t-il. Alors quand tu as quinze loups sous ton toit, tu te doutes bien que rien ne se passera comme tu l'espères et tu apprends à avoir un plan de secours et un plan de secours de secours.

— Donc tu as une résidence de secours de secours ?

— Non, quand même pas, me répond-il avec un sourire.

Son visage est beau, dans la nuit, éclairé par les lumières du poste de police. Ses traits sont francs, marqués, mais pas durs. Dès qu'il sourit, on voit ses joues s'animer et on sent la bienveillance qui l'habite. Il a à cœur de protéger sa meute.

— Hans voudra nous voir, ajoute-t-il.

Un frisson de froid me secoue des pieds à la tête. Je sais que ce n'est pas normal, les températures glaciales ne m'ont jamais gênée. C'est ce foutu poison. Kyle voit mon mouvement incontrôlé, il retire sa veste, la passe par-dessus mes épaules, se rapproche et me cale contre lui. Les loups ont une température corporelle naturellement plus élevée que celle des humains. Je sens instantanément sa chaleur m'envelopper.

— Tout va bien se passer, me dit-il.

Il dépose un baiser rapide sur le haut de mon crâne et je le laisse faire.

— J'imagine qu'on peut annuler le rendez-vous de demain, non ?

— Absolument pas, répond-il.

— Après ce qu'il vient de se passer, tu comptes quand même me tirer à Pearl Éditions ? Je ne vois pas pourquoi ils recruteraient une autrice qui vient de passer une partie de sa nuit au poste de police.

— Moi, je vois très bien pourquoi.

— Et ça ne les dérange pas que tu sois victime d'attaques ? Ils n'ont pas peur que ça se retourne contre eux ?

— Oh, je ne pense pas.

— Ils sont fous.

— Ou alors je suis vraiment très doué dans mon job, rétorque-t-il.

— Mouais.

Il m'aide à me lever au moment où un 4x4 noir se gare devant le poste. Trevor et Tamara sont à l'intérieur. Kyle m'ouvre la portière, je me glisse sur la banquette arrière et il vient s'asseoir à côté de moi. Là aussi, je suis stupéfaite. Dans une meute classique, l'alpha se serait toujours installé à l'avant. Potentiellement, il aurait insisté pour conduire.

— Vous avez ouvert la maison ? demande Kyle.

— Oui, chef, répond Tamara.

Son « chef » est plus amusé qu'autre chose.

— Tout le monde va bien ? enchaîne le loup.

— Quelques balles, rien en argent, des blessures qui vont se refermer en un rien de temps.

— Le périmètre de sécurité ?

— Établi, répond Trevor. Connor s'occupe de superviser tout ça en ton absence.

— Merci, souffle Kyle.

— Des retombées à prévoir ? enchaîne Trevor.

— Hans voudra nous voir demain soir, je pense. Là, il a les mains trop occupées pour prendre le temps de nous passer un savon. J'espère que l'enquête sur les Chiens de Dan n'a pas avancé de son côté, sinon il en profitera sûrement pour que l'ensemble de la situation nous retombe dessus. Demain, il faut qu'on s'occupe de remonter la piste de Mélinda.

Je les écoute distraitement pendant qu'ils discutent de la meilleure stratégie à adopter, sur tous les fronts. Le paysage défile et puis tout à coup, nous nous arrêtons à l'orée d'une forêt.

— Vous restez ici, annonce Kyle. Nous revenons d'ici trente à quarante minutes.

Je tourne la tête vers le chef de meute, étonnée. Il me fait signe de sortir. Est-ce que finalement il a décidé que j'étais un trop gros danger et il compte m'enterrer vivante avec l'artefact ? Ou me tuer avant ? Parce que cette forêt, dans la nuit, ressemble terriblement à un lieu où on va pour éliminer discrètement des gens.

Comme je ne bouge pas, il me tend la main pour m'inciter à sortir et je la saisis. Nous nous enfonçons dans les bois, j'essaie de libérer mes sens pour absorber tous les bruits de la forêt. Mais je n'y parviens pas et je me sens étouffée. Nous marchons en silence jusqu'à une cascade d'eau qui ruisselle sur la pierre.

— Ici, m'annonce alors Kyle.

— Ici ? répétai-je.

— On planque l'artefact ici.

— On le planque ?

— Tu ne peux pas le garder sur toi.

— Je ne sais pas si d'autres magiciens vont s'en prendre à nous, dis-je.

— Même s'ils ne s'en prennent pas à nous, Hans va vouloir des comptes. Les magiciens lui raconteront sûrement ce qu'ils cherchent, il va fouiller les décombres de la maison, il va trouver où nous sommes et il mettra la main sur l'objet. Il est trop occupé ce soir pour nous avoir suivis, mais demain, à la nuit tombée, tu pourras être certaine que chacun de nos faits et gestes sera encore plus épié que la veille.

— Tu veux dire que c'est notre seule fenêtre de tir pour planquer l'artefact ? Je ne sais même pas où nous sommes.

— À Scanlon Creek, personne ne se balade jamais ici, c'est suffisamment loin de Toronto. Il n'y a que toi et moi qui saurons qu'il est là. Et je jure de ne rien dire.

Je le regarde. Je ne peux pas conserver l'objet sur moi, il a raison. Bruce m'avait dit de le planquer de toute façon. Il y a plus de chances pour que personne ne le trouve ici. Si je continue de le trimballer avec moi, je mets l'objet en danger.

Et moi, accessoirement.

— OK, dis-je.

Je sors le tissu de ma poche, le déroule, et je découvre qu'il a retrouvé la forme d'un canif.

— C'est ça, l'artefact puissant pour lequel les magiciens ont risqué notre secret ? s'étonne Kyle.

— Il se transforme à proximité des magiciens, expliqué-je.

— Il y a une crevasse derrière le courant de la cascade.

Je glisse le bras à travers l'eau gelée, cherche le trou dont il me parle, voyant que je galère, Kyle attrape mon poignet et me guide. Ensemble, nous glissons le tissu à l'intérieur, puis il attrape une pierre à côté du lit de la rivière qui s'écoule ensuite et rebouche l'entrée ainsi.

— OK, dis-je en fixant la cascade.

Je n'arrive pas à partir. J'ai l'impression qu'il est de ma mission de veiller sur cet objet alors que je sais pertinemment qu'en restant ici, je risque d'attirer tout le monde dans ce bois. Le plus vite on s'en va, le plus de chance nous avons que personne ne vienne fouiner dans le coin.

Kyle me tire par le bras, nous revenons à la voiture et je me sens encore plus vidée de mon énergie. Le 4x4 redémarre, ni Tamara ni Trevor ne posent de questions sur ce que nous avons fait. Le mouvement de la voiture me fait progressivement tomber dans le sommeil.

Quand je me réveille, j'ai la tête contre l'épaule de Kyle et ce dernier a passé son bras autour de moi. Je me décolle de lui, nous descendons et je découvre que nous avons roulé jusqu'à un immense lac.

— Le Lac Scugog, m'annonce Kyle.

Il y a une maison qui se dresse juste en bordure du lac, avec une vue imprenable sur l'étendue d'eau. Elle n'est pas immense, mais elle a l'air cosy. Nous laissons le 4x4 en bas de la petite colline et marchons jusqu'au perron, où Connor nous accueille.

— Rien à signaler, dit-il à son chef de meute. Tout le monde va bien, les chambres ont été attribuées, le périmètre est sécurisé et j'ai lancé des rondes par équipe de deux pour la nuit.

— Parfait, Connor, merci, fait Kyle en lui serrant l'avant-bras.

Nous entrons dans la maison, tout est calme. Kyle m'entraîne vers le premier étage, me montre la salle de bains, me tire une serviette d'un placard et me conseille de me réchauffer sous l'eau chaude. Je ne discute pas et me glisse dans la douche, je laisse les gouttes d'eau ruisseler sur mon corps jusqu'à ce que la sensation de froid disparaisse. Quand je sors, il m'attend dans le couloir.

— Tamara a sorti ça pour toi, me dit-il. Ton sac de vêtements a probablement brûlé avec la maison.

— Je suis vraiment désolée, dis-je en attrapant les vêtements alors que je suis enroulée dans une serviette.

— J'ai une bonne assurance, me rassure-t-il.

Je retourne à l'intérieur, enfile le jogging ample et le débardeur que Tamara a mis de côté pour moi. Elle est plus grande que moi, mais pour un pyjama ça fera parfaitement l'affaire.

Je ressors, Kyle m'attend toujours. Il me guide vers une chambre où je découvre un lit tout ce qu'il y a de plus normal, ainsi qu'un matelas au sol.

— Ce n'est pas aussi grand que l'autre maison, m'annonce-t-il. Et je refuse de te laisser hors de ma vue. Je dormirai par terre. Les autres sont déjà au complet dans les chambres.

Je m'apprête à protester, il lève un index, j'ouvre la bouche, il enchaîne :

— Tu es sous ma protection. Je vais déjà te laisser tranquille pendant cinq minutes le temps de me doucher alors je ne veux rien entendre. Couche-toi, d'ici cinq minutes tu dormiras et tu ne te rendras même pas compte de ma présence.

Il disparaît vers la salle de bains sans me laisser le temps de répondre. Je grommelle, m'assois sur le lit, attrape mon téléphone, vois que j'ai encore plus de messages que tout à l'heure, mais renonce à les lire. Nous sommes au milieu de la nuit, si je réponds maintenant, ils vont se poser encore plus de questions. Je ne suis pas du genre à veiller autant. Ils doivent se demander où je me trouve, si je ne suis pas à la ferme. Je repère une conversation avec Peter et je clique dessus malgré tout. Il m'a laissé quelques messages, je me demande s'il arrive à dormir chez la tante de Brandon. C'est un nouvel environnement pour lui et avec ce qu'il vient de se passer, j'imagine que les cauchemars reviendront le hanter.

Peter : *j'espère que tu vas bien et que tu as trouvé un endroit où te mettre à l'abri*

Peter : *envoie juste un message pour me confirmer que tout est OK*

Peter : *s'il te plaît*

Le dernier message date d'il y a une heure, signe qu'il ne dormait pas. Je réponds rapidement.

September : *je vais bien, je suis sous la protection d'une meute, il y a eu quelques aventures, mais dans l'ensemble je m'en suis tirée intacte*

Si on oublie mon œil au beurre noir. Mon téléphone vibre et je souris. Il ne dort pas.

Peter : *je suis soulagé, merci. Les autres ne comprennent pas, ils sont mortellement inquiets. Michelle dort avec Marvin, Brandon est à côté de moi en train de ronfler. Il n'y a pas assez de chambres chez sa tante pour tout le monde, mais on est confortables quand même. Marvin voulait aller chez son copain, mais j'ai refusé, je préfère les avoir tous sous les yeux. Je ne sais pas si j'ai bien fait ?*

September : *tu as bien fait, je préfère vous savoir tous ensemble aussi*

Peter : *tu es sûre que tu vas bien ?*

September : *oui, je crois que ça va. Tu vas réussir à dormir ?*

Peter : *non*

September : *je suis désolée, Peter*

Peter : *ce n'est pas de ta faute*

Je coupe la conversation au moment où Kyle entre dans la chambre. Il porte un simple jogging gris clair, il est torse nu et des gouttes d'eau parsèment encore son torse. Son regard me fixe et pour la première fois j'y lis du désir. Je mets ça sur le compte de son animal, il est tard, généralement les loups perdent plus le contrôle la nuit que le jour. Oh, Kyle ne va pas perdre le contrôle, mais il est normal que ses désirs primaires ressortent à cette heure-là.

— Dors, m'ordonne-t-il.

Il éteint la lumière, je me glisse sous les couvertures sans discuter, tandis qu'il s'allonge sur le matelas à même le sol. J'écoute sa respiration pendant un temps, puis je m'endors en cinq minutes…

… et me réveille en criant. Kyle saute hors de son matelas pour me rejoindre.

— Tout va bien ? fait-il.

Trois coups sont frappés à la porte de la chambre quelques secondes après.

— Tout va bien, confirme-t-il à ses loups qui s'enquièrent du danger.

Je reprends mon souffle comme si je venais de courir le sprint de ma vie, je tremble et les images qui viennent de défiler devant mes yeux me font peur, terriblement peur.

— Tu as mal quelque part ? me demande-t-il.

Il m'a attrapée et serrée contre lui, il s'apprête à ausculter mon corps, et je fais non de la tête pour répondre à sa question.

— Cauchemar, soufflé-je. Désolée.

Je ne me suis jamais autant excusée en vingt-quatre heures. Je n'ai jamais fait de cauchemars aussi violents non plus. J'ai l'impression qu'on vient de m'arracher une partie de moi.

— Qu'est-ce que tu as vu ?

— Ma part animale, murmuré-je. Elle mourait et je ne pouvais rien faire. Elle était dans une cage et j'essayais de la libérer, mais les barreaux étaient en argent et j'avais beau tirer de toutes mes forces, rien n'y faisait. Elle était blessée, elle essayait de communiquer avec moi, mais je ne l'entendais pas.

En prononçant ces mots, je comprends pourquoi j'ai aussi peur.

— Et si c'était ce qui était en train de lui arriver ? murmuré-je. De nous arriver ? Et si je ne pouvais jamais me reconnecter à elle ?

Je tremble en imaginant ne jamais pouvoir me retransformer, en imaginant que l'animal qui est en moi pourrait mourir. C'est une pensée insurmontable qui me tire les larmes aux yeux. Je les ravale avec difficulté, je n'ai pas envie de pleurer devant Kyle.

— On va trouver une solution. Dès qu'on se réveille, la première chose qu'on fait, c'est retrouver la trace de Mélinda, d'accord ?

Je hoche la tête, il me serre un peu plus fort dans ses bras et me rallonge.

— Je reste là, me dit-il.

Je ne lui dis pas non. J'ai trop peur de quitter son contact et de replonger dans mon rêve. Sa présence, son ton et sa chaleur ont quelque chose de rassurant. J'ai l'impression d'avoir trop perdu au cours des dernières heures pour pouvoir affronter la suite seule : j'ai forcé mes colocataires à s'expatrier de notre maison, mon propre père a voulu me cambrioler, je suis en train d'accepter la mort de mon frère, je ne peux plus mettre un pied chez moi sans prendre des risques considérables et Bruce, mon mentor, ne peut pas m'aider.

Kyle colle mon dos contre son torse, il passe un bras en travers de mon ventre et je sens son souffle chaud contre ma nuque tandis qu'il me murmure des paroles de réconfort.

— Je suis là, dit-il. Et je ne vais nulle part où tu n'es pas.

— Tu es le pire stalker du monde, rétorqué-je sur un ton amusé pour essayer d'oublier la gravité de la situation.

— Fais-moi un procès, grommelle-t-il en reniflant mon odeur.

Il dépose un baiser dans mes cheveux et ajoute :

— Dors maintenant, il faut que tu te reposes.

Je ne sais pas à quel moment j'ai décidé qu'il avait le droit à autant de proximité avec moi, à autant d'affection physique. Je sais qu'il me protège, que ce n'est probablement rien pour lui, juste son instinct primaire qui le force à prendre sous son aile une femelle sans meute.

Alors que je retombe dans les bras de Morphée, je me dis que j'apprécie son attitude et sa proximité. J'apprécie de pouvoir me reposer sur lui.

Moi, September Jones.

Je me fustige aussitôt de ma propre faiblesse.

Mais ne bouge pas d'un poil pour autant.

CHAPITRE 25

Au réveil, il a disparu et je ne l'ai pas entendu se lever. Je suis prise de panique en découvrant la chambre, qui n'est pas la mienne, en sentant des odeurs, qui ne sont pas celles de chez moi et en entendant des bruits qui n'ont rien à voir avec ceux de la ferme.

Puis tout me revient en mémoire, comme un boomerang en pleine face.

Ah oui, je suis toujours dans les emmerdes jusqu'au cou. Et je viens de passer la nuit dans les bras du type qui est chargé d'enquêter sur le meurtre que j'ai commis.

Pas du tout étrange comme situation.

— Direction Toronto, m'annonce Kyle en passant la tête dans l'encadrement de la porte.

Il est déjà habillé, ne me laisse pas le temps de répondre qu'il disparaît pour rejoindre le reste de la meute probablement. Je m'habille en deux minutes, me rafraîchis à la salle de bain et descends les escaliers.

La maison est faite de pierres et de bois. Le salon est composé d'un vieux parquet qui grince quand on marche dessus et d'immenses baies vitrées qui donnent vue sur le lac.

— Splendide, murmuré-je en observant la vue. Pourquoi vous n'habitez pas ici toute l'année ?

Tamara s'amuse de me voir émerveillée par l'étendue d'eau et me répond en m'apportant une assiette :

— Parce que c'est un peu loin de la ville. Mais on vient y passer des week-ends parfois, pour fuir l'agitation de la communauté.

Je hoche la tête pour indiquer que je comprends tout à fait. Si j'avais une telle maison, perdue au milieu de la nature, dans un décor paradisiaque, j'en ferais mon fief, j'écrirais tous les jours depuis la table où tout le monde s'est installé pour manger. Je m'imagine avec une boisson chaude, une pâtisserie, le soleil dont les rayons se reflètent sur le lac et je me sens apaisée.

Les mâles de la meute sont bien reposés et passent le petit déjeuner à se taquiner. Ça se chamaille, ça lance des coups dans les côtes, ça pique le bacon dans l'assiette de l'un et de l'autre.

Tamara a pris place à côté de moi, comme s'il fallait du soutien pour tenir face à la testostérone déployée par les loups mâles.

— Ils se calment à mesure que la journée avance, me rassure-t-elle. Bien dormi ?

Elle papillonne des cils en me posant la question et je me demande s'il y a un message caché. Je n'ai pas le temps de répondre qu'elle enchaîne déjà.

— Ton œil a l'air de guérir doucement, pas aussi vite qu'il le devrait, mais plus rapidement qu'un humain quand même.

Je passe mes doigts autour de la blessure, il me semble que c'est moins gonflé que la veille.

— Ça va en jeter à notre rendez-vous, me dit Kyle en face de moi. Ils vont se demander si tu écris tes propres aventures.

Je manque de m'étrangler en mangeant un morceau de pain.

— As-tu lu ce que j'écris au moins ? rétorqué-je.

— Je suis un professionnel, je sais faire mon job de manière consciencieuse.

— Ce qui veut dire ?

— Oui, j'ai lu certains de tes écrits. Pas tous, je le reconnais. Je me demande vraiment si Bruce apprécierait de savoir qu'il est un magicien grincheux.

— Donc tu as compris que je parle de certains faits réels.

— Tu as fait en sorte que ça passe pour de la fiction, dit-il en haussant les épaules. J'aimerais bien savoir si les leprechauns existent vraiment, en revanche. Parce que ton héroïne tombe régulièrement nez à nez avec eux, je me pose la question du coup.

— Non, ils n'existent pas. Pas à ma connaissance en tout cas. Ça ne te dérange pas de savoir que je parle de la communauté des surnaturels, de notre communauté, dans des livres que je distribue au grand public ?

— Si ça me dérangeait, je ne t'aurais pas proposé un rendez-vous avec Pearl Éditions. Tu croyais que je t'avais approchée sans même lire un de tes ouvrages ? s'étonne-t-il.

Je me renfrogne, stratégie ultime pour ne pas montrer que j'avais de gros préjugés sur lui dès qu'il s'est pointé à ma table de dédicaces.

— Oh, tu pensais que j'étais un type imbu de lui-même qui venait juste pour t'écraser parce que tu es une autoéditée ? Et que les grandes maisons d'édition veulent tous vous écraser ? Belle théorie du complot.

— L'industrie du livre est connue pour être conservatrice, me défends-je.

— Je ne vais pas te contredire sur ce sujet, mais ça ne veut pas dire que tous les acteurs sont dans cette mouvance. Les loups-garous sont connus pour être autoritaires, stricts et cruels. Ce n'est pas pour autant que nous correspondons à cette définition ici.

— Un point pour toi, grommelé-je.

Il me sourit et je plisse les yeux en maugréant des paroles incompréhensibles pour lui faire comprendre que ce n'est pas le moment de fanfaronner.

— C'est ça, votre chef de meute ? dis-je à Tamara. Un type qui s'amuse d'avoir raison ?

— Oh bah, tu sais, c'était ça ou un type misogyne, qui passe son temps à se gratter les couilles à table en rotant.

Elle lève les yeux vers son chef.

— Tu as raison, vraiment je me demande pourquoi j'ai choisi Kyle.

Elle taquine son chef, ils rient ensemble et je finis par me joindre à eux.

Connor se joint à nous pour partir à Toronto. Kyle respecte scrupuleusement la règle de toujours avoir l'un des siens près de lui, même quand il s'agit d'intégrer le monde des humains. Trevor reste au lac pour superviser la surveillance et je commence à comprendre que le chef maintient un équilibre précaire entre ces deux mâles, leur donnant toujours une mission importante, jonglant entre l'un et l'autre pour sa propre protection, pour ne pas susciter de jalousie. Pourtant, dans une hiérarchie établie, il ne devrait pas y avoir ce genre de problèmes.

Nous faisons un premier arrêt à la librairie et je suis soulagée de voir qu'il n'y a pas de magiciens qui se bousculent pour m'étriper. J'aurais aimé repasser à la cascade vérifier que l'artefact s'y trouvait toujours, mais je sais que ce serait dangereux : pire ce serait mettre les autres sur la piste de l'objet.

Connor nous attend dans la voiture et alors que nous entrons dans la librairie, qui vient d'ouvrir, j'en profite pour poser mes questions à Kyle. Il porte un jean noir, avec une chemise grise et une paire de mocassins. Il fait sérieux, mais pas trop.

— Connor est ton second ? demandé-je.

— Non, Trevor est mon second, m'explique-t-il.

— Alors pourquoi est-ce que tu jongles entre les deux ?

— Parce que Connor est en train de prendre le dessus sur Trevor. Il continue de gagner en puissance, alors que Trevor a atteint son apogée. Connor va probablement défier Trevor dans les jours ou semaines à venir. Je fais ce que je peux pour retarder ce moment. Plus je le retarde, plus Trevor peut réfléchir à sa participation au combat ou s'avouer vaincu et reconnaître que Connor est plus fort que lui. J'aimerais qu'il choisisse la deuxième solution, pour éviter un bain de sang. Non pas que Connor le mettra au sol en deux secondes top chrono, mais plutôt que le combat risque de durer et les deux hommes seront durablement blessés. Je n'ai pas du tout envie de me retrouver avec mes deux meilleurs hommes blessés, surtout dans une période où nous sommes attaqués.

— Du coup, tu fais ce que tu peux pour maintenir le statu quo.

— Exactement.

— C'est une stratégie intéressante.

— Et quand je ne suis pas là pour les surveiller tous les deux, je fais en sorte qu'ils soient séparés. Même s'ils sont supposés s'affronter sous les yeux de toute la meute, je ne veux pas que des altercations éclatent en mon absence. Connor a un tempérament de feu, il peut facilement s'emporter.

— Ils ont tous l'air de bien se contrôler, dis-je.

— Oui, mais on n'est jamais à l'abri d'un dérapage, surtout quand on est sous tension.

— Comme en ce moment.

— Comme en ce moment, confirme-t-il.

Nous trouvons le gérant de la librairie au fond du magasin, il me fait un grand sourire, ne sait pas trop s'il a le droit ou non de nous montrer les vidéos de surveillance, mais quand je lui explique que mon malaise n'en était pas tout à fait un et que je soupçonne une de mes fans de m'avoir empoisonné, son visage prend un air horrifié et il nous ouvre la porte de la réserve.

Il nous tire la vidéo surveillance du jour de la dédicace, la branche sur un vieux moniteur et retourne en magasin pendant que nous la faisons défiler. Heureusement qu'il a confiance en moi, sinon je doute qu'il nous aurait laissé l'accès.

Nous visionnons en accéléré la vidéo, Kyle enfonce ses doigts dans mon épaule au moment où il me voit tomber par terre. Je lui pointe Mélinda du doigt et nous suivons ses déplacements dans le magasin grâce aux autres caméras placées dans la boutique.

— Elle correspond à la description que tu m'as faite, lâche Kyle.

— Mais on n'a pas plus d'indices sur sa localisation, son identité…

— Je peux essayer de trouver des caméras dans la rue qui pourraient nous permettre de la suivre à la trace.

— J'imagine qu'il faut essayer.

Je désespère de plus en plus de mettre la main sur elle.

— Il n'y a pas quelqu'un qui connaît les faits et gestes des militants contre les surnats ?

— Les Chiens de Dan, répond Kyle. Mais ce n'est pas comme si on pouvait leur demander une réponse.

— Oui, j'imagine que ton ex n'a pas très envie de te parler.

— Ce n'est pas mon ex, dit-il entre ses dents.

— Je te taquine.

Un éclair jaune passe dans ses yeux au moment où je me retourne.

— J'ai faim, fait-il en se rapprochant de moi.

— Les loups ont toujours faim, dis-je en haussant les épaules.

Sa respiration est lourde et s'accélère. Je ne sais pas ce qui lui prend tout à coup. Il penche la tête vers moi, j'ai l'impression qu'il va m'embrasser et je sens que je le veux, je sens que tout mon être a envie de sentir ses lèvres sur les miennes. Mais je n'arrive pas à comprendre pourquoi, je n'ai pas d'explications rationnelles.

Ce qui fait que je recule d'un pas.

— Allons voir Bruce avant d'aller à notre rendez-vous, dis-je.

Je lui passe devant, je quitte la réserve, remercie le gérant et m'engouffre dans le 4x4 toujours garé devant. Kyle monte à l'avant, la tension envahit encore mon corps tandis que j'essaie de démêler mes émotions.

J'attrape mon smartphone parce que s'il y a bien quelqu'un à qui j'aimerais en parler, c'est Michelle. Je lui envoie un message pour la rassurer sur la situation, elle m'a envoyé un paquet de Whatsapp pour me demander des explications. Quelle explication puis-je fournir ? Même si j'avais envie de leur mentir, je ne vois pas quel mensonge plausible je pourrais inventer.

— Il ne faudrait pas prévenir Bruce de notre arrivée ? demande Kyle.

— Ça ne sert à rien, dis-je. Il ne répond pas à son téléphone. Il est allergique à la technologie.

— Il t'a bien appelé hier.

— J'imagine que la situation était suffisamment urgente pour qu'il se dise que ça valait la peine d'abîmer les touches de son téléphone.

Kyle n'insiste pas, je leur donne l'adresse et Connor nous emmène.

— Comment un magicien aussi puissant a-t-il pu décider de te prendre sous ton aile ? me demande Kyle dans la voiture.

— Un magicien aussi puissant ? Je sais que Bruce est puissant, mais il n'a jamais dit qu'il était…

— Bruce fait partie des magiciens les plus légendaires de notre époque, me coupe Kyle.

— Comment ça ?

— Il est connu par tout le monde. Les magiciens l'adulent autant qu'ils ont peur de lui.

Il se retourne sur son siège pour observer mon air ébahi.

— Tu n'as aucune idée de qui est ton mentor, n'est-ce pas ?

— C'est un vieux magicien qui se trimballe toujours avec une canne et qui m'a prise sous son aile quand j'avais six ans, dis-je. Bruce n'a jamais fait de magie devant moi, s'il n'avait pas tous ces artefacts dans son sous-sol ou s'il ne m'avait pas raconté tout ce qu'il savait sur la communauté des surnats, je douterais même qu'il soit un magicien. Mon père le regardait avec…

Peur. Je réalise que c'était de la peur dans le regard de mon père. Je réalise que c'est pour ça qu'il ne disait rien quand Bruce venait et restait assis pendant des heures. Il aurait envoyé paître n'importe quel autre client, mais non, pas Bruce. Il le traitait avec une forme de respect.

— Pourquoi est-ce qu'il ne m'a rien dit ? fais-je tout à coup. À chaque fois que je lui ai posé la question, il a changé de sujet. À chaque fois que je lui demande de me parler de son passé, il esquive. De quoi a-t-il tant honte ?

Kyle laisse passer un moment de réflexion avant de me répondre :

— Bruce intimide la plupart des surnats parce qu'il n'a pas toujours été l'homme bienveillant que tu connais. Les livres se souviennent de lui comme du Fléau.

— Le Fléau ?

— Le Fléau, tout à fait. C'était son surnom. Où qu'il aille, les magiciens trépassaient, les humains étaient ensorcelés. Il était puissant, mais cherchait à avoir une emprise sur toutes les personnes qu'il croisait et il ne faisait pas de différences entre les surnats et les non surnats. Enfin, je te raconte ce que les livres et mon père, ainsi que mon grand-père, m'ont raconté. Je n'étais pas né de ce temps.

— Mais quel âge est-ce qu'il a ?

— On lui attribue entre trois cents et quatre cents ans.

— Quoi ?

Je manque de m'étrangler, ce qui fait rire Connor.

— Pour une changeling, tu ne sais pas grand-chose de notre monde.

Tout ce que je sais, Bruce me l'a enseigné. Les meutes dans lesquelles j'ai suivi Derek ne cherchaient pas à m'apprendre quoi que ce soit, sinon à comment m'écraser face aux alphas. On me gardait à l'écart autant que possible, pour que je sente bien que je n'étais pas des leurs.

— Bruce s'est rangé du temps de mon père, ajoute Kyle. Il paraît qu'il a presque disparu de la circulation pendant un temps, avant qu'on le retrouve dans la région de Toronto et qu'il fasse partie de la communauté du coin pour de bon. La première fois que je l'ai rencontré, à une réunion qu'organisait Hans, il ressemblait tellement au visage des livres que je me suis demandé si ce n'était pas un sosie. J'ai du mal à croire que quelqu'un puisse avoir un tel âge et ne pas prendre une ride de plus. J'imagine qu'il a découvert un sort ou quelque chose comme ça, car je ne connais aucun autre magicien qui ait son espérance de vie. S'il voulait bien nous partager son secret, peut-être qu'on pourrait faire quelque chose pour les loups.

Les loups n'ont pas une grande espérance de vie, d'abord parce qu'ils ont tendance à utiliser la violence dès qu'il y a quelque chose qui ne leur plaît pas, ensuite parce qu'arrivé à un certain âge, l'animal prend le contrôle sur l'humain et si les meutes ne s'occupent pas du membre qui perd la tête, il devient un prime.

Or, seul face à lui-même, un prime ne survit pas très longtemps dans la nature sans sa meute.

— Je ne crois pas que ça changerait quelque chose à la longévité des loups, dis-je. Je n'en reviens pas qu'il m'ait caché tout ça.

— Il ne doit pas en être fier, lance Connor.

— Non, j'imagine qu'il a préféré recommencer à zéro. Mais difficile de faire ça quand l'intégralité de la communauté des surnats est au courant de ce que tu as fait.

— Sauf si tu tombes sur une petite fille de six ans qui a été tenue éloignée des autres surnats pendant un long moment et qui ne parvient pas à s'intégrer.

Est-ce pour ça qu'il m'a choisie ? Nous arrivons devant chez lui, une maison en bois, qui aurait besoin d'un sacré coup de peinture. Le perron est poussiéreux et quand je pose le pied dehors, il se met à neiger. Je lève la tête pour observer les flocons, admirative de la capacité de l'hiver canadien à lancer sur nous des salves de neige alors que nous sommes au début du mois de novembre.

Je m'avance jusqu'à au perron, je frappe à la vitre de la porte et je patiente.

Rien.

Je frappe à nouveau.

— Bruce ! crié-je. Sors de là, vieux magicien. Je n'ai pas l'artefact, tu peux venir.

Toujours rien. Je soupire, plonge la main dans le pot de fleurs sur ma gauche et récupère la clef qu'il y laisse. J'ouvre la porte et j'entre, criant encore une fois son nom. Kyle me suit et siffle en voyant comme tout est immaculé.

— Pourquoi est-ce que le perron est si sale dans ce cas ?

— Il n'a jamais aimé s'occuper de l'extérieur, dis-je. Il aime bien faire croire qu'il est un vieux croûton incapable de faire son ménage et il trouve que ça fait peur aux gens, comme ça il n'a pas de démarchage.

À l'intérieur, tout est impeccable, il n'y a de la poussière sur aucun plan de travail, tout est rangé, tout a sa place et les bocaux dans la cuisine sont étiquetés avec précision.

— Il n'est pas là, dis-je après avoir fait le tour de la maison.

J'ai même fait un saut à la cave. Tout a l'air normal, le salon est comme à son habitude.

— Il est peut-être allé faire des courses ? propose Kyle. Tu veux qu'on l'attende ?

— Non, soupiré-je. Il faudrait qu'il apprenne à décrocher son téléphone, tout simplement.

J'attrape une feuille de papier sur un bloc-notes près de ce fameux téléphone qu'il n'utilise pas, mais nettoie méticuleusement. Je griffonne un mot à son attention et le glisse sur la table de la cuisine. Bruce a l'œil dès qu'il y a quelque chose qui n'est pas rangé, il tombera immédiatement dessus.

Nous retournons à la voiture pour que Connor nous dépose en ville. Kyle lui a demandé de rejoindre les autres à l'ancienne maison pour remplir les papiers de l'assurance et récupérer ma propre voiture, ainsi que les affaires qui sont dedans. Je bénis le fait d'avoir laissé mon ordinateur dans ma voiture, au moins il n'a pas pris feu et je pourrai me remettre à écrire.

Le loup n'a pas l'air très heureux de laisser son chef en tête à tête avec moi.

— Nous ne devons jamais être seuls, rappelle-t-il.

— Et je ne suis pas seul, je suis avec September. Elle est une changeling.

— Une changeling qui ne peut pas se transformer, indique Connor comme si je n'étais pas à l'arrière de la voiture.

— Tu seras seul le temps de conduire jusqu'à la maison.

— Mais je serai en train de bouger, dans un véhicule. Comment est-ce que je peux être un garde du corps digne de ce nom alors que je ne suis pas à côté de mon chef ? lâche Connor.

J'observe ses traits, le ton de sa voix et son attitude. Je réalise alors qu'il est bien plus jeune que ce que je pensais. Il a peut-être dix-neuf, vingt ans.

— Connor, fait Kyle et sa voix est devenue beaucoup plus autoritaire et stricte. Est-ce que tu penses que j'ai besoin de quelqu'un pour me protéger ?

Le regard du loup se baisse immédiatement.

— Non, dit-il.

— Est-ce que tu penses que je ne suis pas à même de m'occuper de September ?

— Non.

— Dans ce cas, fais comme je t'ai demandé et reviens en ville ensuite. Nous devrions avoir fini notre rendez-vous.

Il ouvre sa portière au moment où notre chauffeur se gare, quitte le véhicule et je l'imite en balbutiant un salut maladroit à Connor. J'aurais préféré ne pas assister à ça.

— Il est nerveux, comme loup, dis-je.

— Il est jeune, indique Kyle en regardant le véhicule s'éloigner. Il apprend vite, mais parfois ses pulsions prennent le dessus. C'est aussi pour ça que je voudrais que Trevor reste à son poste le plus longtemps possible. Connor a besoin d'encore un peu de temps pour maîtriser totalement ses émotions.

— Il faut être un maître stratège pour être chef de meute, dis-je.

— Ou peut-être fin psychologue. Allons déjeuner.

Il m'entraîne vers une rue bondée de restaurants. Mon estomac gronde, ce que je prends pour un bon signe : c'est que mon animal a faim, qu'il est toujours là et qu'il trouve encore le moyen, d'une manière ou d'une autre, de me le faire savoir.

Nous entrons dans une pizzeria, le serveur fixe quelques secondes de trop mon œil au beurre noir, ce qui fait gronder Kyle. Il ne rigole pas quand il s'agit de protéger quelqu'un, l'alpha.

— Ce n'est rien, dis-je en posant ma main sur son bras pour l'apaiser. C'est normal d'être curieux, on ne croise pas tous les jours une fille avec un œil au beurre noir.

— Je… je suis désolé, balbutie le serveur.

— Une table pour deux, dis-je en prenant les devants.

On nous amène à une table dans un coin de la salle, éloignée des autres, ce qui me va parfaitement.

— Il ne pensait pas à mal, fais-je remarquer à Kyle.

— Je sais, rétorque le loup.

Il passe la main dans ses cheveux châtains courts, je capte son beau regard vert et je me sens aspirée pendant quelques secondes par l'aura qu'il dégage. Je secoue la tête et essaie de penser à autre chose. Ce n'est pas le moment de rêver.

— Connor a l'air d'avoir un sacré tempérament, dis-je.

— Il apprendra.

Je ne sais pas quel autre sujet aborder et s'il répond aussi simplement à mes questions, j'ai peur que le reste du repas se passe en silence.

D'un autre côté, est-ce un problème ?

Il lève la tête du menu et se racle la gorge pour m'interpeller.

— Est-ce que je vais devoir me battre contre toi pendant notre réunion de tout à l'heure ? demande-t-il.

— J'espère qu'on n'en viendra pas aux mains, réponds-je.

— Oh, carrément, ça pourrait devenir physique.

— Le combat serait profondément injuste étant donné que je ne peux pas me transformer.

— Parce que tu comptais te transformer devant une ribambelle d'humains ?

— Une ribambelle ? Ils vont être si nombreux que ça ?

Il commence à compter sur ses doigts.

— Le directeur de collection, l'attachée de presse, le directeur des talents, l'avocat, le directeur tout court…

— Quoi ? Tu m'as caché ça ?

— Tu ne m'as même pas demandé, fait-il remarquer.

— C'est le genre de détails qu'on donne aux gens avant de les embarquer dans un rendez-vous piégé.

— Il n'y a pas de piège.

— Parce que me retrouver face à une équipe de machos…

— L'avocat est une avocate en fait.

— Oh, formidable.

— Et tous les hommes ne sont pas machos. Ce n'est pas parce que tu as connu des machos dans ta vie que tu devrais mettre tous les hommes dans le même panier. Bruce n'est pas macho, j'imagine ?

— Bruce ce n'est pas pareil, dis-je en balayant l'air de ma main.

Le serveur revient et nous commandons chacun une pizza, je sens mon animal se ravir de cette idée et je suis soulagée de l'entendre ou tout du moins de ressentir un petit bout de ses pensées.

— Le rendez-vous va très bien se passer, me rassure Kyle.

— Tu ne veux pas me dire tout de suite de quelle proposition il s'agit ?

— Non, ça gâcherait tout le fun.

Je garde le silence pendant de longues secondes. Je pense à Bruce. C'est rare qu'il ne soit pas chez lui. J'ai toujours cru, de manière très égoïste, que s'il n'était pas avec moi, il n'avait pas d'autres occupations. Comme il ne me dit jamais rien sur sa vie, j'ai fini par assumer que j'étais le centre de son existence. Je me rends compte à quel point cette réflexion était stupide. Mais maintenant, je m'inquiète pour lui. Il n'avait pas l'air bien hier en présence de l'artefact, il n'avait pas l'air bien au téléphone non plus et avec ce que Kyle m'a raconté, j'ai l'impression que Bruce pourrait replonger et redevenir le Fléau qu'il était auparavant. Peut-être qu'il a changé d'avis et ne résiste plus à l'appel de l'artefact. Il est en train d'écumer toutes les planques qu'il imagine que j'ai pour le retrouver.

— Il faut qu'on mette au point notre histoire pour Hans, m'annonce Kyle.

— La vérité n'est pas une option ? dis-je.

— Si, il faut qu'on dise la vérité au maximum, il est capable de sentir le mensonge et s'il pense que nous ne disons pas la vérité, il utilisera son pouvoir sur nous.

— Son pouvoir ? Quel pouvoir ?

— Hans est capable de forcer la vérité hors de toi. Ce n'est pas simple, ça lui demande beaucoup d'efforts, mais il peut le faire.

— Et tu voulais que je mente à Hans à la réunion, dis-je.

— Ce n'était qu'un détail, il n'aurait jamais utilisé son pouvoir pour ça, rétorque-t-il.

— Tu as conscience que mon existence dans cette communauté est déjà précaire, n'est-ce pas ? Tu as conscience qu'on me tolère en tant que prime seulement parce que je ne fais pas trop de vagues, je n'embête personne et je ne perds pas le contrôle ?

— J'ai conscience de tout ça, mais tu es sous ma protection maintenant. Personne ne s'en prendra à toi. Ou alors il devra me passer dessus.

Le ton très sérieux qu'il emploie en prononçant ces mots aurait dû me mettre sur les nerfs, parce que c'est typiquement le genre de réaction que j'ai quand quelqu'un se targue de pouvoir me défendre, comme si j'étais une faible petite chose qui nécessitait qu'on la prenne sous son aile. Bizarrement, je ne dis rien et ses paroles déclenchent une vague de chaleur dans mon corps.

— Il sera au courant pour l'artefact, dis-je. Les magiciens vont certainement lui dire. On ne peut pas lui mentir sur quoi que ce soit.

— On ne doit pas lui révéler le lieu où nous avons planqué l'objet, m'annonce Kyle.

— Tu penses qu'il…

— Je ne sais pas ce qu'il fera de cette information, mais il ne sera pas le seul à la posséder. Hans nous interrogera avec une partie de la communauté des surnats de Toronto autour de nous pour lui servir de témoins.

— On dirait un procès quand tu en parles.

— C'est exactement ce qu'il va se passer. Il vient de nous donner l'ordre de ne pas créer le buzz et voilà que nous sommes à la une des journaux.

— Ce n'est pas notre faute si les magiciens ont pété un plomb.

— Mais nous sommes mêlés à l'histoire, il a une dent contre moi, il veut rasseoir son autorité sur la communauté, montrer qu'il est le plus fort et le seul capable de tous nous protéger.

— C'est un combat de coqs.

— Oui, c'est exactement ça.

— Très bien, je ferai de mon mieux pour ne pas lui révéler l'emplacement de l'artefact. Je compte emporter ce secret dans ma tombe.

Kyle hoche la tête. Nos pizzas arrivent et je me jette sur la mienne avec un appétit de vorace.

— Ton animal a l'air d'avoir faim, me dit-il.

— Oui, je suis soulagée de la sentir au fond de moi. La communication n'est pas optimale, mais je garde espoir.

— Nous retrouverons Mélinda.

— Il y a intérêt.

Il tend la main par-dessus la table et saisit la mienne.

— Je ferai tout ce que je peux pour que tu puisses à nouveau te sentir entière.

Une lueur jaune brille dans son regard. J'observe sa main sur mes doigts, son attitude et je sens ce rapprochement subtil, mais réel, qui s'opère entre nous. Il secoue finalement la tête, recule dans sa banquette et se remet à manger en silence.

— Et comment se portent les membres de ta colocation ? demande-t-il.

— Pas très bien, réponds-je en faisant la grimace. Je crois qu'ils m'en veulent beaucoup, surtout que je n'ai pas pu leur fournir d'explications. Je leur ai demandé de quitter les lieux et de ne pas y remettre les pieds tant que je n'aurais pas donné mon feu vert. Avec August dans les parages et maintenant les magiciens, je ne sais pas si c'est sage d'y retourner tant que tout ne sera pas résolu.

— Sans compter qu'on pourrait se servir d'eux comme otages pour te faire chanter.

Je n'ai pas pensé à ça. Un frisson me saisit. Peter ne doit absolument pas être mêlé à cette histoire, il n'y survivrait pas.

— Kyle… commencé-je.

— Oui ?

Il lève la tête de son assiette et je vois de l'espoir dans son regard. Qu'est-ce qu'il espère que je lui dise ?

— Ce que je vais te dire doit absolument rester entre nous et ne jamais quitter cette discussion, lancé-je.

Il fronce les sourcils, il prend un air à la fois sérieux et intrigué.

— Est-ce que c'est une information qui peut mettre en danger la meute ? demande-t-il.

— Non.

— Très bien, ça ne quittera pas notre discussion.

Il lâche ses couverts, s'essuie les mains et attend que je sois prête à lui parler.

— Peter, l'un de mes colocataires, a eu une expérience précédente avec les loups-garous. Une expérience traumatisante.

— Il est au courant de notre existence ?

Je hoche la tête.

— Et tu ne l'as pas dénoncé ?

— Ce n'est pas ma faute s'il est au courant, c'est la faute de la meute qui lui a laissé la vie sauve après avoir tué sa compagne.

— Sa compagne ?

— C'était une louve.

— Une louve avec un humain ?

La manière dont il prononce ces mots me vrille l'estomac. Quoi ? Il pense que les loups ne peuvent se mettre en couple qu'avec d'autres loups ? Il fait partie de ces gens qui sont contre le mélange d'espèces ?

— Tu as bien une ex humaine, cinglé-je tout en sachant qu'il n'aime pas ce terme.

— Ce n'est pas mon…

Il serre le poing et prend une inspiration.

— Où veux-tu en venir ? dit-il sur un ton agacé.

— Rien, je voulais un conseil, mais je vois bien que tu es déjà braqué et tu as déjà une opinion alors que je ne t'ai même pas raconté toute l'histoire.

— Je n'ai pas besoin de beaucoup plus d'informations : il est au courant de notre existence.

— Et ça fait plusieurs années et il n'a rien dit.

— Il l'a bien dit à quelqu'un puisque tu le sais.

— Il me l'a dit parce qu'il m'a vue me transformer.

Cette fois, il recule dans la banquette et s'enfonce dedans, les bras croisés sur le torse.

— Donc il sait pour toi aussi. Tu te rends compte du pouvoir qu'il a ? À quel point il pourrait te mettre en danger ? Il pourrait prendre contact avec des gens comme Mélinda.

— Tu ne le connais même pas, comment tu peux imaginer de telles choses sur lui ?

— C'est peut-être lui qui a pris contact avec elle. J'imagine que si son expérience a été mauvaise, il tient les loups en horreur et tout ce qui touche au surnaturel.

— Il n'est pas comme ça, rétorqué-je.

— Tu aurais dû m'informer plus tôt de ce point. C'est un autre danger.

— Et quoi ? Si je t'avais prévenu que mon colocataire était au courant, tu aurais réfléchi à deux fois avant de m'accueillir sous ton toit ?

— Non, mais j'aurai lancé une enquête sur lui en parallèle. On a perdu de précieuses heures.

— Il n'est pas question de lancer une enquête sur lui, sifflé-je.

— C'est un danger pour toi et pour notre communauté. Est-ce qu'il sait que tu es hébergée par ma meute ?

— Non, je ne lui ai donné aucune information sur toi ou sur quiconque de ta meute, je sais faire attention aux données confidentielles. Et pour ta gouverne, je ne lui ai pas révélé quoi que ce soit, il m'a surprise en train de me transformer et il n'a rien dit pendant des semaines, peut-être des mois.

— Il ne devrait pas être au courant.

— Oh oui, je peux t'assurer qu'il aimerait ne pas savoir. Il en fait des cauchemars toutes les nuits depuis des années au point qu'il a peur de dormir, maintenant. Il a vu sa compagne être décapitée sous ses yeux et son dernier vœu tu sais ce que c'était ? Qu'il ait la vie sauve. Elle s'apprêtait à subir la loi de la meute et elle a quand même pensé à lui sauver la vie.

— Ce n'était pas une raison pour lui accorder son vœu. Il met en danger toute notre communauté.

— Tu crois qu'il est le seul au courant ?

— Non, bien sûr que non.

— Alors pourquoi est-ce que lui est un danger et pas tous les autres ? Mélinda est au courant, tous les Chiens de Dan ont l'air d'être au courant ou tout du moins de croire ce qu'on leur raconte, même s'ils n'ont pas de preuve. Ton ex est au courant, tiens. Et pourtant si j'ai bien suivi l'affaire, elle est toujours en vie.

— Ce n'est pas mon ex et ce n'est pas pareil !

Il monte d'un ton sur sa dernière phrase. C'est plus que ce que je peux supporter. Je jette ma serviette sur la table, je me lève et je m'arrête au bar pour régler. Kyle me suit, tandis que je tapote du pied au sol, pressée.

— Qu'est-ce que tu fais ? grommelle-t-il.

— Je paie et je pars.

— Tu ne paies pas.

— Pourquoi ? Parce que je suis une femme ?

Je papillonne des yeux à son intention, histoire de le mettre au défi de me trouver une réponse plausible à cette question qui n'inclut pas du machisme.

— Tu gagnes peut-être très bien ta vie avec ton job, tes investissements et je ne sais quoi encore. Mais je gagne aussi très bien ma vie et je suis libre de payer si j'en ai envie.

— Tu ne peux pas partir seule. Je t'accompagne.

Le serveur me tend la machine à carte bleue, j'insère la mienne. Je bénis le ciel d'avoir gardé mon portefeuille sur moi pendant la bagarre hier.

— Kyle, j'ai besoin de respirer. Je vais donc aller marcher en ville et tu vas me laisser tranquille.

Je dis que je n'ai pas besoin du ticket, fais un sourire au serveur qui a l'air mal à l'aise et je déguerpis. Kyle me rattrape dehors. Je sens le froid s'insinuer immédiatement sous mes vêtements et je maudis encore plus fort Mélinda.

— Je ne peux pas te laisser seule. Tu es en danger. Tu es sous ma responsabilité, fait Kyle en marchant à côté de moi.

— Tu te rends bien compte que les règles sont apparemment différentes pour toi, parce que toi tu as de l'attachement pour ton ex, tandis que moi, tu condamnes directement mon ami, sans même lui donner le bénéfice du doute.

Je m'arrête et je pointe l'index sur son torse pour l'accuser.

— Pour la centième fois, ce n'est pas mon ex ! s'énerve-t-il.

— Alors pourquoi est-ce qu'elle est encore en vie ? Elle est au courant de qui vous êtes, elle a apparemment démontré qu'elle était prête à vous nuire, elle a lancé des gens sur votre piste. Dis-moi, hein, dis-moi ce qui fait qu'elle est encore en vie ?

Il serre les dents et ne me répond pas.

— Tu vois, dis-je sur un ton agacé. Elle a le droit à un traitement de faveur parce que tu la connais, parce que tu as de l'affection pour elle. Je te parle de Peter, un ami qui a été là pour moi à chaque fois que j'en ai eu besoin, un ami qui a traversé une épreuve atroce quand il a perdu sa copine. Un ami qui n'a pourtant pas hésité à m'obéir et à faire en sorte que personne ne reste dans la colocation quand je le lui ai demandé. Un ami qui n'a pas trahi mon secret et qui n'a pas cherché à me nuire. Explique-moi ce qui protège ton ex si ce n'est pas toi. Parce que je vois toutes les raisons du monde pour qu'elle soit condamnée par ta meute, mais aussi par la communauté surnaturelle. Tu ne voulais même pas que je parle de notre discussion dans la voiture à Hans, tu te rends compte à quel point tu la protèges ? Parce que si le chef des vampires était au courant qu'elle est à l'origine de tout ce ramassis médiatique, je peux te dire qu'il n'hésiterait pas, il enverrait quelqu'un la buter tout de suite.

Kyle reste silencieux, tandis que je reprends mon souffle. Je relâche mon index et reprends ma marche. Je vais aller dans mon café, réclamer une boisson chaude digne de ce nom et me calmer parce que j'ai les nerfs en pelote.

— Je suis désolé, OK ? fait Kyle en reprenant la marche avec moi.

Je ne le regarde pas et je ne lui parle pas.

— Je ne voulais pas que tu le prennes comme ça. Si Cindy n'a pas été mise en cause c'est parce que…

Je fais mine de l'ignorer.

— Tu m'écoutes au moins ?

Il m'attrape par les épaules, me tire dans une rue adjacente et me plaque contre un mur sans me faire mal. Je jette un œil à ses mains sur mes épaules et il relâche la pression immédiatement avec une mine inquiète. Il a peur de m'avoir fait mal ou quoi ?

— Cindy n'est pas mon ex et il ne se passera jamais rien avec elle, il ne s'est jamais passé quoi que ce soit. Si elle a développé une étrange affection pour moi, c'est parce que j'étais très ami avec son père. Je pense qu'il avait compris ce que j'étais avec le temps, même s'il ne l'a jamais dit à voix haute et que je ne lui ai jamais demandé, justement pour ne pas me retrouver face à un dilemme : le laisser en vie et ne jamais rien dire ou le tuer pour m'assurer que le secret est intact ?

Je sens un voile de tristesse recouvrir ses yeux momentanément.

— Il m'a fait promettre de veiller sur sa fille quand il est mort. Il avait le cancer depuis des mois et il a fini par se laisser emporter, fatigué de se battre. Cindy… Cindy a mon âge et elle n'a jamais compris l'amitié que son père et moi avions. Elle pensait que je venais pour elle, parce qu'elle n'est pas capable de comprendre que deux hommes puissent s'entendre avec autant d'années d'écart.

Il passe une main dans ses cheveux et cherche ses mots. Il me relâche totalement et je ne tente pas de m'enfuir. Je reste en face de lui, à écouter ce qu'il a à me dire.

— Quand il est mort, je lui ai dit que son père m'avait fait promettre de prendre soin d'elle. Elle a mal interprété mes paroles, elle a commencé à me suivre partout et c'est comme ça que les choses ont dégénéré.

— C'est pour ça que tu ne veux pas l'éliminer ? À cause de ta promesse ?

Il hoche la tête, l'air penaud.

— La meute est au courant ?

— Oui.

— Hans ne le sait pas ?

— Non.

— Et tu ne veux pas qu'il le sache.

— Non.

— Parce qu'il l'éliminerait.

— Oui.

— Et tu faillirais à ta promesse envers ton ami, le père de Cindy.

— Exactement.

Je soupire.

— C'est un problème cornélien, dis-je. L'honneur d'un loup… je sais que ça représente tout pour toi. Si tu fais une promesse, tu te sens contraint à vie de la tenir, même si elle met en danger ta meute et l'existence même des surnaturels.

— J'ai aussi promis de te protéger, September. Si je réagis comme ça au sujet de Peter, c'est parce que j'ai peur qu'il soit ton point faible, comme Cindy est le mien. Mais je n'ai rien promis à Peter, je t'ai promis quelque chose à toi.

— Tu ne m'as rien promis, le contredis-je.

— Je t'ai pris sous ma responsabilité, je t'ai donné ma protection. C'est une promesse pour moi.

— Si c'est le seul problème, je te libère de ta promesse.

— Ce n'est pas si simple.

Il s'approche de moi, il lève la main et je sens ses doigts caresser ma joue et repousser les mèches de mes cheveux auburn qui tombent sur mon visage. Je ne peux pas m'empêcher de le fixer du regard, je me sens absorbée par lui, comme je ne l'ai jamais été par aucun homme.

Il penche sa tête vers moi, ses lèvres s'approchent des miennes et délicatement il m'embrasse. Je m'attendais à un baiser fougueux, mais il recule alors que j'ai encore envie de le goûter. Je me sens aussitôt en manque, j'ouvre les yeux sur son visage. Nous sommes tous les deux dans un autre monde. Il recule d'un pas, je cherche quelque chose à dire, rien ne me vient.

— On va être en retard au rendez-vous, dit-il simplement.

CHAPITRE 26

Le rendez-vous ne se déroule pas du tout comme je l'imaginais. Je m'attendais à ce qu'ils soient un peu écrasants de supériorité, c'est l'image que je me faisais des gens dans l'édition traditionnelle, mais ils sont aimables, à l'écoute et très heureux de me recevoir. Quelques regards sont curieux de mon œil au beurre noir, mais personne ne me pose une seule question. Tant mieux, je me voyais mal dire que j'étais tombée dans les escaliers.

— Vous réfléchirez à notre proposition ? demande l'avocate au moment où je prends congé.

Je hoche la tête pour la remercier. Elle m'a donné un tas de papiers à étudier, elle m'a dit de l'appeler si j'ai la moindre question et Kyle a promis de me réexpliquer les parties nébuleuses du contrat. Ils proposent de me racheter l'intégralité de mes titres, de me donner une couverture non seulement nationale, mais internationale et ils parlent déjà de vendre mes droits à une production cinématographique.

Je suis trop assommée par toutes ces perspectives et ces opportunités pour pouvoir prendre une décision ou réfléchir de manière rationnelle, je préfère donc me taire, tandis que nous attendons Connor dans le centre-ville.

— Tu n'as pas beaucoup parlé pendant la réunion, me dit Kyle.

Parce que je réfléchissais trop à notre baiser peut-être ?

— Non, effectivement. C'était… c'était beaucoup d'informations d'un coup. J'ai besoin de temps pour réfléchir.

À ce que ce baiser signifiait.

— Ton cœur balance entre ta liberté et nos propositions ?

Mon cœur balance entre l'envie de le harceler de questions au sujet de ses lèvres sur les miennes, de l'attirance que j'éprouve pour lui et de… mais pourquoi, franchement ? Hein ? Je n'ai pas assez d'emmerdes comme ça ? Il faut que je m'acoquine du futur chef des meutes d'Amérique du Nord ? Et de toute façon, avec son statut, jamais il ne se mettra avec quelqu'un qui n'est pas une louve, ce serait trop compliqué à faire passer politiquement.

— Oui, réponds-je.

— Tu as l'air fatigué.

— Les cauchemars de cette nuit n'ont pas aidé, confirmé-je.

Connor débarque, je m'installe en silence à l'arrière du véhicule, sans dire un mot. Kyle et lui discutent des derniers points : l'assurance fonctionnera pour la maison seulement s'ils portent plainte, puisque c'est un incendie d'origine criminelle. Le loup enrage, car il sait très bien que s'il porte plainte contre les magiciens, il va se créer encore plus d'ennuis.

— Tant pis, décide-t-il.

Connor me confirme que ma voiture est en train d'être rapatriée au lac. Je suis soulagée de savoir que Carnage va bien. C'est déjà la fin de l'après-midi et le soleil n'est plus visible à l'horizon. Kyle regarde machinalement son portable.

— Demi-tour, Connor, annonce-t-il. Hans veut nous voir plus tôt que prévu.

— Il est déjà debout ? s'étonne le mâle ?

— Apparemment. Et il nous veut tous dans deux heures au hangar. Autant rester en ville, on n'a pas le temps de faire l'aller-retour. Je préviens la meute pour qu'ils viennent en renfort.

Il écrit un message, sûrement sur une conversation Whatsapp de leur meute. Je suis amusée du fonctionnement d'une meute au 21e siècle.

J'en profite pour regarder mon propre téléphone. Il est temps que je prenne mon courage à deux mains et que je réponde à Marvin, Brandon et Michelle. Je commence par la conversation de groupe, je les rassure autant que je peux, je leur promets que je leur expliquerai tout dès que les choses se seront tassées. Je me mords la lèvre en écrivant ça. Je sais pertinemment qu'il faudra que je leur sorte le plus gros mensonge de ma vie.

Puis je bascule sur les messages individuels et en dernier, parce que ce sont ceux que je redoute le plus, ceux de Michelle.

Michelle : *est-ce que tu peux au moins venir chez la tante de Brandon ce soir ? J'aimerais annoncer aux garçons que je suis enceinte et j'aurais préféré que tu sois là. Je te promets, aucune question sur ce qu'il se passe. Juste... je ne me vois pas leur dire sans toi, tu comprends ?*

J'ai envie de lui dire oui, mais je ne peux pas. Si je vais chez la tante de Brandon, je les expose au danger eux aussi, tout du moins je révèle leur emplacement à des gens susceptibles de nous suivre. Je vois bien que depuis que je me suis débarrassée de l'artefact, nous n'avons pas subi de nouvelles attaques, j'imagine donc que je suis hors de danger. Mais Kyle a raison : n'importe qui pourrait se servir de mes colocataires pour les prendre en otage et me faire chanter. Je ne peux pas prendre ce risque.

Je descends ses autres messages, jusqu'à arriver au dernier, qui date d'il y a quelques minutes. Mon cœur s'arrête de battre pendant trois longues secondes en le lisant.

Michelle : *je passe vite fait à la ferme pour récupérer quelques affaires, je n'ai rien pu prendre comme Peter nous a dit de partir directement du travail pour aller chez la tante de Brandon. Si jamais tu y es, on se croisera peut-être. Enfin, j'espère. Tu me manques déjà.*

— À la ferme, dis-je d'une petite voix avant de reprendre mes esprits et de parler plus fort. Connor, il faut qu'on aille chez moi, à la ferme, tout de suite. Michelle est en danger.

— Michelle ? s'étonne le chauffeur.

Kyle se retourne.

— Ta colocataire ?

— Elle est enceinte. Elle est allée à la ferme pour récupérer des affaires. August y est peut-être. S'il te plaît.

Mes yeux sont grands ouverts et si je pouvais lui faire la tête du Chat Potté pour arriver à mes fins, je n'hésiterais pas. Je m'en fiche d'employer un ton suppliant, je m'en fiche d'être en train de lui réclamer une faveur. Je dois aller m'assurer que Michelle va bien.

— OK, on a le temps avant la réunion, on y va, annonce Kyle.

— Sans les autres ? s'étonne Connor.

— On n'a pas le temps d'attendre les autres, dis-je.

— Sans les autres, confirme le chef de meute.

Connor a l'air étonné, mais il change de direction et suit les instructions de Kyle concernant la route. Pendant ce temps, j'essaie de joindre Michelle, sans succès. Je la rappelle trois fois d'affilée, je lui laisse des messages sur son répondeur lui demandant de partir aussi vite que possible. Je finis par lui renvoyer des Whatsapp :

September : *quitte tout de suite la ferme, si tu n'y es pas encore, n'y va pas, Michelle ! C'est dangereux.*

September : *je t'en supplie, pars tout de suite*

September : *et donne-moi un signe de vie*

September : *Michelle !*

Elle ne me répond pas, je suis en panique, j'exhorte Connor à rouler plus vite, mais Kyle m'indique que ça ne sert à rien qu'on accélère si c'est pour mourir en chemin.

Je me ronge les sangs, j'écris à Peter, je lui demande si Michelle est rentrée, mais il doit être au travail et il ne me répond pas, j'écris à Brandon, pas de réponse non plus, son téléphone est sûrement en silencieux, je finis par écrire à Marvin, mais lui aussi est occupé.

Nous arrivons à la ferme et je descends du véhicule alors qu'il n'est même pas arrêté. La voiture de Michelle est garée juste devant, la porte d'entrée est encore ouverte. Je me précipite à l'intérieur et je crie :

— Michelle ! Michelle !

Je n'entends rien. Kyle arrive juste derrière moi, me passe devant et tend l'oreille. Il commence à marcher plus prudemment. Connor se positionne de manière à protéger nos arrières et malgré la panique qui me gagne, j'accepte leur protection et je me plie à leur protocole.

— Par ici, murmure Kyle. Qu'est-ce qu'il y a dans cette direction ?

— La chambre de Michelle, dis-je.

— J'ai entendu des bruits là-bas.

Je bénis son ouïe intacte. Nous progressons lentement, au point que j'ai envie de le bousculer et de courir devant. Je me retiens, il serait capable de me plaquer au sol, de prendre le temps de s'assurer que je vais lui obéir avant de repartir, ce qui ne nous ferait pas avancer plus vite.

— À droite, dis-je au milieu d'un nouveau couloir.

— Je peux t'entendre, fait une voix que je connais bien.

— August, grogné-je.

J'entends des gémissements en même temps, Kyle me retient au moment où je me précipite et il passe le premier la tête dans l'encadrement de la porte de la chambre de Michelle.

Je le suis, ainsi que Connor.

Et je découvre le triste spectacle.

— Je t'attendais, fait August avec un grand sourire en tenant le téléphone de Michelle dans sa main.

— Je suis désolée, murmuré-je à l'intention de mon amie.

Elle est assise sur une chaise, au milieu de sa chambre, les mains liées, un bâillon sur la bouche. August la maintient d'une main dans la chaise et de l'autre il s'amuse de la discussion Whatsapp de mon amie.

— C'était si simple de te faire venir. Tu sais qu'elle ne comptait pas te dire qu'elle était là ? Elle savait que ça ne te plairait pas. C'est moi qui ai écrit un petit message en suivant le fil de toutes vos discussions. On en apprend des choses avec un téléphone de nos jours. Elle est enceinte en plus, si ce n'est pas trop mignon.

— Lâche-la, ordonné-je à mon père.

Son regard est allumé de jaune et je sens que ses instincts de loups sont prêts à prendre le dessus à n'importe quelle seconde. Il lâche le téléphone par terre, passe la main dans son dos et en tire une arme à feu. Kyle se positionne immédiatement devant moi et me garde derrière lui d'une main.

— Ne bouge pas, me réclame-t-il.

— Je ne peux pas la laisser, dis-je.

— Je m'en occupe, d'accord ?

— Non, c'est mon amie, je dois l'aider.

August braque le Glock sur la tempe de Michelle, qui se met à trembler en fermant les yeux. Je vois de grosses larmes rouler sur ses joues.

— Je vais te tuer, dis-je à l'intention d'August.

— Tu sais qu'elle n'a même pas eu peur quand elle m'a vu ? Elle était prête à me faire un café et à me proposer des biscuits. C'est fou, hein ? Je joue tellement bien mon rôle maintenant que je pourrais passer pour un loup bien rangé.

Michelle ne tique pas au terme loup, elle a l'air d'avoir trop peur pour vraiment comprendre ce qu'il se passe, hormis qu'elle est en danger.

— Ne touche pas un seul de ses cheveux, menacé-je August.

— Sinon quoi, hein ? dit-il avec sarcasme. Voilà ce qu'il va se passer, tu vas me révéler gentiment l'emplacement de ce que je cherche, et ne me balance pas des excuses comme quoi tu ne sais pas ce dont il s'agit, je sais ce qu'il s'est passé hier. Tu vas m'y emmener et ensuite je libérerai ton amie. Et peut-être que tu n'auras pas à la tuer si je ne perds pas le contrôle, mais pour ça il va falloir être une gentille fille, hein ? Tu sais ce qu'il se passe quand je perds le contrôle, non ?

Il me sourit avec son regard jaune et je vois des poils pousser sur son visage, avant de disparaître.

— Il ne faudrait pas qu'elle voie ça, sinon j'ai peur que la communauté la condamne. Les gens n'ont pas le droit de savoir notre petit secret. Non, non, non.

Il agite son Glock en même temps pour illustrer ses propos. Pour la première fois, je ne tremble pas à cause d'August, je tremble pour Michelle.

— Connor, fait Kyle.

— Oh, ils veulent tenter une attaque héroïque ? s'amuse August. Mais j'ai un joli joujou dans les mains, qui peut faire de gros dégâts, parce qu'il a de belles balles, très chères, qui brillent très fort.

Des balles en argent.

— Et puis ce serait dommage de devoir se transformer maintenant ? Ça reviendrait à la condamner aussi, non ?

Il fanfaronne presque, il se sent tellement puissant d'avoir pensé à tout qu'il se croit invincible.

— Très bien, dis-je en bousculant Kyle qui me retient. Je viens avec toi.

— Ah, je savais que ton petit cœur ne pourrait pas voir ses amis souffrir. Déjà, quand tu étais petite, tu étais très protectrice de tes animaux domestiques.

— Mais tu la libères avant, ajouté-je.

— Oh, tu crois que nous sommes en train de négocier ? Non, elle est mon assurance-vie, l'assurance que tu ne m'emmèneras pas sur une fausse piste non plus. Elle vient avec nous.

— Pas question, dis-je en serrant les dents.

— Tu préfères que je la tue tout de suite ? Parce que je peux faire ça et aller trouver un autre de tes amis. Tu sais, c'est fou les informations que les gens partagent avec leur téléphone de nos jours, j'ai même l'adresse de cette tante-là, celle de Bran quelque chose. Si Michelle ne fait pas l'affaire, on peut trouver un autre de tes petits amis pour lesquels tu as peut-être plus d'amour.

Il se penche et murmure à l'oreille de mon amie.

— Je suis désolé, Michelle, je crois que tu n'es pas la préférée de la colocation malheureusement.

Il a complètement perdu l'esprit.

— Pourquoi est-ce que tu veux l'artefact ? Tu n'es pas magicien, il ne t'est d'aucune utilité.

— Mais les gens pour qui je travaille tiennent beaucoup à cet objet. Ils me récompenseront grassement, me rétorque-t-il.

Il se penche à nouveau.

— Peut-être qu'il aurait fallu avoir les quatre sous la main, comme ça j'aurais pu en tuer un, puis l'autre, jusqu'à ce qu'elle cède, ajoute-t-il à l'oreille de Michelle. Maintenant, je vais devoir me taper tout le trajet. Je n'aime pas ça.

Son bras se couvre de poils, avant de redevenir normal. Il retire la sécurité de son Glock : c'est plus que je ne peux le supporter. Je me jette dans la bataille en même temps que Kyle. Il bondit, renverse August, un coup de feu part, j'attrape l'arme et je la jette au loin. Je laisse Kyle se débrouiller avec mon père tandis que je me précipite pour libérer les mains de Michelle, lui retirer son bâillon et la rassurer.

— Je suis là, ça va bien se passer.

Elle tremble, elle pleure, elle n'arrive pas à marcher. Je passe mon bras sous ses épaules, derrière moi August s'est relevé et il a amorcé sa transformation.

— On va y aller, lui dis-je en lui gardant le dos tourné.

Je l'emmène petit pas par petit pas, mais elle manque de s'écrouler à chaque fois tant elle tremble. J'espère que tout ça ne va pas causer des dommages à son enfant. On ne peut pas perdre un bébé parce qu'on a subitement eu la plus grosse peur de sa vie, hein ?

Hein ?

Connor nous passe devant, il tire son chef en arrière tandis qu'August termine sa transformation. Il n'a pas pris le temps de retirer ses vêtements, qui se sont déchirés tandis que le loup a pris la place de l'homme. Il est maintenant à quatre pattes, recouvert de fourrure, son nez s'est transformé en un museau et il n'y a plus rien d'humain chez lui.

Il n'y a déjà pas grand-chose d'humain chez lui quand il est un homme de toute façon.

— Il faut se transformer, annonce Connor à son chef.

Je tourne la tête encore, quitte à avoir un torticolis, Kyle me cherche du regard, il demande mon autorisation. Je sais les dangers que Michelle encourt si jamais elle comprend ce qu'il se passe.

Mais je sais aussi que si Kyle ne se transforme pas, nous ne survivrons pas à l'affrontement. Alors avec lenteur, je hoche la tête, me disant que je m'occuperai des conséquences plus tard.

Je tire Michelle jusque dans le couloir et là, je l'assois contre le mur tandis qu'un hurlement de loup déchire mes tympans.

— Tout va bien se passer, répété-je encore une fois.

— Qu'est-ce que c'était que ça ? demande Michelle.

— Rien, ce n'est rien. Des amis sont avec moi, ils ont la situation sous contrôle. Je vais aller leur prêter un coup de main. Tu ne bouges pas, tu restes là, tu ne regardes pas.

Elle m'observe, elle m'entend, mais elle n'écoute pas.

— Michelle, tu dois me promettre. Tu dois me promettre que tu ne passeras pas la tête par cette porte. Il en va de ta vie, d'accord ?

— Mais qu'est-ce que vous êtes ? murmure-t-elle.

— Je suis ton amie. C'est tout ce qui compte. Je ne laisserai jamais rien de mal t'arriver, d'accord ?

Je l'embrasse sur le front, la laisse dans le couloir et file dans sa chambre.

Connor et Kyle se sont tous les deux transformés. J'admire la fourrure noire du loup de Kyle, mais je dois reconnaître que Connor, avec son loup gris, est plus massif. Ce qui ne veut pas dire qu'il est plus fort. Je vois bien à la manière dont il se déplace dans la pièce qu'il est encore impulsif, on sent la fougue de la jeunesse non maîtrisée dans ses pas.

August leur fait face. Il a sorti les crocs, de la bave coule à la commissure de ses lèvres et il a tout du loup hargneux qui ne connaît aucune limite. Kyle s'élance sur lui, des coups de crocs sont échangés, Connor se joint à la bataille et j'en profite pour me faufiler dans la pièce. Je tourne autour du combat, faisant de mon mieux pour éviter de me prendre une patte, ou un loup complet. Kyle est envoyé contre le lit, dont le bois se brise, il se relève aussitôt et repart à l'assaut. August se défend à coups de griffes et de crocs. Son loup au pelage roux a connu plus d'un combat et il sait jouer avec les nerfs de ses adversaires.

Je mets enfin la main sur l'arme, je me retourne et je cherche à viser August. Je ne sais pas si j'arriverai à tirer. Il reste mon père après tout, même s'il a dépassé les bornes depuis belle lurette. Il envoie Kyle au tapis, Connor se jette sur lui, mais sans technique, ce qui fait qu'August n'a qu'à esquiver pour que le mâle se prenne le mur juste derrière et s'assomme tout seul.

Je comprends mieux que ce Kyle voulait dire avec cette histoire de jeunesse et de maîtrise.

August me repère alors, je tends son propre Glock vers lui, la sécurité n'est pas enclenchée, je cherche la gâchette, j'ai envie d'appuyer. J'ai terriblement envie d'appuyer. À cette distance, je ne peux pas le rater.

Il s'avance d'un pas, puis de deux, il n'y a qu'un mètre entre lui et moi, il lui suffit d'un saut et il pourra m'arracher la tête.

Je n'ai jamais su m'opposer à lui. Je vois Kyle se relever dans un coin de la pièce. Je vois August s'élancer vers moi au même moment.

Je tire en fermant les yeux, la balle crève le plafond, mais fait suffisamment peur à August pour qu'il batte en retraite. Il saute par la fenêtre qu'il a brisée plus tôt dans la journée a priori et il s'échappe. Kyle s'apprête à lui courir après, mais je lui crie :

— Non !

Je lâche l'arme. Il vient se frotter dans mes jambes tandis que Connor se relève doucement. La tête du chef de la meute arrive au-dessus de mes hanches. Il est impressionnant.

— Tu vas bien ? lui demandé-je en caressant l'espace entre les deux yeux sur son crâne.

Il ronronne presque en frottant sa tête contre mes doigts et j'en conclus qu'il n'est pas blessé. Est-ce qu'il se retenait pour éviter de tuer August ? J'imagine que oui.

— Mais qu'est-ce que…

Je tourne la tête vers la voix de Michelle et me précipite sur elle.

Mais il est trop tard.

Elle a tout vu.

CHAPITRE 27

— On ne va pas la tuer, dis-je entre mes dents à Connor.

— Elle sait qui nous sommes, rétorque le futur second de Kyle. On ne peut pas la laisser en vie. Elle pourrait tout raconter.

— Elle ne racontera rien, elle est traumatisée, mais elle arrivera à tenir sa langue. Elle est enceinte, bon sang ! Tu veux tuer une femme et son bébé ? Elle se trouvait juste au mauvais endroit au mauvais moment.

— C'était ton job de la protéger, cingle Connor. Ta meute, ton job.

— Et j'ai essayé, mais je ne suis pas comme Kyle, je n'ai pas un pouvoir autoritaire qui me permet de contraindre ma meute à obéir à mes ordres. Je dois les raisonner et parfois ça ne fonctionne pas, OK ?

Connor croise les bras sur sa poitrine, il a repris forme humaine, ainsi que Kyle. Ils ont récupéré des vêtements dans le 4x4, les leurs étant complètement déchirés. Être un loup, c'est avoir une garde-robe très fournie, pas par souci de mode, mais parce que les vêtements sont rapidement inutilisables.

— Tu n'as pas le droit de vie ou de mort sur Michelle, dis-je alors à Connor. Je te remercie d'avoir pris part au combat, mais tu ne décides pas pour elle.

Connor tourne alors la tête vers Kyle, qui est au téléphone depuis tout à l'heure pour mettre des gens sur la piste d'August et reporter l'incident à Hans sans tarder. Mon père est un type dangereux, le plus tôt il sera appréhendé, le mieux ce sera.

— Tu lui as dit ? demandé-je quand Kyle raccroche.

Il sait très bien ce que je demande : l'a-t-il prévenu que Michelle était sur les lieux ?

— En partie. Je lui ai dit qu'elle était là, mais qu'elle n'a rien vu.

Je me tourne vers Michelle, je l'ai assise au volant de sa voiture, elle tremble encore. J'ai déposé ses affaires sur le siège passager, avec son téléphone portable qui a tenu le choc. J'ai prévenu Peter de ce qu'il s'est passé, il cherche en ce moment même un Air BnB pour héberger tout le monde, la tante de Brandon inclus. Je lui ai donné les numéros de ma carte bancaire et je l'ai supplié de faire au plus vite.

Il a compris l'urgence.

Il ne me reste qu'à faire en sorte que Michelle arrive à s'en sortir. J'ai demandé à Peter de ne pas me dire où ils vont, je ne veux pas connaître l'information. Je ne peux pas livrer une adresse que je ne connais pas, même sous la torture.

— Tu m'entends ? dis-je en prenant les mains de mon amie.

Je lui caresse délicatement le visage. Je suis accroupie devant elle, à ses genoux, tandis qu'elle garde les yeux fixés sur ses doigts tremblants.

— Michelle, il faut que tu m'écoutes. J'ai besoin que tu reviennes à toi, là. Le danger est presque écarté, je te le promets. Je dois encore te demander une dernière chose. Une toute petite dernière chose, et ensuite tu pourras te remettre à pleurer autant que tu veux, tu pourras trembler. J'ai raconté à Peter tout ce qu'il s'est passé, tu pourras lui dire à quel point tu as eu peur et il te consolera et je te promets qu'il comprendra.

Je passe ma main dans ses cheveux bruns et je les bascule derrière son oreille, je lui relève le menton et je vois ses yeux briller de larmes.

— Peter va t'envoyer une adresse sur ton téléphone. Tu te rendras directement là-bas, d'accord ? Pas de détours, pas d'arrêts.

Elle hoche la tête et je suis soulagée de voir qu'elle a enfin une réaction active.

— Tu ne parleras pas à Brandon, Marvin ou qui que ce soit qui n'est pas Peter ou moi de ce que tu as vu ou de ce qu'il vient de se passer. Pour les autres, tu es passée en coup de vent à la maison, il y avait… une forte odeur de gaz, quelque chose, n'importe quoi, qui fait que tu as eu peur et que tu es rentrée aussitôt et qu'effectivement, il ne faut pas mettre les pieds là-bas.

— Du gaz ? fait-elle. On n'a même pas le gaz, September…

— Une conduite qui passe sous la maison, mais qui ne nous livre pas, d'accord ?

— Comment est-ce qu'ils vont croire ça…

— Ils n'ont pas vu ce que tu as vu, Michelle. Ils goberont ce que tu leur diras parce qu'ils ont confiance en toi.

— Tu veux que je mente à mes meilleurs amis ?

Une larme roule encore sur sa joue.

— Je veux que tu leur sauves la vie, Michelle. Comme je suis en train d'essayer de sauver la tienne.

Connor se racle la gorge, visiblement il en a marre de mon discours et il n'est pas d'accord avec ma stratégie. Je lève les yeux vers Kyle, son regard est fixe, il ne m'encourage pas, mais il ne désapprouve pas non plus.

— OK, murmure Michelle. OK.

— OK quoi ? demandé-je.

— OK, j'attends le texto de Peter, je vais directement là-bas. Je dis que…

Elle lève les yeux vers Connor et Kyle, se remet à trembler, mais poursuit sa phrase :

— … qu'il y a clairement une fuite de gaz et qu'il y a des… des gens qui travaillent dans le gaz qui s'affairent avec prudence autour de la maison ? Que je n'ai même pas eu le droit d'entrer et que ça ne sert à rien d'y aller. Ils ont été OK pour me prendre des affaires eux-mêmes, je leur ai donné les indications par téléphone, mais c'est parce que j'ai dit que j'étais enceinte.

Je lui souris.

— Très bonne histoire, confirmé-je. Et ce sera l'occasion de leur dire que tu es enceinte en plus.

— Sur la base d'un mensonge.

— Un mensonge qui fera en sorte qu'ils ne viennent pas ici, où ils courent tous un grave danger.

— Pourquoi tu n'as pas dit la vérité, September ? me demande-t-elle.

— Parce que tu n'as pas le droit de savoir la vérité, Michelle. Le simple fait que tu saches me met… te met… et les met tous les deux dans une position délicate. Il n'est pas toléré d'éventer le secret dans notre communauté.

— Et Peter sait ?

— Peter sait, confirmé-je.

— Et il ne risque rien ?

Je jette un nouveau coup d'œil à Kyle et Connor.

— Je m'assure qu'il ne risque rien, dis-je. Comme je le fais pour toi. Parce que je vous aime tous les deux, tous les quatre, et même le mini-toi qui naîtra bientôt.

Elle renifle, je m'écarte d'elle, son téléphone vibre, elle vérifie de qui il s'agit.

— J'ai l'adresse, m'annonce-t-elle.

— Vas-y, l'encouragé-je.

Je ferme la portière de sa voiture, elle prend une minute pour rassembler ses esprits, puis elle démarre.

— Rien ne doit lui arriver, dis-je en la regardant s'éloigner.

— Ce n'est pas dans les règles, cingle Connor qui n'apprécie pas le traitement de faveur.

Kyle ne dit rien. J'imagine que la situation ne lui plaît pas, mais qu'après ce qu'il m'a appris sur Cindy, il comprend mon geste.

— Allons à la réunion, on va être en retard maintenant. Et je suppose que Hans compte faire de nous le clou de la soirée, lâche-t-il.

Quand nous arrivons au hangar, il fait nuit noire, les vampires sont de sortie, mais également les magiciens, les loups et autres créatures qui forment la communauté des surnaturels. Je cherche Bruce du regard quand nous entrons, je ne le trouve pas et je me demande s'il n'est pas parti à l'autre bout du pays, ou du monde, pour résister à l'appel de l'artefact.

La meute de Kyle nous a rejoints et nous entrons tous ensemble, on nous dégage le chemin pour que nous puissions nous avancer jusqu'à Hans. Visiblement, nous sommes en retard, puisqu'il y a déjà une centaine de surnaturels et je ne m'attendais pas à autant de monde juste pour une histoire entre les magiciens et nous.

— Encore un problème, annonce Hans lorsque nous nous arrêtons devant lui.

Il est sur son estrade, il a toujours trop de maquillage et la démarcation entre son visage et son cou est visible à cause de la différence de couleur de peau.

— Je dirais plutôt qu'August est le problème, indique Kyle en retour. Et qu'il aurait fallu s'informer de ses projets avant de le laisser traîner dans la communauté sans surveillance.

Je prends une inspiration, fière que Kyle me défende. Tamara est juste derrière moi, elle attrape mes doigts pour me soutenir. Évidemment, la meute est au courant de tout, ou presque. Nous maintenons le rôle de Michelle sous silence, en espérant que Connor ne craquera pas.

— Ou peut-être que ta meute est le problème, Kyle. En quelques jours, tu as causé plus d'ennuis que la communauté n'en a connus depuis des années.

— Je n'ai pas l'impression qu'en étant la victime de chaque événement, je sois celui sur lequel il faille remettre la responsabilité, fait le chef de Meute.

— J'ai l'impression que tu passes plus de temps à t'occuper des missions qui ne te regardent pas, plutôt que de celles qui te regardent, insiste Hans.

— Je m'occupe parfaitement des missions qu'on m'a confiées, se défend Kyle.

— Comme de retrouver Edward ? fait la voix de Davis dans l'assemblée.

Je ne me retourne pas. Si je me retourne, je vais paraître suspecte.

— L'enquête avance, confirme Kyle.

— Alors pourquoi est-ce qu'on n'a aucune nouvelle, hein ? poursuit le meilleur ami d'Edward.

— Parce que je n'ai pas encore trouvé de nouveaux indices, explique le chef de meute avec beaucoup de calme tandis que des murmures se lèvent dans l'assemblée pour discuter de qui a raison ou non.

— Parce que tu as pris sous ton aile l'une des suspectes, surtout, cingle Davis. Elle refuse de nous dire ce qu'il s'est passé, mais c'est à cause d'elle si Edward a disparu ! Elle lui a sûrement fait du chantage ou quelque chose du genre.

Je ne peux pas m'empêcher de lever les yeux au ciel. Davis aurait été le premier à crier qu'Edward m'était supérieur en tous points, mais voilà qu'au moment où ce dernier disparaît, j'ai le pouvoir de l'avoir fait disparaître justement ?

C'est amusant comme ma force et mon intelligence diffèrent en fonction de si la situation l'arrange ou non.

— Il est vrai que maintenant que tu as pris September Jones sous ton aile, il y a conflit d'intérêts, fait remarquer Hans.

Je sens le regard du vampire se fixer sur moi.

— Je vais reprendre l'enquête, décide-t-il alors. C'est quelque chose qui ira sûrement plus vite et que nous pouvons même régler tout de suite. Il n'est pas bon, pour les loups, d'être dans l'inquiétude. J'aimerais les apaiser dès à présent.

Kyle prend une grande inspiration.

— Il s'agit de mon enquête, insiste-t-il. Je ne pense pas avoir donné de mauvais résultats jusque-là. J'aimerais qu'on me laisse l'opportunité de continuer jusqu'au bout.

Mais Hans descend de l'estrade et marche jusqu'à moi en ignorant le chef de meute. Trevor doit poser une main sur le torse de Kyle pour l'empêcher d'intervenir. Je sens tous les regards de la salle qui se braquent sur moi, je sens les émotions des loups dans la pièce qui montent d'un cran. Tamara serre brièvement mes doigts puis relâche ma main pour se positionner un pas en arrière.

Je croise le regard de Kyle, je ne sais pas quel message il essaie de me faire passer alors qu'une lueur jaune s'allume dans ses yeux. Je ne compte pas donner la moindre information. Je ne sais pas s'il se doute de la vérité maintenant, s'il a volontairement laissé son enquête en suspens parce qu'il ne veut pas me mettre en porte-à-faux. Mais je sais que j'ai réussi à m'en sortir jusque-là et que je continuerai de m'en sortir.

Hans me sourit. Il pose sa main sur mon épaule, je sens un petit quelque chose s'insinuer en moi, la nausée monte et j'ai l'impression d'avoir la bouche pâteuse.

Son pouvoir. Il est en train d'utiliser le pouvoir dont Kyle a parlé. Je sens la panique monter en moi, je comprends que je ne vais pas pouvoir m'en tirer avec une pirouette cette fois-ci.

— Sais-tu ce qui est arrivé à Edward ? demande alors Hans d'une voix chantante à mes oreilles.

— Oui, confirmé-je.

Le son a quitté ma gorge sans même que je m'en rende compte. J'essaie de lutter contre la magie à l'œuvre, sans succès. Avec mon animal enfermé à double tour en moi, je n'ai pas la force nécessaire pour résister.

— Et qu'est-il arrivé ? poursuit Hans.

J'hésite un instant, je me mords la langue pour m'empêcher de parler, j'essaie de faire dévier mon cerveau sur d'autres sujets, tous les sujets possibles, mais pas celui-ci. Je suis même prête à parler de Derek s'il le faut.

Le vampire ne me lâche pas du regard, il serre un peu plus fort mon épaule, au point de me faire mal. J'ai envie de me soustraire à sa prise, mais je n'arrive pas à faire fonctionner mes muscles.

— Qu'est-il arrivé ? insiste-t-il.

Ma bouche s'ouvre toute seule et quand les mots sortent, j'ai l'impression de signer mon arrêt de mort.

— Je l'ai tué, dis-je d'une voix claire.

— Eh bien voilà, nous avons la réponse, fait Hans avec un grand sourire.

Il me relâche, il y a un moment de flottement dans la salle.

Puis la meute de Davis se jette sur moi comme une furie, tandis que Kyle se met en travers de leur chemin.

REMERCIEMENTS

Merci à toute la panda team pour leur travail exceptionnel à chaque ouvrage. Un tout autre spécial à Emilie Chevallier Moreux, qui a antidoté en un temps record ce livre. Toutes les fautes restantes sont de mon propre fait, évidemment. Viens m'accuser par email, petit panda.

Merci à Arwen, alpha-lectrice, qui m'a encouragée tout au long de l'écriture de cet ouvrage.

Merci à Nadège, Marlène et Oriane, toutes les trois bêta-lectrices formidables, qui me menacent régulièrement de mort à cause de mes fins, mais je suis certaine qu'elles me disputeraient si je n'étais pas moi-même en laissant les lecteurs en plein suspense.

Merci à toi, lecteur, d'être toujours aussi formidable, à l'affût de la moindre de mes sorties. Tes emails, tes messages sur les réseaux et sur mon blog me réchauffent le cœur à chaque fois. C'est grâce à toi que toute cette aventure est possible et je n'en ai rien à faire que tu te lasses de lire de ma part que, oui, tout ça n'existerait pas sans toi.

C'est vrai.

C'est tout, NA.

Merci du fond du cœur.

Jupi

D'autres romans de Jupiter Phaeton

Série Ryvenn (terminée)
Tome 1 : La dernière empathe
Tome 2 : Le loup de Stony Point
Tome 3 : La bataille de New York
Tome 4 : La nouvelle meute
Intégrale

Série Akalie O'Lys (premier arc terminé)
Tome 1 : La clef des portails
Tome 2 : La reine des elfes
Tome 3 : La gardienne des clefs
Intégrale

Série Kacy Matthews (terminée)
Tome 1 : Balasaï
Tome 2 : Yakuna
Tome 3 : Ygnit
Tome 4 : Castle Creek
Tome 5 : Aramis
Tome 6 : Portail
Tome 7 : Erlan
Tome 8 : Virgo
Tome 9 : Ragotar

Série Faith Ezreal (terminée)
Tome 1 : Alters
Tome 2 : Berserk
Tome 3 : Faucheur

Série Archibald Skye (terminée)
Tome 1 : Y a-t-il pénurie de chamallows à San Francisco ?
Tome 2 : Les pandas sans bambou sont-ils des tueurs à gages ?
Tome 3 : Combien de lance-flammes faut-il pour brûler San Francisco ?
Tome 4 : Le sens de la vie se trouve-t-il dans les chamallows ?

Série Le Trône d'Illya (3 tomes)
Tome 1 : Maja
Tome 2 : Valya
Tome 3 : à paraître

Série Defined Zone (2 tomes)
Tome 1 : Hot Chocolate Makes Everything Better
Tome 2 : à paraître

Série Haze Malone (3 tomes)
Tome 1 : Je bute des gens à la pelle (et parfois j'utilise un râteau)
Tome 2 : à paraître
Tome 3 : à paraître

Série September Jones (en cours)
Tome 1 : Loups, Magie & Cie
Tome 2 : Sorciers, Vampires & Cie
Tome 3 : à paraître

Hors-série :
Atypique (développement personnel)

CO-ECRITURE AVEC LE GENIAL THEO LEMAITRE

Série Comment se Mettre en Danger Inutilement
(pas mal de tomes prévus)
Tome 1 : Envisager de brûler la guilde de l'Oriflamme (et se foirer)
Tome 2 : Tymo s'habille en Prada
Tome 3 : à paraître

Hors-série :
Histoires de la saga Love in New York
C'est Noël à New York
C'est la Saint-Valentin à New York

DECOUVREZ :

Y a-t-il pénurie de chamallows à San Francisco ? Archibald Skye Tome 1

Une bonne dose de tarée-attitude dans ce roman avec une héroïne accro aux chamallows et aux lance-flammes.

Archie, de son vrai prénom Archibald, parce que ses parents avaient décidé d'être idiots le jour de sa naissance et de lui filer un prénom de garçon, est garde du corps. La plupart du temps, elle s'occupe du zoo du coin, donc elle est plutôt agent de sécurité, ce qui est déjà une sacrée chance car devinez quoi ? Elle n'a pas de pouvoirs. Rien. Nada. Le vide interdimensionnel. Tout ça dans un monde où les pouvoirs, ça pullule dans tous les sens. TOUT LE MONDE a un pouvoir, vous voyez le tableau ? Tout le monde, sauf elle.

Mais voilà qu'elle se retrouve à assurer la sécurité de Shawn Claw, LE chanteur ultra populaire du moment, celui que tout le monde veut épouser, surtout Esteban, le meilleur ami d'Archie, qui fantasme totalement sur la star.

Évidemment, ça ne se passe pas bien.
Évidemment, elle s'en tire in extremis.
Évidemment, elle ne compte pas en rester là.
Archie prévoit une apocalypse dans 5,4,3, ...

« Ces deux-là n'allaient pas ensemble. Ils n'étaient même pas le feu et la glace. Non, le feu et la glace c'était sexy, ça donnait envie. Ils étaient plutôt le blaireau et la panthère. Sauf que Shawn était une panthère et que Rachel était un blaireau. Enfin une blairelle. Mais comme personne ne connaissait le féminin de blaireau, à part Numéro 3 qui venait de faire une sévère névrose dessus, j'allais considérer que blaireau était correct. Et ils n'allaient pas faire des blaireautins ensemble, c'était certain. Déjà parce que faire des blaireautins à vingt et un ans dans un monde où on vivait potentiellement jusqu'à cent quatre-vingts ans, c'était se pourrir la vie pour l'éternité, mais aussi parce que si j'avais mon mot à dire, j'empêcherais ça. »

Je bute des gens à la pelle (et parfois j'utilise un râteau) Haze Malone Tome 1

N'attendez plus, plongez dans les aventures de Haze, l'ange millénaire accro à la junk food !

« Haaaaaaa
C'est officiel
Je te déteste
Je vais envoyer une armée de pandas sans bambou à ta recherche
On fait pas ça aux gens
C'est interdit
(je viens de finir le livre)
(j'ai adoré)
(je veux la suite)
(mais je te déteste quand même) »
Oriane, bêta-lectrice

Haze est une ange immortelle…

... accro aux fraises Tagada et flemmarde jusqu'au bout des ongles.

C'est simple : si elle pouvait rester dans son canapé toute la journée à mater Grey's Anatomy, sa vie serait PAR-FAI-TE.

Mais Haze a un job. En fait, elle en a deux. Le jour, elle se comporte (presque) comme une humaine en tant qu'assistante de direction d'une boîte de pub. Et la nuit... ...la nuit, elle bute des humains.

Oui, pas tout à fait le genre d'ange que vous imaginez, hein ?

Mais voilà qu'elle se retrouve à devoir résoudre le meurtre de son demi-frère, Limus ! Elle doit également surveiller Robert, son patron du jour, qui lui couve une vilaine crise de la quarantaine, tandis que son boss divin chouchou change d'affectation et est remplacé par Red, un dragueur invétéré, en guise de patron angélique.

Et s'il n'y avait que ça ! On en parle de son psy étrangement canon qui s'appelle Bradley et qui figure sur la Liste ? Sous-entendu : la Liste des gens à buter.

Non, c'est la crise clairement. Et par temps de crise, il faut sortir les grands moyens. Le pot de Nutella, par exemple. Et la petite cuillère qui va avec.

Haze parviendra-t-elle à retrouver sa tranquillité ? Résistera-t-elle au charme de Red ? Se noiera-t-elle dans une avalanche de fraises Tagada ?

Pour le savoir, une seule solution : succombez à l'authentique Haze Malone, flemmarde le jour, mais aussi la nuit !

« C'était topissime ! J'ai tout adoré ! » Nadège, bêta-lectrice

« Je crois que j'ai trouvé mon alter ego... version ange. J'ai ri de A à Z et cette avalanche de beaux gosses est un véritable régal pour l'imagination... Avec une fin jupiterrienne comme on les aime qui nous laisse sur notre chaise en plein choc anaphylactique » Carrie, bêta-lectrice

UN MOT SUR L'AUTRICE

Hello ! Ici Jupiter Phaeton ! J'écris des romans de fantasy depuis l'âge de douze ans. Âgée aujourd'hui de trente et un ans, je vis en Dordogne. J'apprécie les grandes randonnées avec mes chiens, le yoga et je m'essaie à l'ayurveda. Tu peux me suivre et me contacter :

Blog : www.jupiterphaeton.com
Instagram : jupiterphaeton
Email : courrier@jupiterphaeton.com

N'hésite pas à m'écrire ou à passer sur la page Amazon du livre pour laisser un commentaire !

Sache que je ne mords pas, je ne crie pas, je ne terrorise pas les gens (enfin bon parfois si) et mon email n'envoie pas de virus quand je réponds.

Je réponds au plus tard sous un mois et surtout sache que quoi que tu aies à me dire, ton email me fera plaisir. Et ne t'étonne pas si je te pose plein de questions en retour ! Je suis curieuse, j'aime connaître de nouvelles personnes, je pense que nous sommes tous uniques et particuliers. Mais si tu as peur de mes questions, dis-le-moi, je ferai en sorte de ne pas t'ensevelir sous mon amas de questions. Je suis capable de te demander ce que tu fais dans la vie, si tu lis beaucoup et quoi ? Est-ce que tu écris ? Tu joues d'un instrument de musique ? Tu as quel âge ? C'est quoi ton rêve le plus cher à tes yeux ? Est-ce que tu crois qu'il se réalisera un jour ?

Et qu'est-ce qu'on peut faire pour qu'il se réalise ? Est-ce que tu crois que les licornes boivent du chocolat chaud ? (parce que les licornes elles aussi ont le droit de boire du chocolat chaud et comme tu l'auras compris, je suis un peu accro à cette boisson)

Bref, tu vois l'idée !

J'espère te retrouver par email et sinon sache que tu es toujours le bienvenu sur mon blog.